得中央财政资金支持建设项目『云南省双语人才培养基地』及云南省
技创新团队『文学地理学视阈下的云南古代文学研究』支持资助出版

桯堂余录

庚戌至辛未二十余年读书得
间或闻之友人有足裨助
文献辨证书史者札记

由云龙◎撰　冯秀英◎点校

科学出版社
北京

内 容 简 介

《桂堂余录》为中国近代云南省重要政治和文化人物由云龙先生的旧体笔记。全书共四卷，为由云龙“庚戌至辛未二十余年读书得间或闻之友人有足裨助文献辨证书史者札记”而得，内容庞杂，记录朝野先达逸闻轶事，尤以清代滇云人物为多，另有历史事件、时局时事、奇闻异事、文献辨证以及读书所得若干，共二百余篇，具有重要的史料和文献价值。目前可见仅有云南省财政厅印刷局印刷本，排印粗疏，疏漏讹误甚多，本书对其进行校勘注释，以利阅读，可供历史学、文学专业人士参阅。

图书在版编目（CIP）数据

桂堂余录 / 由云龙撰；冯秀英点校 .—北京：科学出版社，2019.6
ISBN 978-7-03-061368-4

Ⅰ. ①桂… Ⅱ. ①由… ②冯… Ⅲ. ①中国文学－现代文学－作品综合集
Ⅳ. ① I216.2

中国版本图书馆 CIP 数据核字（2019）第 108841 号

责任编辑：王 媛 赵云杰 / 责任校对：杨聪敏
责任印制：张 伟 / 封面设计：黄华斌
编辑部电话：010-64011837
Email：yangjing@mail. sciencep. com

科 学 出 版 社 出版
北京东黄城根北街16号
邮政编码：100717
http://www.sciencep.com
北京虎彩文化传播有限公司印刷
科学出版社发行 各地新华书店经销
*
2019 年 6 月第 一 版 开本：720 × 1000 B5
2019 年 6 月第一次印刷 印张：9 3/4
字数：167 000

定价：79.00 元
（如有印装质量问题，我社负责调换）

前　言

《桂堂余录》是中国近代云南省重要政治和文化人物由云龙的旧体笔记。

由云龙（1877—1961），字夔举，晚号定庵，云南姚安人。清代举人，后毕业于北平大学。1908 年创办《云南日报》，民国历官永昌府知府、云南省教育司长、护国军总司令部秘书厅长、云南盐运使、代理云南省长、云南实业司长、云南省政府委员、军事委员会昆明行营秘书处长、云南省第二届临时参议会议长等。曾赴日本、美国考察工业，归国后在云南创办电力、自来水等公用事业，并首先在云南创办电灯公司。中华人民共和国成立后，当选云南省人民代表，任中国人民政治协商会议云南省委员会副主席、云南省文史研究馆筹备委员会主任委员等职。1958 年应周恩来总理特邀参加中缅划界工作，圆满完成工作后又受邀到北京中国人民政治协商会议全国委员会从事文史工作，但因病未能成行，直至病逝。

由云龙先生出身名门，不仅为官政绩斐然、功勋卓著，为文治学亦造诣颇深、贡献巨大。他潜心著书修志，总纂《姚安县志》，有诗集、文论、笔记、研究成果多种，如《定庵诗话》《定庵题跋》《石鼓文汇考》《滇故琐录》《清故脞录》《桂堂余录》等；他雅好楹联，有《楹联录存》《定庵楹联》存世；他善书法，初学颜、柳，篆摹石鼓文，隶临《石门颂》《华山碑》，间写墨梅、山水等。由云龙酷爱收藏，有大功于文献，除了先贤书画外，还收图书 12 万册，后均捐赠云南省各大图书馆。云南王卢汉评介说，由云龙学有根柢，游学美日，兼通东西，著述十余种，可称有三长而得四要，才高卓识的学者，并在《姚安县志·序》中盛赞其曰：夫由君云龙，滇中耆硕。以七秩之高龄，负千秋之大业。胜任愉快，固不待言；矍铄忘劳，尤堪敬佩。（见由云龙总纂《民国姚安县志》）乡贤秀士对由云龙的总评价是：藏书之丰，著述之富，堪称滇中巨擘。

先生著述，参考《民国姚安县志》及现存著作，梳理如下：《定庵题跋》，辑历年收得精拓六朝各碑及滇省先后出土之碑，为之逐一考订其朝代、文字，间亦阐明书法源流；《石鼓文汇考》四卷，石鼓文作自何时，唐以后聚讼纷如，汇而辑之，以待后学之印证；《滇录》四卷，仿《宋录》《晋录》而作，详于近事而略于古昔，记滇省铁路、矿产、外交尤多；《涵萃楼藏书题记》四卷，对二十余年收录的三万余卷典籍仿马端临《经籍考》例进行编目，钞其序跋，以铨次卷帙、董理旧闻；《北征日记》一卷；《东游日记》一卷；《西行日记》一卷；《南旋日记》一卷；《高峣志》八卷；《由氏族谱》一卷；《楹联话旧》二卷；《定庵文存》四卷，为回滇办学创刊《云南日报》时所撰，收录敬告、演讲、论说诸文；《定庵诗存》四卷，辑先生晚年诗作，先生诗取径香山、后村，脱于粗浅俚俗窠臼，力倡西江、半山，晚年吟咏益臻老到深刻，其挚友周钟岳称其诗醇雅清夷；《定庵诗话》二卷，先生惩近时诗家俚浅之病，多采宋代西江及清末诸家意旨、词笔深刻雅饬者以示之，其隐德弗曜者亦录收表彰焉；另撰《漫游百咏》《清诗纪事》，辑李慈铭之《越缦堂日记》《越缦堂诗录初集》《越缦堂诗录续集》《词录》等。另有旧体笔记三种：《清故塍录》七卷，记录清人遗闻轶事，以拾遗补阙，资今人借镜参稽；《滇故琐录》四卷，所录滇人、滇事、滇史、滇风物等；《桂堂余录》二卷，原为《桂堂塍录》(《姚安县志》记录为《桂掌塍录》）八卷，记载有清朝野暨滇省诸先达遗闻轶事；另有《蛮爱会案国防日记》《护国史稿》《游美笔谈》《疏凿仙云两湖口碑文汇录》《幻缘记传奇》《南雅诗社吟稿》《搜幽阐奇录》《人生六大问题》等。

本书是对《桂堂余录》云南省财政厅印刷局印刷本进行整理。《桂堂余录》全书内容分四卷，目前所见仅云南省图书馆藏本。全书未分篇章，按照内容所记有 200 余则。前有序，内容为：书名由来，先生曾居大理西山书院山长旧室，上有匾额书“桂堂”，本书所记内容多写于此，故有此名；成书时间为庚戌至辛未二十余年读书得间或闻之友人有足裨助文献辨证书史者札记；此书非原书，原书为八卷的《桂堂塍录》，但因付商务印书馆排印的手稿毁于战火，又无副本，痛心之余，搜部分余稿辑之而成。与原书比较，《桂堂余录》在内容和深度及价值上都有所区别，不仅限于记载有清一代、滇一省的朝野和先达逸闻轶事，而是扩大了很多，古今中外人、事均有涉及，然学识深度不及原书，用作者本人语来说是有“肤腋之分”，聊作“敝帚之享”。

虽有遗憾，但《桂堂余录》有综合文人笔记、读书笔记、史料笔记的特点，不拘一格，内容丰富，仍然有很高的文学、文献、历史、文化价值。其所录题材广泛，包括文学、文献学、历史学、语言学、文化学、人类学、民俗学等学科内容，较为繁杂，主要包括以下几个方面。

（1）奇人轶事。书中的奇人甚多，有历史名人，上至秦汉下至民国，皇帝、名儒、名臣、奇人异士、平民百姓，但凡他有感于其人其事的，均录之。如秉心塞渊的汤斌，神秘莫测的石哈生，未卜先知、身负奇才的宋石芝、程济，刚毅有大义的左忠毅公光斗，诗作独具神韵的王渔洋，文武兼得的彭刚直公玉麟等。综合来看，其基本可以分为三类：一是与“滇”有关。或是滇人，如安宁杨一清，昆明赵光、萧培元、释湛福、钱南园等，保山范廉泉，大理杨竹溪，曲靖喻仲孚，石屏张竹轩，大姚刘渠堂，蒙自陆葆德等；或是曾游滇、宦滇之人，如吴三桂、黄培林、宋石芝、王沛憻等。二是历史人物。宋仁宗、苏东坡、清高宗、张献忠、左宗棠、曾国藩、张居正等，或转述书中所见，或有感于其事迹，或有感于书中所记，往往有所议论，颇为中肯。三是让作者有感悟者。或身边师友，如撰《劫外昙花》之林琴南、撰《词余丛话》之杨朋海、工于书画的释湛福等；或目见耳闻有事迹者，如作者曾馆于其家的刚正廉洁的方聘三，又如贞女烈妇之张氏、陈曾氏、周泽农妻等。

（2）历史事件。有史书中记录的可资鉴戒取法的汇录之，如录《魏志》中司马朗、郭林宗事；有感于裴松之注《三国志》博于引证、议论持平，录其对郭脩刺费祎等事、马援《诫子书》和《吴志·张昭传》等之议论；尤对晚清历史事件记录颇多，详尽描述了晚清云南省和其他边疆地区发生的历史事件。

（3）时局时事。先生有家国情怀，对晚清至民国全国和滇省时局颇为洞察，对滇省历史文化极为熟稔。书中录有晚清名臣奏折、书信等，非常珍贵。有对时局时事的深刻见解也反映在书中，如分析滇铜之弊甚为切中要害，字句间表达沉痛、急盼革新之感；对晚清政治、外交局势有记录和分析，如政治斗争、官场倾轧等记录，其中一些材料在别处无从得见。

（4）滇省人文历史文化。书中随处可见作者对于家乡的热爱，但凡与滇省有关的人物他都格外注意，在书中他也对滇省人文风物有颇多研究和议论，如甘公祠、金殿、土主庙等；对文献中涉滇记载有质疑的进行辨证，如《元史·张立道传》载元以前滇南人不知有孔子而祀王羲之为先师，《两般秋雨庵随笔》载腾越善制纸褥等；对滇省的风俗如滇西赘婿等也有一些议论。

（5）文献研究。由云龙对于滇省的文化文献方面的记录是极为可贵的，作为文献大家，他在书中记录滇省文人收藏有何书、曾在某地某人处见过某书等信息具有重要的文献学价值，如记滇中赵文敏书《妙法莲华经》七册的版本和流传、散佚情况，记杨一清《关中奏议》尚存孤本、《石淙诗钞》毁于同治之乱的情况等。另有文献辨伪、辑佚事，颇多见解。如《南诏野史》本之于《滇载记》，而芜陋特甚，殆后人伪纂而托名升庵，抑或别有原本为升庵所作，非今行之本耶，湖州陆氏藏书竟以利诱授之外人（日本人岛田翰）等。还有一些名物考证、文字训诂等。

（6）奇闻奇事。作者有一颗好奇心，对于一些奇事怪事颇为关注，如对于割股之事、男人哺乳之事、轮回之说、黄老之术、奇门遁甲、奇谈怪论等有记录，亦不排斥现代哲学和科学，如对理性、本体等哲学概念，对卢可封所纂《中国催眠术》等都有浓厚的兴趣和一定的研究。

本书所录内容有些为作者亲见，补充了史书的记载，并对于诸多关系云南的历史问题的考辨也非常具有价值，作者提出的独到见解，具有史料价值；书中不少文人轶事为作者亲笔，语言质朴凝练，文采亦佳，议论精辟，情感浓烈；还录有一些文人作品、诗文、楹联等，具有文学价值；书中涉及的文献资料达数百种，如喻仲孚名怀信，曲靖人，著《人鉴》一书，分类别门，采古名圣名贤言行录列之，凡八十卷等，可见其文献价值；笔记中反映出民族文化的内容比比皆是，尤其是地方风物、语言的描述和考证等方面，具有重要的文化价值。

当然，《桂堂余录》非最初之稿，为余稿中选出，加之文本中错漏讹误不少，在一定程度上损害了它的价值。

本书对《桂堂余录》进行标点、校勘，偶有注释。须加以说明的是：第一，原本为方便阅读和查阅，拟加篇名，但思虑再三，决定不妄加篇名，因深恐能力有限，不能达于先生本意，反误导读者，损笔记之价值；第二，原书中有部分内容约两千字篇幅，因不符合出版相关规定而被删减，因此校注本并非原书全貌，固为遗憾也。

冯秀英

丁酉冬于雨花毓秀

凡　例

一、《桂堂余录》四卷，以云南省图书馆藏1932年云南省财政厅印刷局印本为底本进行点校。

二、原书为繁体竖排，无句读，今改为横排，加以句读。分段一仍原书之旧。

三、原书行文有双行夹注及括号内单行注，皆改为单行注。

四、原书征引载籍甚博，或撮举其大意，或节录，或有改易，凡此类文字仍加引号。引文中有增减缀合之处，皆不加省略号。

五、原书为繁体字排印，并有大量异体字及俗体字，点校本除人名及地名外，一律改为通行简体字，并在全文中加以统一。古今字仍然保留。

六、原书中模糊不清文字，以□代替。

七、原书排印粗疏，鲁鱼亥豕之处甚多，若不校勘，几不可读。凡原书中有明显衍、讹、倒、脱文字，均予校订改正。援引自他书的文字，均据所引原书进行校勘，错误之处予以改正；其虽与所引原书不同，但文字意义可两通者，只注明原为何字，但不予校改。

八、原书中的少数民族称谓，其字为反犬旁，如“獠”“猺”“猓猡”等，点校本直接改为“僚”“瑶”“倮罗”等。

九、点校本使用的参考文献，皆在篇末“参考文献”中胪列作者及版本信息，行文中仅写书名或仅有作者及书名。

目　　录

《桂堂余录》叙[①]

自庚戌至辛未二十余年间，读书得间，或闻之友人，有足裨助文献、办[②]正书史者，辄札记之，约为八卷，名曰《桂堂賸录》，以付商务印书馆排印。桂堂，庚戌辛亥[③]间督学迤西，居前大理西云书院山长旧室，额曰“桂堂”，所录以得于是中者为多，故以名焉。不意书未出版，遽搆倭祸，书遂被毁。皆系手稿，苦无副本，意不能无惋惜。乃复搜故簏[④]，得弃稿十之四，较原书匪惟学识有深浅之别，其意义亦不免有肤腋之分。精力日衰，不能复事纂述，理而存之，亦敝帚之享，慰情聊胜于无焉云耳。共和二十一年，仲冬严寒，由云龙呵冻记。

① “叙”，同“序”。《辞源》：“凡书策举其纲要列卷首为叙。”

② “办”，原文为“辨”，疑为“辨”字之误。

③ “辛亥”，原作“亥亥”，由云龙先生曾任云南省优级师范监学，将云南各府、州、县立国民中学合并为师范中学，在迤西、迤东、迤南三迤中每迤设一学校，并于庚戌、辛亥年间亲任迤西（大理）师范中学监督。据此改。

④ “簏”，原作“麓”，以文意改。

卷之一

姚安由云龙夔举撰

三吴连城数十，人物殷阜，财赋充牣，为天下剧。前清时，恒命重臣为巡抚，莅兹土者，欲自暇逸而不可得。睢州汤文正公[①]，居官二载，常秉烛治事，夜分始假寐，日中始食。或劝进乐饵，以辅衰暮，公慨然曰：君命即天命也，而安所疑虑乎？其秉心塞渊如此。

关龙逢墓在入函谷关五里许，比干墓在卫辉府城北十五里许，古为殷墟大陆之所，封自周武王，宣圣手为题碑文曰“殷比干墓”[②]。

大梁书院旧有三贤祠，祠唐高、李、杜三公。至有明弘、正[③]间，李、何两公以权珰[④]盗柄，奋笔草疏，侃侃不挠。后人慕之，遂增署为五贤祠。今则更增以韩、苏、黄、白、欧五公，而为十贤祠矣。前河督许公振祎[⑤]为题楹联，所谓昔有十贤，天地长留诗卷在是也。

河督许振祎仙屏，奉新人，世所称文正幕府中圣贤十人之一也。薛叔耘京卿论文正幕僚，列为明练类。前游大梁，见公所署二曾祠各楹联，大都雄伟英特，书法宗山谷，亦极遒劲有力，盖明练而兼闳伟故也。记其数联云：最高楼上俯中原，每当飞到崧云，都增莽荡；便望河流插天半，安得携来谢句，一写奇横。又云：横湖中有亭翼然，伊古遗徽今犹在。此群公辈高山仰止，虽不能至，心向往之。

---

① 汤斌，字孔伯，号荆岘，晚号潜庵，清政治家、理学家、书法家，官至工部尚书，卒谥文正。

② 该碑为比干庙镇庙之宝，上书“比干之莫”。位于比干墓前，有碑座，四周砌砖以保护。现存之碑为两部分拼接而成，为后人所加，有“宣圣真笔”四字；下部为原碑。“莫”即“墓”，上古只有“莫”字，“墓”为后起字。

③ “弘、正”，原作“宏、正”，应为弘治至正德年间，据文意改。

④ 权珰，有权势的宦官。

⑤ “祎”，原作“袆”，据文意改。下同。按：许振祎，字仙屏，湘军统帅曾国藩的弟子，历任陕甘学政、河南按察使、江宁布政使、（山）东河（南）河道总督。

清初有石哈生者，或言秦人，或言蜀人，长七尺余，力能扛鼎。无妻子生业，自鬻于西安某家，供刍米薪水之役惟谨，无大小皆喜之。居常寡言笑，无喜愠色，人莫测其为何。询之不言，问其名亦不告，因共呼为哈生。哈生者，谚所谓“无能而虚生”也。独与富平人宋石芝[①]善。石芝客将军张勇幕中，尝大会宾客，设席虚左。或问之，曰：此待吾友人石哈生。俄而哈生革冠草屦褐衣，昂然入，揖众登座。石芝傍侍，执壶酒甚恭。哈生亦不稍逊，持杯豪饮，傍若无人。众大惊骇，卒莫测其为何如人。后哈生病笃，其主人将为殡殓之具，哈生曰：待吾友宋公备之。主人忧其不及。有顷，宋果至，哈生张目视之，不发一言，遂卒。石芝为痛哭竟日，出资厚殓成礼而去。或曰哈生善天文，本故明宗室子，以石为姓，有托焉尔。噫！八大山人之玩世，喜笑不常；郑所南之画兰，托根无所。若哈生者，殆亦其流亚[②]欤！

宋石芝尝游滇南，察吴三桂必反，因潜匿。后三桂果举兵。大将军商善贝勒及将军班第与贼相拒于石万溪，地险，期年不能克。清廷复遣将军张勇助之。勇兵远来，值霖雨，疲敝扶杖而行，旗军笑之，呼为张娘子军。石芝黄冠道服诣勇辕门，献奇计，从间道摧敌，卒破石万溪。勇留之军中参议，后平定诸藩，多出其策。勇欲表荐于朝，谢之，赠以金，亦不受，遂隐于华山云。

八大山人[③]者，故前明宗室，为诸生，世居南昌。弱冠遭变，遁奉新山中，剃发为僧。不数年，竖拂称宗师。住山二十年，从学者常百余人。临川令胡君，亦望闻其名，延之官舍，年余，意不自得，遂发狂疾，忽大笑，忽痛哭。一夕，裂其浮屠服焚之，还会城，独身倡佯市肆间。其侄某识之，留止其家，疾良已。山人工书法，行楷学大令鲁公，能自成家，狂草颇怪伟。亦喜画水墨芭蕉、怪石、花竹及芦雁、汀凫，翛然无画家町畦。人甚重之，然贵显人欲以数金易一石不可得，乃反从贫士、山僧、屠沽儿购之。一日，忽大书“哑”字署其门，遂不复言。然善笑而喜饮，不能尽二升，醉后墨渖淋漓，或忽唏嘘泣下。山人面微赪，丰下而少髭。初为僧，号雪个，后更号曰人屋，曰驴屋，曰书年，曰驴汉，最后号八大山人云。

---

① “宋石芝”，《清稗类钞》作“宋释之”。

② 流亚，同类人物也。《晋书·桓温传》：“温眼如紫石棱，须作猬毛磔，孙仲谋、晋宣王之流亚也。”

③ “八大山人”，原作“八大仙人”，据文意及《八大山人传》改。

史八夫人者，阁部文忠公夫人之妹，而公弟可则[①]之妻也。姓李氏，宛平人，归史后，可则早世阁部殉难，八夫人奉太夫人及夫人居金陵。有浙人厉诏伯[②]者，躯貌类文忠，遂冒名集亡命，破巢县、无为州。提督率省兵擒之，坚冒文忠名，众莫辨。召三夫人识认，斥其妄，始吐实。而八夫人有国色，为众所窥。会金声桓反豫章，禁旅往讨，驻金陵。辽官聂三媚少宰某，艳八夫人，强为委禽。八夫人遣婢拒之，不听；骂之，又不听。须臾，一婢奉黑漆盘进聂曰：奉八夫人命，恣若所为。聂视之，则一发髻、一耳、一鼻也，血淋漓满漆盘。聂失措，急跃马驰去。噫！谦益为东林之选，梅村尤坛坫之雄，方此巾帼，能勿愧煞！至昔人所著《过墟志》载任阳刘氏事，益卑无足道矣！欧阳永叔[③]论冯道，附以王凝妻断臂事，有以也夫。

李世熊，字元仲，宁化泉上里人，胜国诸生也。自号曰寒支子。少博学，豪宕不羁，为文尤沉深奥博，顾困于诸生。黄道周等拥唐王，未归命，尝荐其尚志博学，征拜翰林学士，辞不赴。清师入闽郡，帅遣某生逼入郡。寒支复之曰：天下人无官者十九，岂尽高士？[④]且余年四十八矣，诸葛瘁躬之日仅少一年，文山尽节之辰已多一岁。何能抑情违性，重取羞辱哉！终不屈。建昌溃贼黄希孕剽掠过泉上里，有卒摘寒支园中二橘，希孕立鞭之，驻马园侧，视卒尽过乃行。粤寇至，熸民屋，火及寒支园，其魁刘大胜遣卒扑救之，曰：奈何坏李公居室！其为世所重如此。蓝鹿洲云：寒支好韩愈、屈原之书，故其文章如韩，心事如屈云。

管子之书言天下铜山四百六十有七，然尔时只东周之疆宇耳。以今言之，奚啻十倍。然自清初以来，天下省会之鼓铸，及京师宝泉、宝源二局，一切尽仰于滇。滇之矿数十，而汤丹厂最富，每岁上输圜府，额至六百三十三万有奇。然滇道远，运难费剧而民病。自滇以外，粤、黔、蜀、皖等省，莫不有铜矿，莫不以道阻虑扰民而莫敢轻议。以是责东南滨海数省之有司，招商购东洋铜，往返辄数岁，丛弊不可诘，逋帑常至巨万，乾隆二年乃罢之。交通不便，其害固宜至于是哉。

---

① “可则”，《小腆纪年》卷十同，《南疆逸史・摭遗》卷十五作“可经”，史可法家书《与八弟可模》作“可模”。

② “厉诏伯”，《小腆纪年》卷十及《南疆逸史・摭遗》卷十五均作“厉韶伯”。

③ “欧阳永叔”，原作“欧阳永教”，据文意改。欧阳修，字永叔，所撰《新五代史》卷五十四《冯道传》篇首议论，引王凝妻李氏断臂事，讥刺冯道“无廉耻”。

④ 据《鹿洲初集》卷七，“岂尽高士”后脱“来书谓不出山，虑有不测之祸，夫死生有命，宁遂悬于要津”。

初，滇之运铜取道威宁、毕节，陆行一千六百余里，始达永宁水次，捆负旁午，马不能供。乾隆五年，始议凿金沙江，自小江口至屏山，三百余里，募工数万人，经八岁而始大通，帆楫称便。然至乾末嘉初之时，积弊复深，凡派充运铜差使者，非亏短即庸劣、老迈之属员，恒于承领运脚时，即禀明藩司，将所短各数扣留藩库，以至委员赤手动身，止有卖铜一法。所短过多，或报沉失，或交不足数，至参革而止，从弊数十年。迨蒋砺堂相国攸铦任滇藩，查得铜厂内有提拉水泄一项，每年应发银二十万两，八成给发，扣存二成，得四万两；于四正运，每船津贴银八千两，副运减半，于起运时给发一半，船至湖北全给之。保举运员，须本管道府加考，以年力正强、并无亏空为合格。此法行至道光年间尚无更变，近时则又复蹈旧弊，以年老闲员充委矣。盖徒法不能以自行也。

近年滇铜之弊又甚于矿务局，业厂者辛苦而获，载赴省局交纳正课，司事委员刁难百端，或延搁多日不理，或苛其成色，或私征其称余。厂商职此，往往辍业。又有矿场所为土匪所把持，官不为之维护，倡导久，仍无起色也。今合肥李制军有矿政局之设，其庶几有以革新之乎！

陈钧堂部郎述任葵尊[①]为侍御时，鲠直敢言。其巡视北城也，杖某王所嬖千金旦，鞭马三爷，均为世所称许。改奉天府丞。府丞例典学政，生童畏试幸进者，均纳金役借其名，公惩役返金曰：余但衡文耳。三年内，转通参[②]，朝士常指目之：是蚩蚩者，乃不识钱。今考葵尊亦素怯，每上一奏则战栗，甚有因战栗成疟者，或语以何如不言，曰：知而不言，欺吾心，负吾君。又学政初亦以部郎为之，葵尊乞重其选，当时仅饬学臣定监规二条，迨康熙乙丑，卒用重臣董学政。又尝上十渐疏，皆得俞旨议行。王阮亭[③]《池北偶谈》称御史之敢言者，惟荆元实及任葵尊二人。均见公族弟任钧台宗丞《清芬楼文稿》[④]。二公，江苏荆溪人。

王沛憻，字汝存，山东诸城人。由举人选漳州通判，有能声。补云南临安府同知，以清勤练达荐擢浙江温州府，旋擢四川建南道建昌卫。介苗僚食盐惟民便，巡抚议设商益课，沛憻争曰：边氓粒食既艰，而斥卤无征，实国家利民美

① 即任弘嘉，葵尊。
② 即通政司参议。
③ 即王士禛，字阮亭。
④ “清芬楼文稿”，《清代名人轶事》《郎潜纪闻二笔》等均作“清芬楼稿”。

意，一旦尽取之，恐民有离心。不听，以阮某为商巡捕，众入盐，巡捕迭逻之，锱铢无所贷。盐价昂，民苦淡食，随蚁聚为乱，万余人围建昌，将肆掠。沛幢在省闻变，连日夜急驰至，单骑前谕曰：尔民皆朝廷赤子，徒为奸商猾吏所苦，宜赴诉，奈何相牵引为乱阶，蹈不赦罪？众皆哭拜曰：民愚不知，我公幸活我。立解散。沛幢立下令革商，一境以宁。按：是时食盐自便，且有淡食之民，今滇省盐价税重价昂，奸商乘之，民益无以为生矣。庚戌秋，议加马脚价，巧饰其词，其事幸卒不成，否则一般聚敛之臣媚上营私，而不顾小民性[①]命者，其肉宁足食哉！沛幢仕至左都御史，历康熙、雍正两朝，年七十七终于里。

割股之事，余虽心佩而颇不以为然。尝读曹一士济寰《四焉斋集》，所论极惬。略云：割臂非古也。先王之训曰父母有疾，冠者不栉，行不翔，言不惰，琴瑟不御，与夫传记所称一饭亦一饭，再饭亦再饭，如是而已。俾贤圣者所优为，而愚不孝皆勉而能至，故谓之庸行。必断支体刻肌肤，几几乎近于灭性而伤生，则世之殉名者将骛[②]焉；而寻常之所当尽，或反不暇自力，故先王慎之。虽然，议礼者制其常，率性者尽其变。当夫势穷事迫，心烦意乱，无可如何，苟有说焉，可以少延姑若母之命于旦夕，则将不暇计其济与否而为之，其于我臂，犹之一草一木之滋，与断葱剥枣等耳。孝子节妇视之，甚庸也，名云乎哉！

顺治中，魏石生裔介[③]尝疏言西南用兵事，谓宜先取蜀，次取粤西，则滇黔自然瓦解云云。当时多称其有远见。然以地形论，蜀桂密迩滇黔，自是用兵自然次第，裔介之言亦甚平常耳。

清世祖大渐，召王文靖公熙至榻前，口授遗诏，令润色，天下至今传诵之。时为顺治十八年正月丁巳，崩于养心殿，寿二十四。遗诏引咎十二[④]，玄烨嗣立。玄烨本出孝康章皇后佟氏，世祖之第三子也。五龄后即好学不倦，八岁即位，能负荷先业。世祖不立长而立贤，颇具特识。索文忠又以大年翊赞大政，故虽巽懦如苏克萨，不致偾事；跋扈如鳌拜，不致僭逾也。

清朝为明复仇，兵下南邦，连城风靡，自是兵力所制，而有明二百七十年生养之恩，故国故君之思犹未遽去，捐糜熸夷以殉，所在多有。尤奇而烈者，乙酉

① “性”，原作“姓”，据文意改。

② “骛”，原作“鹜”，据《四焉斋文集》卷四《从姑母陆孝节妇传》改。

③ 魏裔介，字石生，号贞庵，又号昆林，直隶柏乡（今邢台市柏乡县）人，清初大臣。

④ 《清史稿》卷四《世祖本纪》所记为十四条。

八月二十一日，江阴城破，士民男妇殉难者六万七千余人，无一人降者。且大兵攻围三月，歼于城下者，亦七万五千人有奇。使故明有若是十余城参布域中，诚未易动摇也。见徐星友《江阴乙酉记事》。

宜兴卢象升建斗[①]殉难，死贾庄，年甫三十有九。其弟象观、象晋皆以气节显名于时。国变，象观起兵事败，死震泽，同族赴难死者百有余人。时象晋奉母李太夫人居，盖太夫人已七十余矣。无何，有何姓者，与其族某讼，辞连象晋，趣象晋急剃发。晋曰：我先朝遗老也，兄弟俱死国，吾头可与发俱断，吾发不可剃。守卫者验其顶，发固不多，谓其已剃复生。晋厉声曰：吾固未剃也。守怒搒掠之，并缚而髡其顶。释之出狱，则辞太夫人，投佛寺为僧，间一归省。太夫人卒，敛[②]葬毕，去不复返。一日，忽归宜兴，谓其弟之子以尚曰：吾将死矣，我归告尔葬处。乃自题其碣曰"委骸矶"，遂终。

归震川先生《贞女论》谓：女未嫁而为其夫死且不改适，是六礼不具，婿不亲迎，无父母之命而奔者也。非礼也。有清文学之士，因传记贞女而辟其说者甚多，惟可亭相国《书贺烈女传后》议论极为明允，余极喜诵之。其略云：功令年未三十而寡，迄五十，得旌其门；独室女未婚守节，及以身殉者，例勿旌。又律载：已报书及有私约而悔者、受别聘者改正，岂不以一言许诺，夫妇之伦已定，而终身不可易？夫生而悔者严其罚，死而不二者靳其旌，国家立法，岂苛刻于节女？其谓此非常之事，听有志者之自为，若树之风声，将有作而致其情者矣。夫国家无旌法，则无所冀幸；诗书隐其文，则无所效法。无所冀幸、效法而为之者，发乎至情而不容自已者也。按：公之长女将嫁李氏，既有吉期而婿死，女守节十有三年而殁。矢志之初，有引礼经难之者，曰：吾知非礼，吾志不可强也。将殁，曰：勿请旌，本无可旌也。呜呼！观于公之言，而知女之志，殆成于公之家训涵濡者欤！又按：《礼·曾子问》：女未庙见而死，不迁于祖，不祔于皇姑，归葬于女氏之党。《周礼》媒氏所掌"禁迁葬与嫁殇"。故公云：非谓信行而礼可废，不使不信者借口于礼之未备也。

---

① 卢象升，字建斗，号九台，又字斗瞻、介瞻，明南直隶常州府宜兴县人，明末杰出将领。

② "敛"，通"殓"。按：《汉书》卷六十七《云敞传》："敞时为大司徒掾，自劾吴章弟子，收抱章尸归，棺敛葬之，京师称焉。"

睢[①]州汤文正公斌，自监司复入翰林，充明史纂修官，奏顺治九年特旌明臣范景文、倪元璐、刘理顺等从庄愍帝死社稷者，请元年二年以前临危致命诸臣，据事直书，无庸瞻顾。颇蒙嘉与，颁之史馆。由是明季诸贤义烈皆得显见云。

桐城左忠毅公光斗视学京畿时，一日风雪严寒，微行入古寺。庑下一生伏案卧，文方成草，公阅毕，即解貂覆生，为掩户。叩之寺僧，盖史公可法也。及试，呈卷，即面署第一。召入，使拜夫人，曰：吾诸儿碌碌，他日继吾志事，惟此生耳。及左公下厂狱，史朝夕伺狱门外，不得近。闻左公被炮烙，且死，乃以五十金谋于禁卒，卒感焉。一日，使史易装为粪除者状，引入，微指公，公则席地倚墙而座，面目焦烂不可辨，左膝以下筋骨尽脱矣。史前跪抱公膝而泣。公辨声而目不可开，乃奋拨其眦，叱曰：此何地也？国事糜烂至此，老夫已矣，汝复轻身而昧大义，天下事谁与支柱者？不速去，吾即杀汝![②]即摸刑械作投击势。史噤而趋出，以语人曰：吾师肺肝皆铁石所铸造也。流贼张献忠出没蕲、黄、潜、桐[③]间，史公以凤庐道奉檄守御；每有警，辄数月不就寝，使将士更休，而自坐帏幄外，择健卒十人，令二人蹲踞而背倚之，漏数移则番代。每寒夜，起立振衣，甲上冰霜迸落，铿然有声。或劝以少休，公曰：上不负朝廷，下不负吾师也[④]。

博野颜习斋之学，在康熙时风靡有声。其本则忍嗜欲，苦筋力，以勤家而养亲，而以其余习六艺，讲世务，以备天下国家之用，以是为孔子之学，而自别于程朱。其徒皆笃信之。李刚主、王崑绳共师事习斋。刚主尝为其友治剧邑，政教大行。崑绳尤慕诸葛忠武、王文成，而目程朱为迂阔，尝谓方望溪先生：吾求天下士四十年，得子与刚主，而子笃信程朱之学，恨终不能化子。因举程朱之所以失，习斋之所以得者，方不谓然。王怃然曰：子终守迷，使百世以下，聪明魁杰之士沉溺于无用之学而不返者，是即程朱之罪也。

明程济[⑤]，陕西朝邑人，有奇术，初为岳池县教谕。洪武间，以明经荐，授职岳池，去朝邑数千里。济朝夕在朝邑，而岳池学事，济亦日奉职不废。建文

---

① “睢”，原作“雎”，应为刻印误，兹改正之。按：汤斌为河南睢州（今河南睢县）人。

② 据《望溪集》卷四，此句为“庸奴！此何地也，而汝来前？！国家之事糜烂至此，老夫已矣，汝复轻身而昧大义，天下事谁可支柱者？不速去，无俟奸人构陷，吾今即扑杀汝！”

③ “桐”，原作“相”，据《方苞集》卷九《左忠毅公逸事》改。

④ 《左忠毅公逸事》作“吾上恐负朝廷，下恐愧吾师也”。

⑤ “程济”，原作“陈济”，据《明史》《姜氏秘史》等改。按：《明史》列传第三十一：“程济，朝邑人，有道术。洪武末官岳池教谕。”

初，上书言某月日西北兵事起，朝廷以其妄言系至京，将杀之。济奏曰：陛下幸囚臣，至期无兵，杀臣未晚也。已而，兵果起，乃赦出，为翰林院编修，充军师。与燕兵[①]战于徐州，大捷。诸将树碑载战功及统军者姓名，济急夜往祭碑，人莫测其故。后文皇经徐州见碑，大怒，趣左右碎碑，甫一再椎，命止勿击，录其文，按名族诛。济姓名正当击处，遂免。往日之祭，盖禳之也。后随建文出亡数十年，复随归南京，不知所终。成祖出塞遇刺，相传即济所为云。相传吾邑陈笏斋明经亦有异术，尝值春季，俗竞扫墓，恒邀戚友以往。明经以是日应西山古山寺之约，有所议，而东山友人招往扫墓，明经亦在焉，相距殆数十里。尔日不觉，事后两处人相遇谈及，则均有明经迹，相顾骇然。盖咸谓明经素善簸箕云。余于丙申年及见明经，后亦无他异。夫自理科之学大明，往往辟斥奇遁之说，然事属确凿，不能谓其子虚也。

天津严范荪侍郎，当宣统纪元后，遽予开缺回籍。是日上谕仅为“奏对不合”字样，外间咸莫知其所以然。兹闻系因故事，值班带领引见大臣，正堂在假者，例应左右堂带领。监国初摄政，某日学部正堂荣庆请假，递应侍郎带领。甫上殿，监国意颇疑异，侍郎遽前奏以故事云云。监国以侍郎唐突，滋不悦，遂有此旨云。

河道总督一缺，自光绪以来本已无所事事，然犹未遽裁撤也。壬寅冬，两宫返自秦中[②]，拨乱之余，至河南始见太平气象，孝钦甚慰，颇有留驻迁都之意。值何帅进见，遽询以河已冻未。何帅不知，奏云已冻，遂忤旨。何帅退，即奏请裁撤是缺。

御史奏事忤旨意，恒被传旨申斥。故事，须将该官传至午门外，跪聆圣旨。内侍立传谕旨，申斥“御史糊涂”。相传纳金数十两者可免。王聘三侍御癸卯年夏间奏参某邸一折，被传旨申斥。侍御云：皇上即严谴亦须亲，况只申斥，奈何纳贿求免乎！或云纳贿四百两者可免，吾则被内监破口乱骂。张文达百熙及刘廷深均曾受恶詈云。

新城王渔洋先生，以诗名一代，生平别裁伪体，持论极严。而喜汲引后进，一篇之长，一句之善，辄称说不容口，以此成名者甚众。公王父象晋仕明，至浙

① “燕兵”，《姜氏秘史》卷二作“靖难兵先锋”。

② “秦中”，原作“泰中”，以文意改。按：光绪二十六年庚子，八国联军攻入北京，慈禧太后挟持光绪皇帝于七月二十一日仓皇逃往西安，至二十八年壬寅（1902 年）一月回到北京。以西安为中心的渭水平原一带，古称秦中。

江布政使，尝醉后作草书示诸孙，属对曰：醉爱羲之迹[①]。公应声曰：闲吟白也诗。时公方九龄耳[②]。殆夙慧所钟，故其诗尤独具神韵。后之学渔洋诗者，风格才调或得之，神韵则未也。

清代谥文襄者，汉人则为洪文襄承畴、李文襄之芳、黄文襄廷桂、左文襄宗棠，皆以武功显。至张文襄之洞，文绩居多，而清廷顾推其东南坐镇之勋，亦以襄予谥。于敏中耐圃虽以乾隆丁巳一甲一名进士，仕至大学士，政绩昭然，亦得谥文襄。汉军则图文襄海能以功业显。而福文襄康安，勋烈最盛，异姓封王；然福豪侈无度，不如图之啜豆屑粥一盂也。文襄公兆惠、舒赫德俱有功于西北回部准噶尔等地，文襄公长龄征川、陕、楚教匪，西宁贼番。靳文襄辅紫垣，则以河功显，其条奏《经理八疏》[③]为世所称，前后治河十余年，著《治河书》十二卷，《奏疏》八卷，其成法具载书中，后之河臣咸祖其规模，莫能易也。

博山赵秋谷先生执信，康熙间以诗文有声，与渔洋分道扬[④]镳，各树旗帜。所著《谈龙录》，显与新城龃龉，而新城心折先生才，首肯之，不以为亢也。惟先生天才骏厉，俯视侪辈，少可多否，操觚家无足当意者，名益高，忌[⑤]者亦益众。朝士某梓所为诗，遍贻台馆，先生甫展卷，立反其使，一时喧传为口实，其人以此衔先生刺骨。国学生钱塘洪昇所演《长生殿传奇》初成，置酒大会，时尚国恤，遂被揭，先生至考功，独以自任，在座者皆得薄谴，先生罢职去。先生九岁能为文，里中有文社，先生自携纸笔入座，移晷，即就数艺，众大惊，号为圣童。孙文定公尝命作《海棠赋》，曰：远大器也。先生仕终检讨，卒年八十三。

康熙乙酉南巡，总督集有司议供张，欲于丁粮耗加三分。众皆唯唯，独陈恪勤公鹏年持不可，拂督意。无何，车驾猝由龙潭幸江宁。行宫草创，督因是激仁帝怒。织造曹寅免冠叩头，为鹏年请。是时，苏州织造李某伏寅旁，为寅娅[⑥]，见寅血被额，恐益触怒，曳其衣止之。寅怒而顾曰："云何也？"复叩头有声[⑦]，竟

① "迹"，原作"容"，据《渔洋诗话》卷上改。按：王士禛《古夫于亭杂录》卷三作"迹"，梁章钜《楹联丛话全编》卷六引作"草"。

② 《渔洋诗话》卷上作"余时年十一岁"。

③ 即《经理河工八疏》。

④ "扬"，原作"杨"，以文意改。

⑤ "忌"，原作"悬"，据《文林郎前右春坊右赞善兼翰林院检讨赵秋谷墓志铭》改。

⑥ 娅，连襟也。

⑦ 《国朝耆献类征初编》卷一百六十四《陈鹏年传》作"复叩头阶有声"。

得请。出，巡抚宋荦逆之曰：君不愧朱云折槛矣。时鹏年为苏州知府也。又总督噶礼取鹏年所题《虎邱诗》，穿凿其解为释文，上于帝，帝曰：自来大奸倾陷善类多如此，朕岂为若辈欺耶？见《郎潜纪闻》及《皇朝琐屑录》，均载其诗。

滇省垣有甘公祠街，在西院街之南，以其近甘忠果公祠，故名也。然公祠旧附前明靖难大司马吴云、学士王祎二忠祠内。后公第六子立轩公于康熙末年抚滇，乃允滇人士之请，立祠五华山之趾，为耑祠。今则五华山祠只潘、劳二公祠，而公祠又移易矣。公名文焜，沈阳人，于康熙七年十二月，由直隶抚军总制滇黔数年。十年，公丁母忧，命在任守制。十二年十一月，吴三桂杀巡抚朱国治及公，仓猝出贵阳。是时，提督李本深帅师袭贵阳，巡抚曹申吉亦密图响应，公乃疾走，日数驿，抵镇远，为贼所劫，遂殉难。

初，公闻变，欲趋隘地守关，引楚师为援。问卜繇，曰：一路功名到吉祥。公喜无虞也。至镇远，裨将姜义夙怨公，执公，不得脱。公知势不可为，北面稽首再拜曰：人臣死封疆，义也。乃自杀，并手刃其幼子。其地为吉祥寺，卜语殆凶谶也。虽然，公得以功名节义显于千载，谓之吉祥[①]，不亦宜乎！昔文天祥生时，日者相之，谓此子忠良可大位，然不利于家。夫不利，凶占也。天祥死，以一身系三百年纲常之重，岂非所以利之耶？甚矣，吉凶之正，非人世生死祸福之见所能测识也！或曰：一路功名到吉祥，系朱方旦告公语。时朱传道教有盛名，豫言多验云。当吴三桂反计既着定，公尝移书提督李本深曰：虎狼盘踞，摇动民心；揣兹事势，祸乱已炽。期与联镳并辔，剿灭妖氛。本忠孝直性，建英雄事业；钟鼓式灵，共劝王事。正不必俟寇涉盘江，始商共着祖鞭。即或寇孽猖獗，孤城受困，惟有效张睢[②]阳、南霁云，以身殉国。愿即日兴师御变，驰檄各镇诸唇齿，以为声援。不然者，惝恍无从，二三其德，瞻顾家室，思附前驱，遗臭遗馨，毫厘千里。是公于此时以睢阳自许，而抑以霁云望之本深，孰知本深业已投款矣。

田蒉轩先生云：粉墨金石，尊罍陶匏，无声色臭味之可以致人也。特以时当休明，创为异嗜，以娱休暇而乐太平，君子犹以玩物丧志非之。况当公私交

① “祥”，原作“羊”，据上文改。

② “睢”，原作“雎”，应为刻印误，兹改正之。按：《资治通鉴》《旧唐书》均载唐安史之乱时张巡死守睢阳事。

困，上之人心穷于抚字，下之人力尽于催科，于斯时也，不知仁人君子当何如以苏息之。顾乃侈心不急，罔别真赝，不计盈绌，使捆载而来者，皆重橐而归，无惑乎百姓之穷以死也。今时运遘阳［九］[①]，举朝士大夫方研求救之之不暇，而乃鼎彝、书画，终日营营，是诚何心？然孔子尝言：不有博弈者乎？为之，犹贤乎已。

明季襄城有烈士曰李绳麓，殉流贼之难。烈士尝诵《文文山集》而悲，其配余孺人怪而询之，烈士曰：往者椓臣操君，祸流簪带，一时为吏者，方造生祠，勤铸祀以媚之。余于众中讼言其非，则人目以为狂。避去，又见邑之人士，专以裘马酒食相夸尚，聚则斗淫宣机，稍面折之，辄疾首悍目，不以自戢，而覆用为怨。是皆廉耻道绝，未有四维坏而国不随之者。吾见宇内且生荆棘，麋鹿游于燕市也。今一时显达之辈，莫不酣歌恒舞，恣情娱乐，虽无逆珰之祸，已召先腐之忧。有心世道者，能勿深滋惕惧哉！

陈文恭公《全滇义学汇记》[②]序云：吾以为边土之［义］[③]学，视中土尤宜；而乡村夷寨之义学[④]，较城市尤急。某处旧有公产可清厘，复其旧也；某处有无碍官租，以地方之物，可仍为地方用也；某处距城尚远，宜设一馆也；某处距某乡尚远，烟村凑集，宜更设一馆也。田租不足供脩脯，则当有以增之，其有余者，可裒多以益寡也；馆舍有寺院可依则借之，不然，是宜建设也。尝[⑤]自置一小册，纳之怀袖，亲为握算，旦夕以稽焉。经营筹画，不啻身履其地为之布置也。一时监司诸公暨贤有司，类能同心共济，随其心力所至，或筹增公费，措置田产，而士民亦闻风鼓舞，争先请设且捐助焉。此外尚有未备，则使者之责也，随捐金以补之。自癸丑冬迄今四年，共得新旧义学六百五十余处。今而后馆舍有常所，修脯有常资，庶几历久不废矣。公之为滇人力谋教育普及如此，而一时官绅士民亦复踊跃从事。以视今日，则办学之声哄于远近，反不如当日之翕然风从而厘然有序也。噫，为政在人，固不在今昔之别也。

---

① “九”字原夺，据文意补。按：“阳九”，此处指困厄的时运。《文选》江淹杂体诗《刘太尉琨伤乱》：“皇晋遘阳九，天下横雰雾。”宋文天祥《正气歌》：“嗟予遘阳九，隶也实不力。”

② “学”，原作“塾”，据《全滇义学汇记·序》改。按：陈宏谋为清雍乾时期官员，曾任云南布政使，大力兴办官办民助初等教育——义学。

③ “义”字原夺，据陈宏谋《全滇义学汇记·序》（《湖海文传》卷二十九）补。

④ “寨”，陈宏谋《全滇义学汇记·序》（《湖海文传》卷二十九）作“塞”。

⑤ “尝”，陈宏谋《全滇义学汇记·序》（《湖海文传》卷二十九）作“常”。

彭刚直公玉麟虽以战功显，而翰墨固其所长，扬历中外。幕无僚友，上而朝廷章奏，下而与朋友来往书札，皆手自属稿，不假手于人。晚年得风疾，语言不清，每发一折，稿成于腹而口授于人。或猝不能晓，发愤以手击案，又含糊而授之，故觉稍涉繁冗。然读其臣以寒士始，愿以寒士归，及秉诚实无欺之［血］[①]忱，不要官、不要钱、不要命等语，未尝不肃然起敬。又云：士大夫出处进退，关系风俗之盛衰。天下之乱，不徒在盗贼，而在士大夫进无礼、退无义。大哉言乎！自古名臣奏议，未有见及此者也。呜呼，此其所以为刚直公之文欤！[②]

甲申越南之役，刚直尝有折云：师以曲直为老壮。上兵伐谋，其次伐交，古之制也。现在通商者二十余国，而法人独敢吞噬越南，志在窥我滇边，垂涎铜矿之利。各国坐观成败，殆先以法人尝试中国耳。然使法人竟独擅富强之利，则诸国又将因妒生忌，不令独占便宜，此情势所必然也云云。今英人日思攘取西边权利，以求均势，隆兴公司之要求日未有已。公之言，殆烛于机先者耶！

方灵皋[③]先生与兄舟，于康熙间俱有盛名，而灵皋尤早慧。先生四岁时，父仲舒尝鸡鸣起，值大雾，以“鸡声隔雾”命对，即应曰“龙气成云”。稍长，从兄舟学，博究六经、百氏之书，更相勖以孝弟。弱冠游太学，安溪李文贞公见其文，叹曰：“韩欧复出，北宋后无此作也。”其见推重如此。

扬[④]州郑板桥先生，以乾隆丙辰进士出宰潍县。丙寅丁卯间，岁连歉，人相食，斗粟值钱千百。乃大兴工役，修城凿池，招徕远近饥民就食赴工，籍邑中大户开厂煮粥轮饲之。尽封积粟之家，责其平粜。讼事，则右窭子而左富商。监生以事上谒，辄廷见，据案大骂：驼钱驴，有何陈乞，此岂不足君所乎！命皂卒[⑤]脱其帽，足踏之，或捽头黥面，驱之出。又常不为有钱人地，故腹贾多怨之。先生风格即此可见一斑矣。

授清穆宗读者，为高阳李尚书鸿藻及大学士倭文端公仁、徐尚书桐、翁侍郎同龢也。然是时弘德殿师傅之任，虽广延耆宿，而以李尚书为甘盘旧学，两宫毗倚尤专，并特令参机务。后毓庆宫授读诸臣，为陆相国润庠、陈都护宝琛、伊都护

---

① “血”字原夺，据彭玉麟《奏报赴粤部署大略折（光绪九年九月十九日）》（《彭刚直公奏稿》）补。
② 见俞樾《彭刚直公奏稿》序文。
③ 即方苞，字灵皋。
④ “扬”，原作“杨”，据文意改。
⑤ “卒”，原作“足”，据文意改。

克坦。陆相位虽尊荣，而监国及隆裕太后之特眷陈都护尤为优厚，以其旧学素长云。

世传高阳尚书晚年丧耦[①]，颇不耐夜间岑寂，遂眷一婢。婢慧黠，虑他日仓猝，难以自明，觑尚书腰间常帖[②]身佩一玉玦，常不去，乃乘间索得之。未几，婢腹膨亨。少夫人怒甚，严加诘责，婢直言其情。初不之信，出玉玦为证，乃遣人婉达尚书，意欲预为婢计。顾尚书内愧，不承。家人无如之何，乃问计于富室某翁，盖与尚书年资相若，往来至狎熟者。某嘱家人置酒，独与尚书对酌，而令是婢斟酒伺左右。半酣，尚书复言涉及独居寂寞事，翁亦喟然，且云：暮年光阴几何已。则决纳小星[③]以遣此晚景。盖翁亦鳏居日久者也，因亦劝尚书毋徒自苦，尚书颔之。翁更以手指婢云：此即大佳。尚书首肯，遂令婢拜谢，其事乃解。婢后分娩得男，是为高阳少子，极英敏云。是亦老宿中一佳话也。

湖州惠氏周惕与子士奇俱入词馆，有大名于康、雍间，世所称老少红豆先生。至定宇[④]，尤以经义显，虽诸生而名益高，士大夫过吴门者，咸以不识松崖为耻，人亦以少红豆称之。其所以绍门风者，盖不以爵而以德也。

钱唐吴中林先生华精于三礼，官福州海防同知时，以经术缘饰吏治，侃侃不阿。故事，三品朝臣出使京外，行省官须跪请圣安。清初，暹罗入贡，世宗[⑤]嘉其向化，诏以三品服宠其陪臣；其返也，行台欲循例恭请圣安，先生争曰：督、抚持旄钺，为天子殿海邦，当示以威重；若向陪臣请圣安，非礼也。事遂寝。暹罗使以晋秩自倨，欲以属礼接郡守，先生折之曰：《春秋》之义，王人虽微，序诸侯上；使者秩虽高，陪臣也。使为悚屈。又琉球国贡琉磺返，必稍挟中土物以归，关吏持之急。先生引《周礼》环人送迎，门关无讥，及野卢氏第禁不时不物为请，关使谢之。其引经持正多类此。先生以大臣荐，修三礼[⑥]，尝曰：《周礼》《仪礼》多为后人参杂，宜识其真伪；《礼记》出于汉儒，多与古不合，当辨其是非。注疏舛谬者，经有明据，则证以经；无，则集众说而折衷之。其言尤韪。

吴三桂藩滇时，官僚患贫者，辄假资于王，署卖身券。南昌刘西来崑，官云

---

① “耦”，同“偶”。下同。

② “帖”，通“贴”。

③ “小星”一词常被作为姬妾的代称。

④ 惠栋，字定宇，号松崖。祖周惕，父士奇。

⑤ “世宗”，原作“穆宗”，据《国朝耆献类征初编》卷二百五十二改。按：雍正帝庙号世宗，同治帝庙号穆宗。

⑥ “三礼”，原作“之礼”，据《国朝耆献类征初编》卷二百五十二改。

南府同知，有言及缺甚苦者，客曰：君盍资于王？崑笑曰：仆此身已卖于国家久矣。及三桂将起兵，崑见一吏屡变色，疑其弄法，给[①]曰：汝作如许大事，谓我不知耶？吏恐，叩头，乞屏左右，白事曰：某有弟业铸，入平西府铸，闻最大者为天下兵马大元帅。崑即召其弟镝之。驰白臬司李旋，随共白之抚军，犹豫未及上闻，稽数日始发，则平西已反。逻得其文，杀抚军，逮刘、李就勘，反覆数千言，崑惟以"不作贼"三字对。三桂惜崑才，并杖四十，遣戍腾越。后三桂死，崑卒得还，仕至常德府。

三桂声势薰灼，百官奉令惟谨。其姊子陈某随母入黔，自扬州挟私盐沽于道，至彭泽时，李襄水遥为令，禁之。陈怒，直入官署，叱襄水曰：尔官粟米大，敢抗王亲？襄水曰：抗云乎哉，且缉汝。顾左右立缚之，即具报上官。未几，三桂闻之，移抚军，遂释陈。道路啧啧，叹李彭泽刚直不置云。

世所祀天后者，宋莆田林氏女。年数岁，父官都巡检，溺海死，天后悲哀号慕，跃波中求之，卒负父尸出。自后屡著灵异。凡使臣册封外及夷海外诸国朝贡者[②]，商贾南北懋迁者，若遇飓风怒涛，事势危急，但泥首一呼天后，则有二红灯导引于前，或有小青雀集樯上，瞬息晴朗，便抵崖岸。自宋而元而明，自崇福夫人累封天妃，康熙中复晋封天后，沿江海各省恒祀之。林赞虞侍郎抚滇时，云系天后裔孙，因亦倡建庙祀。并云后幼时，尝值其兄出，一日，后蹙然曰：兄有难，当救之。闭户移时始出。未几，其兄归，云于海中遇大风浪，见小鸟集樯桅，风涛遂渐息，乃得济云。事虽未足尽信，然韩介圭[③]先生锡胙云：大德动天，烈风雷雨弗迷。后之所以神者，本于其孝，庶乎可通。

出滇省城东门外约二十里，傍鹦鹉山西北麓有寺，曰"铜瓦"，即俗所称金殿者也。寺祀真武祖师，自神像、侍从、龟蛇及墙、柱、帘、槛、几、席、阶城、瓴甋之属，皆范铜为之。阶下铜幡竿十余丈，亭亭特立。本明末巡抚陈用宾筹建[④]，以山似均州太和，建宫于上为祈祷所。其铜瓦则吴三桂踞滇时所铸饰者，

① "给"，古同"诒"。

② "册封外及夷海外诸国朝贡者"，疑"及夷"二字互乙，当作"册封外夷及海外诸国朝贡者"。

③ 《滑疑集》等作"介屏"。按：韩锡胙，字介屏，号湘岩，别署少微山人、妙有山人，青田（今属浙江）人，清康乾时期戏曲家。

④ "明末"，原作"明初"。按：金殿的铜殿最初系明万历年间云南巡抚陈用宾建，但崇祯十年被移到鸡足山。至清代康熙十年吴三桂又重铸铜殿，今铜殿正梁上仍有"大清康熙十年岁次辛亥大吕月十有六日之吉平西亲王吴三桂敬筑"字样。

范铜至五百余万之多。日率僚属熏拜讽诵于其间。其左为中和宫，右为环翠宫，皆荒芜，仅存遗迹而已。

滇省城有大小土主庙，庙中相三头六臂，状[①]极狞恶，相传为观自在悯夷人不知耕作，变相示教，滇人感之，以其有功德在土，故尊之为土主。或又谓系楚庄峤[②]略地至滇，闻楚亡，遂王滇，故滇人祀之，即今之土主。语极有据。考川中所祀川主，土人相传为杨姓，而青浦吴建猷太守辨之，谓秦时蜀郡守李公筑堤灌邑，利济农田，遂成沃野千里，后世仿效其法，通省皆收堰堤之益，故川人祀之，遍及州郡，则神为李姓，非杨姓也。滇之祀土主亦其意欤，惟事久失传，遂指为观自在，则殊杳茫矣。

某报载洪秀全工文词，尝自撰一楹联云：先主本仁慈，恨兹污吏贪官，断送六七王统绪；藐躬实惭德，望尔谋臣战将，重新十八省江山。又云：维皇大德曰生，用夏变夷，待驱欧美非澳四洲人，归我版图一乃统；于文止戈为武，拨乱反正，尽没蓝白红黄八旗籍，列诸藩服万斯年。又云：马上得之，马上治之，造亿万年太平天国于弓刀锋镝之间，斯诚健者；东面而征，西面而征，救廿一省无罪良民于水火倒悬之会，是曰仁人。或疑此等语气当系好事者伪造，以图炫人耳目者[③]，非也。若滇之杜逆文秀以保山诸生倡乱十余年，亦相传其文词可观，其殿中自撰一联云：效法三王恐未能，惟剪灭凶奸，底奠人民社稷；并吞六诏犹余事，愿选登贤俊，赞襄龙虎风云。又一联云：提三尺剑以开基，置腹推心，再见汉高事业；着一戎衣而戡乱，救民伐暴，依然周武功勋。或云前联系出湖北人吴嘉臣之手，后联则赵州马仲山所拟。然黄巢工诗，禄山解咏，固不尽属子虚乌有也。

罗忠节公泽南微时，贫苦特甚，而讲学不衰。道光乙未夏大旱，公赴院试，不售而归，徒步行数百里抵家。甫问封翁安否，遽闻哭声，询之父，则其侄庚儿以疫殁。入室问妻，则双目已瞽，因前哭子所致，始知儿亦已死。是时，家中钱米俱罄，而公中年只此子，其兄亦身后斩嗣，盖有极人世之困苦者。公卒以艰苦卓绝之志，成中兴名臣之功，不其伟欤！

彭刚直公与郭意诚书云医签[④]药灶，是我生涯；闷狱愁城从此钻入。[只以

---

① “状”，原作“壮”，以文意改。

② “庄峤”，《史记·西南夷列传》作“庄蹻”。

③ “炫人耳目者”，原作“炫人耳目耳者”，后一“耳”字衍，兹删。

④ “医签”，原作“医筌”，据彭玉麟光绪四年四月二十七日《致郭昆焘》（《彭玉麟集》）信改。

命蹇德薄，] 遂使遭家不造。[①] 豚儿长辞膝下而去；内无成童，外无次丁。舍弟亦无嗣，年亦六十。今不独男婚女嫁，累及老朽[②]，而日用细故，亦须安顿清厘。回首六十余年，困苦艰难，一旦付之[③]流水云云。盖公子永钊中年丧逝，只抱弱孙，故不免日暮穷途之感矣。

农家研究肥料者，有厩肥、绿肥、骨炭骨灰肥、鱼肥、燐肥、草木灰等等，而尤以粪肥而最佳，且推中国为最先知用粪肥者，其法有腐熟法、消毒法、施用法等，甚详晰。读吴江张海珊《小安乐窝文集》，有《说粪》一篇，虽别有寓意，而于用粪肥之法，思过半矣。其说云凡田有厚薄，土有肥硗，皆缘粪气为美恶。粪以柔之无彊檕，粪以雍之无轻爂，薄使厚，过使和，粪之利益宏哉。凡粪载于《周礼》，杂见于诸家种植之书。粪之类，或以马骨、牛羊、猪、麋鹿，或以禽兽毛羽，或以腐槀败叶，或以枯朽根荄，或以缫蛹汁、以沟渎泥，或以人溲及牛豕溲，其类猥以颐。凡人溲为大粪，余为杂粪。江南水田冷，宜火粪。凡制粪多术，有蹋粪法、有窖粪法、有蒸法、有酿法、有煨、有煮，尚矣。凡置粪处，或为池，或为厕，惧其露也为之屋，惧其渗也为之砖槛。凡用粪，有时与法，用之未种先曰垫底，用之既种后曰接力。不得其时与其法，则枝叶茂而实不繁；粪过多则峻热而杀物。凡粪具，有畚、有帚、有杴、有杋、有瓢杯；载粪有划船，有下泽车。凡粪虫，有蜣，有蛣蜣云云，可谓详矣。

俞正燮先生《癸巳类稿》[④]有《节妇说》云：妇无二适之文,男亦无再娶之仪，圣人所以不定此仪者，如礼不下庶人，刑不上大夫，非谓庶人不行礼，大夫不怀刑也。自礼意不明，苛求妇人，遂为偏义。古礼夫妇合体同尊卑，乃或卑其妻。古言终身不改，身则男女同也。[七][⑤]事出妻，乃七改矣；妻死再娶，乃八改矣。男子理义无涯涘，而深文以罔妇人，是无耻之论也。此最足为近时讲平等者之助力。

顾亭林先生，生平历遭坎坷，而名益高，学益富，殆韩氏所谓穷苦之音易好[⑥]欤？宁人故世家，崇祯之末，祖父蠡源先生暨兄孝廉捐馆，一时丧葬、赋徭

① 按：此句语意不完整，据彭玉麟《致郭昆焘》信补“只以命蹇德薄”六字。

② “老朽”，彭玉麟光绪四年四月二十七日《致郭昆焘》信作“老柯”。

③ “之”，彭玉麟光绪四年四月二十七日《致郭昆焘》信作“与”。

④ “癸巳类稿”，原作“葵巳类稾”，据俞正燮《癸巳类稿》改。

⑤ 此处原脱一“七”字，据俞正燮《癸巳类稿》卷十三《节妇说》补。

⑥ 韩愈《荆潭唱和诗序》：“夫和平之音淡薄，而愁思之声要妙；欢愉之辞难工，而穷苦之言易好也。”

猬集，以遗田八百亩典叶公子，券价仅当田之半，仍靳不与。阅二载，宁人请求无虑百次，乃少畀之，至十之六，而逢国变。公子素倚其父与伯父之势，凌夺里中，适宁人之仆陆恩得罪于主，公子钩致之，令诬宁人不轨，将兴大狱，以除顾氏。事泄，宁人率亲友掩其仆，棰之死。其同谋者惧，告公子。公子挺身出，与宁人讼，执宁人囚诸奴家，令自裁。同人走叩宪副行提，始出宁人。公子忿怒，遣刺客戕宁人。宁人走金陵，及之太平门外，伤首，遇救得免。而叛奴之党，受公子指，纠数十人，劫宁人家，尽所藏以去。宁人度不胜，乃北游。后又遇吕留良之狱，几陷于死，仅乃得白。噫！如宁人者，殆亦极人世之难堪矣。

宋包孝肃之名，几于妇孺骇叱，然公为守令暂，事不多见，稗野所述，则怪而不经。史称其性峭直，恶吏苛刻，务敦厚，虽甚嫉恶，而未尝不推以忠恕，此其治源也。世遂附会流传，称扬之如此。然则吏胥苛刻之为害小民，怨毒已深，一遇质直敦厚者，宜其奉之若父母，敬之如神明矣。至其立朝侃侃，谋系君国，是大臣遇主之所为，世鲜道焉。合肥为公旧治，城南濠有香花墩，相传为公读书处，后人即其地为祠以祀之云。

左文襄公以道光十二年壬辰举乡荐，与仲兄宗植同榜。是科主试者，一为泾阳徐熙庵先生法绩，一为鄞县胡藕湾编修鉴。试题首为“好不好学”四句，经文题为选士厉兵，简练桀俊，专任有功。文襄卷被遗，适宣宗命考官搜遗卷，而胡编修以疾先卒，徐公独披览五千余卷，搜遗得六卷，文襄褎然居首，后取中十八名。宗植获解。初，公得文襄卷，示令同考官补荐，不应，乃以新奉谕旨晓之，得无异议，并调次场经文卷传视，尤为激赏，后并进御。当时闱中自内帘监试［官］① 以下颇疑系温卷，比启糊名，监临［巡抚］② 南海吴公荣光贺得人，在事诸人亦多知文襄名者，议乃解。文襄之言曰：选举废而科目兴，士之为此学者，其始亦干禄耳，然未尝无怀奇负异者出其中。其自况不凡如此。

俞荫甫先生《春在堂集》载：彭刚直之封翁鹤皋 ③ 先生讳鸣九，因家世农业，日随家长事田功，甚苦之，乃私逸。后辗转经营，仕为怀宁三桥镇巡检，直声震一时。刚直公之清奇大节，盖有自来也。然赠公先生没时，刚直年甫十五，得于太夫人王氏之教尤多。夫人绍兴人，年三十始归赠公，尝变奁中物为姑养，并为

① 此处原脱“官”字，据左宗棠《书徐熙庵师家书后》补。

② 此处原脱“巡抚”二字，据《书徐熙庵师家书后》补。

③ “皋”，原作“臬”，疑刻印误，兹改正之。

两叔取妇以奉姑。赠公为吏廉，好施予，太夫人节缩衣食成其志。民有鬻妇偿负者，妇义不他适，太夫人为赎其婚约，令为夫妇如初。尝有陈氏妇者，丧其夫，夫弟逼之死。太夫人于雨夜闻户外有声凄然如泣，太夫人异之，前因已有所闻，因祝曰：如陈氏妇者，三呼，当为申理。果三呼，乃白赠公，逮其夫弟，一鞫而服。又赠公尝以积俸属所亲买田，被匿券乾没，反出无义语，赠公以是忧，病殁。刚直尝锐思报之，而太夫人泣谓儿当志远大，毋速祸自危云云。且时勉刚直以忍忿，毋苟免。噫！贤母如是，宜刚直之建不朽盛业也。

王联馨丈为序言，昔翼王石达开自桂入滇，意在进取四川，以为根据。道经平彝地方，父老壶浆箪食迎之师前，乞勿入邑境，以保安宁，王许之。时王丈方六岁，从道旁参观，翼王坐黄轿甚大，八人肩之，前张一黄盖，其柄弯[①]曲，仪仗甚盛。翼王貌极威严，见道旁小儿嘻嘻，甚怜爱，嘱购数人以供清玩。地方醵金，向贫户言：此去受王之福矣。遂以四十金购一儿，得八儿以进，旋赐金遣之归。有老寡妇某，其夫在时与王军中将领有旧，至是遣人通说，云贫甚，乞金以养。乃下令随意给与，令置一箩于道旁，军过后，得白镪，二箩皆满[②]，殆数千金。王军之富实，可以想见。

湖州陆氏皕宋楼藏书之富，海内仅见。日本岛田翰彦桢，为陆纯伯观察介绍于日本富人精崎某，遂以十万金售去。某筑精崎文库藏之，彦桢为作《皕宋楼藏书源流考》。闻纯伯售其书，太夫人几不以为子。遗黄金满籝，不如一经，举累世辛勤积蓄瑰物，竟以利诱授之外人，纯伯诚不肖子哉！

彦桢所作尚有《古学版本考》三巨册，于宋元本鉴别甚精，几驾森大来《经籍访古志》而上，彦桢居大崎村，藏书亦有二万卷云。

且寄庐主人《两粤闻见录》载有《镜屏语》云：松下听琴，月下听箫，涧边听瀑布，山中听梵呗，觉耳中别有不同。月下谈禅，旨趣益远；月下洗剑，肝胆益真；月下论诗，风致益幽；月下对美人，情意益笃。春雨宜读书，夏雨宜弄棋，秋雨宜检藏书，冬雨宜饮酒。能藏书不难，能读为难；读书不难，能用为难。求知己于朋友易，求知己于妻妾难，求知己于君臣则尤难之难。人莫乐于闲，非无所事事之谓也，闲则能读书，闲则能游名胜，闲则能交友，闲则能饮

① “弯”，原作“湾”，据文意改。
② 按：前云“置一箩道旁”，此云“二箩皆满”，当有一处错误。

酒，闲则能著书，天下之乐，孰大于是？为月忧云，为书忧蠹，为花忧风雨，为才子佳人忧薄命，真是菩萨心肠。花不可无蝶，山不可无泉，石不可无苔，水不可无藻，乔木不可无藤萝，人不可无癖。春听鸟声，夏听蝉声，秋听虫声，冬听雪声，白昼听棋声，月下听箫声，山中听松声，水际听欸[①]乃声，方不虚此生[②]耳。若恶少斥辱，悍妻诟谇，真不如耳聋[③]也。语颇隽永。

邓君治元在滇行医术有年，颇具经验，尝谓云南无伤寒症，三年来只医过某商一人确系伤寒，而五日无汗，以景岳[④]“云腾致雨方”投之，汗立出而解。以楚人某笃信其术，非邓君之方不服，尝病危痰壅，已备后事矣，不得已，以半夏、陈皮、贝母等反性药投之，痰立出，而病霍然。桂枝汤加附子为阳旦汤，而加黄芩则为阴旦，人多不解用此。熟地须以陈皮、砂仁等药炮制，既免泥滞，又极消痰。疟疾以何首乌、半夏等药若干，酒若干，时服之，极效寒云云。皆极有见地。

同治十年，西域回部叛，俄人以接壤故，藉[⑤]代守之名，举兵占伊犁全境，设官治之。时新疆俶扰，方用兵，未暇问俄。洎光绪四年，回乱平。五年四月，以吏部侍郎崇厚为出使俄国大臣，朝议索伊犁，乃以崇厚为全权大臣，便宜行事，旋转官左都御史。崇厚既懵于外事，以奉朝命索还伊犁。俄人但许见还，其他皆非所计，遂与订新约十八条。其第七款以可西河之西，及丽山之南之地，以至于底克斯河，尽让与俄。约文咨送回国，朝野骇然。修撰王仁堪、庶吉士盛昱，交章论劾。洗马张之洞疏言不可许者十，改议之道四，请诛崇厚，语尤激切。时在籍侍郎郭嵩焘上疏陈说，改命大理寺少卿曾纪泽使俄，另议条约。于光绪七年正月，议定条约二十款，专条一，陆路通商章程十七款。废崇厚原约，收回伊犁地，广二百余里，长六百余里。纪泽增索南境要隘各地，广二百余里，长四百里。偿代守伊犁费及赔偿损失卢布九百万元。伊犁西边地归俄管属。自别珍岛山，顺霍尔果尔斯河，至该河入伊犁河汇流处，再过伊犁河，往南至乌宗岛山，廓里扎特村东边，往南［顺］[⑥]塔城界约所定旧界，自奎峒山过黑伊鲁特什

---

① “欸”，原作“款”。按：欸乃，开船的摇橹声，也指划船时所唱的歌。唐柳宗元《渔翁》：“烟销日出不见人，欸乃一声山水绿。”宋陆游《南定楼遇急雨》：“人语朱离逢峒獠，棹歌欸乃下吴舟。”

② “此生”，原作“生此”，据文意乙正。

③ 聋，从耳从声，本义耳聋。《扬子·方言》：“聋，聋也。生而聋，陈楚江淮之间谓之聋。”

④ 张景岳，本名介宾，字会卿，号景岳，别号通一子，浙江会稽（今浙江绍兴）人，明代医学家。

⑤ “藉”，同“借”。下同。

⑥ “顺”字原夺，据罗惇曧《中俄伊犁交涉始末》补。

河，至萨乌岭，画一直线，由分界大臣就此直线酌定新界。俄国照旧约，在伊犁塔尔巴哈台、喀什噶尔、库伦设立领事官外，亦准在肃州即嘉峪关及吐噜番[①]两城设立领事。其余如科布多、乌里雅苏［台］[②]、哈密、乌鲁木齐古城五处，俟商务兴旺，始行续议。俄人在中国蒙古地方贸易，其蒙古各处及各盟，设官与未设官之处，均准贸易，不纳税。将来商务兴旺方议税，则照纳。俄商贩货，由陆路运入中国内地者，可照旧经张家口、通州赴天津，或由天津运往别口及中国内地。并准在以上各处销售。俄商在以上各口及内地购货运送回国者，亦由此路。并准在肃州贸易，至关而止。约既定，电请朝旨，允之。纪泽乃以所历曲折、困难，诊列备陈。当崇厚约到时，士气奋发，多主言战。尚书万青藜，侍郎长叙、钱宝廉，司业周德润，少詹事宝廷，中允张楷，给事中郭从矩、余上华、吴镇、胡聘之，御史孔宪瑴、黄元善、田翰墀、邓承修，员外郎张华奎、赞善、高万鹏，御史邓庆麟，侍读乌拉布、王先谦，编修于荫霖，御史叶荫昉，肃亲王隆懃，检讨周冠，员外郎陈福绶，先后陈词，大半主战。纪泽疏中有云泰西臣下条陈外务，但持正论，不出恶声。不闻有此国臣民，诋及彼邦君上者。虽当辩难纷争之际，不废雍容揖让之文。此次廷臣奏疏，势难缄秘，传布失真之语，由于译汉为洋，锋棱[③]过峻之词，不免激羞成怒等语，极委婉中肯矣。

清朝官印，最初制度大率仍明朝之旧，官职大小以分寸别之。右偏即用九叠篆文，惟左偏用清书。至乾隆十四年，大学士公傅恒奏：清书已经御制篆文，印内请用清篆。得旨改铸。是以九叠篆亦易以小篆，惟一品官仍用九叠。武职印与文员同，至提督以上大员用柳叶篆，示分别也。私印自元之吾氏、明之顾氏以来，作者必宗汉魏，以其古朴而有自然之致也。清初有遗老顾苓[④]，字云美，东吴人，善汉隶，所作印章深造汉魏之室，无论庄重端正、乱头粗服，无不尽妙，或杂入古印中，亦难辨其真伪。及门陈炳，字虎文，少得师传，颇称名手。但晚年

---

① 即今之吐鲁番。

② “台”字原夺，据罗惇曧《中俄伊犁交涉始末》补。

③ “棱”，《中俄伊犁交涉始末》作“圜”。

④ “顾苓”，原作“顾岺”。《江南通志》卷一百六十八《人物志》：“顾苓，字云美，长洲人。少笃学，尤潜心篆，凡碑版，及鼎彝刀尺款识，鱼虫科斗之书，皆能诵之。临摹秦汉铜章玉印，见者以为不减吾衍云。”又朱彝尊《静志居诗话》卷二十一：“顾苓，字云美，吴县人，有《塔影园集》。云美精篆隶书，予尝遇之山塘，偕入骨董肆中，见鼎彝刀尺款识，悉能诵之，文从字顺，每叹为不可及。其诗稍率易，然不袭竟陵遗音。”

近板，非重资不刻，存于世者无多。有徐龙友摹刻亦佳，但好酒喜谈而无静功，镌作亦少，更不永年。二人虽妙，惜无所作传世。惟余友袁之俊，又名政，字吁尊，资质既高，更有力量，私淑云美而得真传，至刻凿铜章不在顾下，实为传作。其余或务整齐，或攻奇异，如程穆倩、何雪渔之类，名噪一时，但与汉魏古朴之致各别，非余所能知也。

岑襄勤公书札中多有关前清掌故者，撮记如左[①]：

> 毓英与刘永福谊属同乡，相交半载，时加劝勉，亦望其同扫妖氛，共抒义愤。惟其人勇悍有余，而智虑稍短，用财稍吝，故部曲亦未尽倾心。毓英每谆谆告诫，恐其不知悔悟，则祸起萧墙，有负厚望耳。（复彭雪琴宫保）

榆城为滇南全省祸根，杜逆戕官据城十有七年，改衣冠，称伪号，糜烂迤西地方，扰及东南，几无完肤，罪大恶极，日久稽诛。今该逆虽已授首，而余党尚有数万，且杨荣、蔡廷栋、马仲山、马国玺等皆凶悍异常。杜逆之子三人，仍托伊等隐藏，名则乞降，心实叵测。英到后，与云阶镇军再四熟商，并体察情形，广设方略，先将老弱妇女遣放一万数千人出城，继由北门放出万余人，南门放出万余人，皆令暂居各乡。其时城内仅有两万之众，云阶已亲督兵勇，扎入内城；各营官军及粤勇皆分股入城，四隅布扎，并严扼上下两关。于十一日五更始，设法诱出逆首杨荣等共三十五人，到五里楼大营，悉骈诛之。以炮为号，城中及上下关沿海一带，一齐痛剿余孽，全行歼除。其举火自焚与投海而死者不计其数。城乡一律肃清。英进城清查，又获杜逆之子三人，及该逆胞弟、妹婿等著名巨寇，一并捕获，无一漏网，实是大快人心。非仗国家威棱，天心默佑，曷以臻此。目下围埂，逆匪虽势穷乞抚，恐其闻大理消息，惧罪奔窜，请阁下传谕各营严密围攻，万不可稍为松劲。俟此间料理一清，英即亲临督剿，务期净绝根诛，永除后患耳。（致李信古、杨樾斋镇军）

接展瑶函，浣薇三复，具见筹边之识，忧国之忠。虽江统论徙戎、椒山争马市，感愤痛切，何以加此！毓英自荷恩命持节重来，即以滇徼之关系匪轻，互市之为患至巨，每于奏疏剀切敷陈，危言耸论，盖不仅一再至三矣。然朝廷不采刍

① “左”，原作“右”，据文意改。按：“撮记如左”，犹今之“撮记如下”；“撮记如右”，犹今之“撮记如上”。

荛，而时势亦时多窒碍。自海疆误款，淀园继变，委曲羁縻[①]，匪伊朝夕。京师置馆，则投鼠宜存忌器之心；内江行轮，则射蛟已失控弦之地。故投一骨则群犬竞争，牵一发而全身俱动，所由贤人拊膺，而志士缩手也。所喜滇民不亲非类，诸贤久赋同袍，承惠谠言，实资裨益。中间有与鄙见吻合者，自当向[②]机酌用。虽未肯涉于激切，以副圣天子柔远之怀，要当力图自强，以为我国家御侮之备耳。（复李仁辅镇军）

关外战事，迭经抄录折稿咨呈冰案，办理正在得手，不料和议遽成。查该夷电音较中国文报甚速，云军临洮之捷在二月初八，桂军谅山之复在二月十三，法夷遂挽英人赫德于二月十二日至总署议和，其时临洮捷音总未至京都也。广威、不拔之复，兴化、河内、山西、宁平、南定、兴安各省越民之响应，我军渡沱出奇之举，奏报均未达也。中边情形遥遥不甚相悉，枢议因遽许赫德之请，使再相持数月，则渡沱之师直抵该处，而宁平、南定、兴安三省指示规复，宜兴、太原、北宁各省官军越民联营清野，势可不攻自下。河内一隅已成坐困，该夷摇尾乞怜之不暇，尚敢徜徉台湾之地乎？惜乎和议之骤也。至今闻尚未开台澎之口，种种要挟，难保其不背盟。刻下迭奉撤师之旨，不许稽延。毓英已于四月二十六日行抵滇疆，密布边防，严为扼守，练军制器，正宜加意讲求。仰荷关垂，允为代购各项枪码，铭感殊深。兹谨遵照来谕，另备公牍咨领，并咨请江西德中丞于协镇饷下如数筹解江宁省局，仰乞转饬司局，电属洋商，早定合同，限期造运，以便派员来领，是所叩祷。（复曾沅圃爵帅）

按：中国屡以交通消息不灵为外人所侮。天津议和，法方败于普，举国㮮然，而我国不知，仍震其富强余威，事事让步。即此一端所损失之权利，已不可计数。而其他之科学设置，种种政策瞠乎其后[③]，所受影响更不堪论矣。然则今之仅仅以提倡国学，谓足自存者，岂非管井之见乎？（三年十月十八号）

七月初九日孙委员等行抵蒙，赍来函教，谨悉种切。刘提督永福于五月十三、四、五等日，挈其家属辎重，迁入云南开化府文山县之南溪地方，其妇弟黄宗盛家距越之保胜六十里，亦据报于五月二十四日启程赴越，各情均经咨达冰

① “羁縻”，原作“羁縻”，以文意改。按：《史记·司马相如传·索隐》：“羁，马络头也；縻，牛靷也。”引申为笼络控制。

② “向”，疑当作“相”，取察看、判断之意。

③ “瞠乎其后”，原作“瞠瞠乎其后”，衍一“瞠”字，据文意删。

案。嗣因其举室内迁，行李繁重，夫役难雇，少有延候。毓英已代饬开化、广南各府沿途照料，并派人到省为备小轿八十余乘，健夫二百名，刻日办齐，已交其子刘成良带赴南溪，日内当可就道矣。该提督已将其保胜居屋数十间概行焚毁，无复有恋越之意。惟查该部老勇不过数百人，近闻新招散勇将有二千，毓英现将来谕加扎，饬其遣散，并派参将林大魁、刘映华赍[①]函前赴南溪，婉为劝导，并饬即妥送该提督出境。想该提督深感厚恩，必能遵约□带数营也。日前尊处许给该提督安置孤寡银二万两，昨经该提督呈报，业经自垫安顿妥帖。现复函询该提督，如途中缺用，敝处即先垫给，总期使该提督心安计便，一意来归，以副大公祖招徕绥辑之至意。关外撤回各营弁员兵勇，触冒炎瘴，死痛相寻，正深惨怆，大公祖痌[②]瘝在抱，远锡珍药二十二箱，分颁军士，呻吟之苦变为欢感之声，厚泽深仁，沦肌浃髓，翔和之极，沴戾潜消，不啻药到病除也。感佩奚似。（复张香涛制军）

倾披手翰，备悉种切。宝眷暨一切辎重既经运上南溪，阁下自可放心赴粤，想行期早经择定矣。贵军炮船，弃之可惜，因议归之滇军，并拟奉还原价。而来函每谓思钦一带将来仍须添置炮船，应请香帅发给银，另行制造。如此通融，彼此两便，事属可行，当为据情代咨。尊处存谷，急切难于销售，弟已饬令转运局唐观察代为经理，为防营需用，照市价奉还。（复刘渊亭提督，光绪十一年）

王伯厚[③]《困学纪闻》载：贾生吊屈原曰谓跖、蹻廉。注：楚之大盗曰庄蹻。《韩非子》：楚庄王欲伐越，杜子谏曰庄蹻为盗于境内，而吏不能禁，此政之私也。（《喻老篇》）蹻，盖在庄王时，《汉・西南夷传》：庄蹻者，楚庄王苗裔也，以其众王滇。此又一庄蹻也。名氏与盗同，何哉？

万云耀北梁氏曰：按《商子・弱民篇》、《荀子・议兵篇》、《韩诗外传》四，补《史[④]记・礼书》，并有庄蹻起而楚分之语，皆不言在楚何时。《韩非・喻老篇》以为在庄王时，《吕氏春秋・介立篇》庄蹻暴节，高诱注以为在楚成王时，则又在前，未知何据。《史》《汉》以为庄王苗裔，在楚威王之世，而杜氏《通典》、马氏《通考》以范史《西南夷传》谓在顷襄王时为定。独《困学纪闻》云

① “赍”，原作“赉”，以文意改。按：赉，赐予、给予之意；赍，怀抱、携带、送之意。
② “痌”，同“恫”。
③ 即王应麟。
④ “史”，原作“诗”，据《华阳国志》卷四改。

是二人，此未敢信。

清雍正二年，吉林官吏赵殿最奏请于该地建造太庙，设立学校，教满汉子弟读书应考。帝视之不悦，下谕却其奏有云：我满州人等，自居汉地[①]，不得已而举与本国之习俗日相远，应[②]乌喇吉林、宁古塔等处兵丁不改易满州本习。今若崇尚文艺，子弟之稍颖悟者，俱专意读书，不留心武备，即果能力学，亦岂能［及］[③]江南之汉人？我满人笃于事长上，孝于事父母，不好货财，虽极贫困，不行无耻卑鄙之事，此我满人之所长也。读书贵能知能行，徒读书不能行，不如不读。本朝龙兴，混一区宇，惟恃实行与武备，并未尝博[④]虚文，事粉饰。然则我满州之实行不优于汉人之文艺、蒙古之经典哉？今若崇尚文艺，一概学习，势必至一二十年始有端绪，恐武事既废，文事又不能通，徒成为两无用之人耳。按：此虽清人顽固守旧之习，然处今世，竞争日烈，“实行与武备”一语，实为竞争之利器。乃自共和以来，一般志士方日日以国学倡导，国学中又特重文艺，极其弊，必至于废弛武备，徒尚空文，流为积弱不振之国矣。哀哉！

明郑以伟，字子然[⑤]，读书过目不忘。文章奥博，票拟非其所长。尝曰：吾富于万卷，而偏窘于数行，乃为后进所藐。章疏中有“何况”二[⑥]字，误以为人名，拟旨提问，帝驳改始悟。自是词臣为帝轻，遂有馆员须历推知之谕，而阁臣不专用翰林矣。按：世颇多长于文章而短于公牍者，文章中尤以诗赋词章为极，与公牍背驰。盖公牍贵理解明晰、词语简当，词章则堆砌敷衍而已，宜以伟之为人所轻也。

文震孟，字文起，殿试第一，授修撰。魏忠贤用事，震孟愤，上《勤政讲学疏》[⑦]，言：今四方多故，无岁不蹙地陷城，覆军杀将，乃大小臣工卧薪尝胆之日。而因循粉饰，将使祖宗天下日销月削。非陛下大破常格，鼓舞豪杰心，天下事未知所终也。语极痛切。在讲筵，最严正，时大臣数逮系，震孟讲《鲁论》“君使臣以礼”一章，反覆规讽，帝即降旨，出尚书乔允升、侍郎胡世赏[⑧]于狱。帝

---

① “地”，原作“帝”，据《雍正实录》卷二十二改。
② “应”，《雍正实录》卷二十二作“惟”。
③ 此处语义未完，据《雍正实录》卷二十二补“及”字。
④ “博”，《雍正实录》卷二十二作“恃”。
⑤ “子然”，《明史》卷二百五十一《郑以伟传》作“子器”。
⑥ “二”，原作“贰”，以文意改。
⑦ “勤政讲学疏”，原作“勤政殿讲学疏”，衍“殿”字，据《明史》卷二百五十一《文震孟传》删。
⑧ “赏”，原作“裳”，据《明史》卷二百五十一《文震孟传》改。

尝加足于膝，时[①]讲《五子之歌》，至“为人上者，奈何不敬”，以目视帝足。帝即袖掩之，徐为引下。时称“真讲官”。按：古时以讲筵规正时政者，今吾国虽改为民主，似亦宜规复讲筵之制，庶足以从容补救阙失也。

燉煌[②]石室写经，光绪甲辰、癸卯间，出于燉煌县之千佛寺石室内。土人掘佛壁，壁开，石室见，得佛经甚夥，多唐抄本。献之县令，令转献将军长庚，初不知贵重也，遇俄国官吏往来，即以为酬应之资。后俄人竟屡藉故索要，取获已不少。法国人柏熙和，本通汉文、汉语，教授于安南。闻之，遂携数千金亲至燉煌，尽取其珍要者以去。至京后，间以示华官，始引起注意，由学部电将军，悉运至京，已遗失不少矣。

释湛福[③]，字介庵，昆明人。幼从兰谷禅师披剃。后兰谷奉召入京，介庵住持内城之传经院，即云澄会馆也。在崇文门之西，正阳门之东。介庵住院六十年不逾门，四十年不下阶。工镌刻，善篆隶，正书学钟太傅。常以杭扇画泥金梅花，自集唐句题其上，人争购之。与辽东三老为方外友，望溪老人碑铭文字凡入石者，多出其手，并作序以赠[④]。卒年九十有六。今滇省图书馆中藏有先生字一幅，袁君铭之，所藏《介庵印谱》一册，拟以写真法印入丛书[⑤]。篆法古劲朴雅，镌工亦极整洁。首有李縠斋序一篇，书法脱胎兰亭，余极欢赏之。縠斋，名世倬，字汉章，三韩人，两湖总督如龙子，侍郎高其佩甥也。善画山水、人物、花鸟、果品，各臻[⑥]其妙，殆介庵三友之一也。

桐乡陆敬安以湉《冷庐杂识[⑦]》载：孔梧乡广覃司训临海，诗笔俊爽，有《放怀》一律云：传到千秋人几何，茫茫身世太蹉跎。出山踪[⑧]迹云无定，逝水生涯梦易过。可惜后来知者少，不堪前事愧吾多。放怀且饮[⑨]尊中酒，眼底升沉一刹那。《偶作》云：乱书堆里置身宽，我本儒生称此官。境到悟时心渐敛，过因

---

① “时”，《明史》卷二百五十一《文震孟传》作“适”。

② 该地名，原文献如此，保持版本信息。

③ “湛福”，原作“湛富”，据师范《滇系・人物系》等改。按：释湛福，字介庵，昆明人，幼从兰谷禅师，工镌刻、善书法。其书法篆刻作品上常落款“湛富”，“富”为“福”之异体字。

④ 方苞《望溪文集》有《赠介庵上人序》。

⑤ 指《云南丛书》。

⑥ “臻”，《国朝画征录》作“剂”。

⑦ “识”，原作“志”，据《冷庐杂识》改。

⑧ “踪”，原作“纵”，据《冷庐杂识》卷五《孔梧乡》改。

⑨ “饮”，原作“领”，据《冷庐杂识》卷五《孔梧乡》改。

改后梦方安。不知报德谈何易，可惜留名事大难。且向灯前课儿读，几家传得旧毡寒。陆赠以诗云：闭户寻真乐，全忘礼[①]法苛。闲身书供养，豪气酒消磨。官冷何妨懒，诗传不在多。从游倘相许，未厌数经过。

钱南园先生奏参山东巡抚国泰事，直声震天下，然其折不存，或云已毁于火。今遗集中所载者，仅《请复军机旧规》及《参陕抚毕沅》两折而已。先生逝世后，嗣君钱嘉藻将赴温州，道过江苏，为父执保山范廉泉先生留驻，并嘱迂道长沙一访先生遗文，冀有一二存者。乃嘉藻竟病殁于吴，不获往矣。

先生参折数款，最重者为侵蚀库款，折上纯庙，立派大学士和珅、刘墉及原参御史驰往查办。泰为和相私人，先通知之，泰借商款预为填补。先生未下车，即先驰布文告，声明有贷库款者，急自认领还，过期则作为公款，一概不发还。文到，泰计破，遂被穷治，卒枭首于菜市。先生办事之精密，于此可见。蒙自尹楚珍先生亦曾以亏库款揭奏数省督抚，皆得如前计弥补，反被诬奏之罪降级处分云。

初，乾隆季年，国泰任山东巡抚，时年甫逾冠，玉貌锦衣，酷嗜演剧。适藩司于某亦雅擅登场，尝同演《长生殿》院本，国去玉环，于去三郎，演至"定情""窥浴"等出，于自念堂属也，过狎[②]亵或非宜，弄月嘲花，略存形式而已。讵舞余歌阕，国庄容责于曰：曩谓君达士，今而知迂儒也。在官言官，在戏言戏，一关目，一科诨，戏之精神寓焉。苟非应有尽有，戏之精神不出，即扮演者之职务未尽。君非头脑冬烘者，若为有余不敢尽，何也？于唯唯承指。继此再演，则形容尽致，唐突西施矣。国意殊惬，谓循规赴节，当如是也。即此一端，国之荒乱已可概见矣。事见蕙风庵《眉庐丛话》。未知南园折中有此一事否？

保山范廉泉先生官江苏县令，廉洁自持，殁后犹有以受贿侵公诬讦者，大府行文本籍官吏查办。适云帆先生为永昌知府，力为昭雪之。云帆尝有联云：廉吏可为而不可为，官退犹余身后累；文人相与于无相与，知交惟有案头书。盖两先生初未尝晤面也，古人风义之笃厚如此。

陈圆圆事，附会者甚多，皆文人好事者为之也。林琴南先生近撰之《劫外昙花》小说，约十之二三可据。眉庐蕙风亦纂辑万余言[③]，尚未睹。长沙杨朋海恩寿

---

① "礼"，原作"体"，据《冷庐杂识》卷五《孔梧乡》改。

② "狎"，况周颐《眉庐丛话》作"媟"。

③ 况周颐《眉庐丛话》："客岁秋冬间，纂《陈圆圆事辑》，得万余言。"按：况氏之后，李根源亦纂有《陈圆圆事辑续》，俱刻入《曲石丛书》。

《词余丛话》载：嘉庆间，苏州郑生客游滇，春日踏青商山，访圆圆墓不得。遇第宅，有女子羽服霓裳，与叙乡族，以诗十首托为传播。其末章云：鸳鸯化尽鱼鳞瓦，难觅当年竺落宫。郑问竺落宫之义，曰：此皇笳天，为十八色界天之一，见道经，妾旧时所居宫名也。取翠玉笛一枝以赠，并吟诗云：叹息沧桑易变迁，西郊风雨自年年。感君吊我商山下，冷落平原旧墓田。遂送郑出。郑以幽会荒唐，刻圆圆遗诗，托诸箕笔。东海刘古[①]石傅会作《商山鸾影》传奇，弥失[②]其真。苏人蒋敬臣为予言如此。杨氏《丛话》所述，殆即今阿香亭所叙曩日阿依歌舞地，夜来风雨读书声事演而成之，其荒诞一也。

吴三桂贵后颇笃于故旧，近人笔记多载之。三桂本以武举出某公门，某公殁，其子奉母贫甚，抵滇谒之，立以殊礼相待，并厚赠遣归，得温饱终身。又少曾为毛文龙部将，浙帅李某强夺毛氏宅，事闻于吴，立令还之，并输金谢毛氏。傅宗龙亦三桂旧帅，其子汝[③]，视之如兄弟，王府门禁严，汝非时出入，无敢诘者。宁都曾[④]应遴于三桂有恩，其子传[⑤]灿游滇，以十四万金赠行。均见南昌刘健《庭闻录》。

① “古”，原作“公”，据况周颐《眉庐丛话》改。按：俞樾《右仙台馆笔记》卷九引亦作“古”。
② “失”，原作“夫”，据文意改。
③ “汝”，原作“汝某”，衍“某”字，据刘健《庭闻录》卷六删。按：下文“汝非时出入”亦无“某”字。
④ “曾”，原作“曹”，据刘健《庭闻录》卷六改。
⑤ “传”，原作“傅”，据刘健《庭闻录》卷六改。

卷之二

钱南园先生应岁试，金坛于敏忠督学云武试，以《月中桂赋》拔冠。曹偶嗣先生见师荔扉拟作，叹曰：月与桂不得看成两橛，余作不逮君，不逮君。荔扉刻先生遗诗，称其直言敢谏，其风采在朝廷，振拔孤寒；其精神在学校，孝于亲，友于弟；其仪式在乡党，必言，必信，必果；其义概在交游，即无诗已传千古，而况其诗以布帛菽粟之味，运以雄直苍劲之笔者乎云云。实足概括先生生平也。

南园居京，尝寓望江会馆。馆在石头胡同，皆妓馆所居也。先生尝为联云：老骥伏枥，流莺比邻。又有居东郊民巷附近者[①]，为联云：望洋兴叹[②]，与鬼为邻。则谑而虐矣。

师范《滇系·杂载类》：李善，江夏人，有雅行，淹贯古今，号为书簏。显庆中，累迁崇贤馆直学士，兼沛王侍读。为《文选注》，敷析渊洽，表上之，赐赉颇渥。出为潞王府记室参军，迁泾城令，坐与贺兰敏之善，流姚安，遇赦还。按《旧唐书·文苑·李邕传》：邕，字泰和，广陵江都人，父善，尝受《文选》于同郡人曹宪，后为左侍极贺兰敏之所荐引，为崇贤馆学士，转兰台郎。敏之败，善坐流岭外。会赦还，因寓居汴、郑之间，以讲《文选》为业。年老疾卒。所注《文选》六十卷，大行于时。始，善注《文选》，释事而忘义。书成以问邕，邕不敢对，善诘之，邕意欲有所更，善曰：试为我补益之。邕附事见义，善以其书不可夺，故两书并行。[③] 按：《唐书》云善江都人，师范则谓江夏人，《书》谓流岭外，师谓流姚安。[④] 然范系滇人，善流寓姚安，知之者多，足见史书之有误也。

罗平窦兰泉先生垿举进士后，有志于圣贤之学，请业于顾南雅先生莼，先生赠以楹联云：离事功更无学问，求性道不外文章。上句取诸王文成，下句则顾亭林语也。后先生尊人窦松溪先生以福建盐法道引疾里居，先生归而请益，公不

---

① 一说为清光绪年间大学士徐桐所为。

② “叹”（歎），原作“款”，疑刻印误，兹改正之。

③ 出《新唐书》卷二百二十《文艺中·李邕传》。

④ 按：《新唐书》卷二百二十《文艺中·李邕传》云“流姚州”。

谓然，曰：此说倒了！当云求文章不外性道，离学问更无事功。先生于是学益进。官京师时，尝与曾涤生国藩、倭艮峰仁、吴竹如廷栋、何丹溪桂珍同讲学于唐镜海鉴之门，理学尤渊源有自云。

同治中叶，湘南盗用巡抚印文一狱，几摇动大局，幸知县某精细，未酿大祸。先是，长沙有名妓廖玳梅者，色艺冠[①]一时。省绅某位尊而多金，昵之，欲纳为妾，廖不允。有外县绅某亦昵之，其人家亦不贫，且年少美丰姿，廖久属意矣。外县绅每逢省中课书院必至，至时[②]宿廖所，而屏省绅于门外，省绅颇衔之。一日，外县知县某忽奉巡抚密札一通，谓该县绅士某某等六人勾结发逆余党，拟在省城作乱，已侦获同党多人，供证凿碻[③]，即将某某等六人密拏正法云云。令得此札，大惊异。盖此六人皆邑中清白公正之士，其中皆举人五贡之类，且家皆殷实，文名藉甚，何致有悖逆举动？遂商之刑幕。幕将院札阅数过，拍案曰：此文伪也。焉有督抚印文，而无监印官衔名者乎？公须亲赴省垣，密商布政取进止。令乃行，谒布政，以情告。布政亦细阅抚札，不能决，语令曰：尔明日毋出面，俟我上院询明后，再商办法。次早，布政入见巡抚，密问曰：如某县某孝廉某拔贡者，非公书院门生耶？中丞曰：然。是皆高才生，累列首选，吾甚刮目者，岂有所干求耶？布政曰：否。闻公欲杀此数人，何也？中丞大惊曰：何来此言？孰诳尔耶？布政曰：有据在。乃出印文授之。中丞面色如土，颤声答曰：印则是也，我何尝为此？布政乃述其由，中丞益骇曰：是不可不究。因严鞫署中男女婢仆等。有夫人小婢曰：某日有某卖婆来，似曾向夫人乞印文焚疏事。亟逮卖婆至，初不承，继将用刑，乃哭曰：是省绅某贿我求夫人者。立命逮某绅，一讯而服。盖省绅欲娶廖，廖意终不属。省绅曰：尔属意者，如目前暴卒，则奈何？廖曰：某若死，则嫁尔。省绅乃出此毒计，思假[④]县令手而杀之也。彼五人亦因公事与省绅龃龉，结怨甚深，拟一并除之以为快。于是案乃大白。廖逃至外县，追捕监禁。卖婆与省绅拟斩。中丞夫人吞金死，中丞告病去。布政升巡抚，某令则调署大缺以酬之。中丞刘琨，云南人。布政李桓，江西人。其余人名、地名，当日告者皆详之，今忘之矣，仅忆一妓、一抚[⑤]、

① “冠”，原作“寇”，据坐观老人《清代野记》卷中《盗用巡抚印》改。

② “时”，坐观老人《清代野记》卷中《盗用巡抚印》作“即”。

③ “碻”，同“确”。

④ “思假”，原作“假思”，据坐观老人《清代野记》卷中《盗用巡抚印》乙正。

⑤ “抚”，原作“怃”，据文意改。

一藩耳。

昆明赵蓉舫尚书光，长刑曹二十年，且累得试学差，又累次查办外省案件，积赀甚丰。无子，只生三女，长次皆早嫁早死，惟三女未字。赵没后，尚遗财十余万[①]，皆三女掌之，嗣君子恒[②]所得甚微也。一日，三女谒万藕舲尚书青藜曰：侄女年已逾三十矣，求年伯为我择婿。一须元配，二须少年翰林，三须海内世家。万曰：难。会有仪征胡隆洵者，以赤贫士入都，联捷授吏部主事，万之门生也。闻胡未婚，谓三女曰：胡某已如尔所约之半，如尔不愿，我亦不敢过问。女不得已许之，遂涓吉成礼。胡一旦骤富，尊妇如帝天，妇视夫如奴隶，不待言矣。赵存日，有红绿佩二事，皆大如掌，一则透水玻璃翠，一则双桃红碧玺也。朝贵无不知之。及三女嫁后，二佩归于胡矣。胡一日佩之入署，众皆属目。一少年满司员谓众曰：明日当揶揄之。次日，胡入署，此少年急趋至胡前，半跪请安曰：大人一向好。胡以为误也，连称不是不是。少年忽昂首曰：我适见双佩，以为赵大人复活矣，孰知是尔耶！众轰堂大噱。自是胡不敢佩矣。三女归胡后，未[③]数年死，无子。胡再娶，亦无子。及卒，以弟之子子焉。资财及米市胡同大宅，皆归其弟矣。

清光绪中叶以后，慈禧忽怡情翰墨，学绘花卉，又学作擘窠大字，常书福、寿等字，以赐嬖幸大臣等。思得一二之代笔妇人不可得，乃降旨各省督抚觅之。适缪素筠女史寡居寓蜀，工花鸟，能弹琴，小楷亦楚楚，颇合格，乃驿送之京。慈禧召见，面试之，大喜，置诸左右，朝夕不离，并免其跪拜，月俸二百金。缪氏遂为慈禧清客，世所称"缪姑[④]太太"者是也。间亦作应酬笔墨，售于厂肆。自是之后，遍大臣家皆有慈禧所赏花卉扇轴等物，皆女史手笔也。会慈禧六旬庆寿，先数日，忽问缪曰：满州妇人大妆，尔曾见之矣。我未见尔汉人大妆果何如？缪对曰：所谓凤冠霞帔是也。慈禧曰：庆祝之日，尔须服之，为我陪宾。缪唯唯，即于是日购冠帔服之，慈禧甚喜。至寿日，众满妇人入宫叩祝者见之，无不诧异。慈禧大悦，赏赉无算，而女史束缚直立竟日，苦不可胜言矣。满人以汉

① "十余万"，坐观老人《清代野记》卷中《赵三姑娘》作"三十余万"。

② "嗣君子恒"，坐观老人《清代野记》卷中《赵三姑娘》作"嗣子"。按：参本书卷二"赵子恒郎中"条。

③ "未"，原作"末"，据坐观老人《清代野记》卷中《赵三姑娘》改。

④ "姑"，坐观老人《清代野记》卷上《画史缪太太》作"老"。

人为玩具如此。然当时朝中命妇闻之，莫不艳羡，以为胜眷优隆，天恩高厚也。

古来名人多自幼时露其颖异，如王渔洋，年十一岁时，祖象晋尝邀从弟象咸饮，象咸工书，酒阑，诸孙竞进乞书，象晋把酒命对句曰：醉爱羲之迹。渔洋在旁应声曰：狂[①]吟[②]白也诗。后卒以诗名。吴县潘文恭世恩应童试时，终日端坐，县令李逢春异之，拔置前列，因出对云：范文正以天下自任。公对：韩昌黎为百世之师。又出云：青云直上。对云：朱绂方来。后为状元宰相。有赠之联者云：大富贵亦寿考，畜道德能文章。张文襄幼时，塾师以"山人足鱼"命对，应声曰"水母目虾"，师大奇之。朱竹垞幼时，塾师举"王瓜"使属对，应声曰"后稷"。

蜀人富而喜遨，当王衍晚年时，俗竞为小帽，仅覆其顶，附身[③]即堕，谓之"危脑帽"。衍以为不祥，禁之。而衍好戴大帽，又好裹尖巾，其状如锥。而后宫皆戴金莲花冠，衣道士服，酒酣免冠，其髻鬟然，更施朱粉，号"醉妆"。按：清末年，民间戴小帽者皆尖如锥，仅覆其顶，自京师以至各省皆然，殆亦不祥之征。且钻营奉承之风甚盛，岂亦尖巾好戴大帽之表示欤？

欧《史·刘岳传》：宰相冯道，世本田家，状貌质野，朝士多笑其陋。道旦入朝，兵部侍郎任赞与岳在其后，道行数反顾。赞问岳："道反顾何为？"岳曰："遗下《兔园册》尔。"《兔园册》者，乡校俚儒教田夫牧子之所讲[④]也，故岳举以诮道。道大怒[⑤]，徙岳秘书监。又《刘昫传》：冯道与昫为姻家[⑥]而同为相，道罢，李愚代之。愚素恶道为人，凡事有稽失者，必指以诮昫曰："此公亲家翁所为也！"昫性少容恕，而愚特刚介，遂相诋诟。又《马裔孙[⑦]传》：临事多不能决，当时号为"三不开"，谓不开口以论议，不开印以行事，不开门以延宾客。[⑧]

《崔棁传》：性至孝，其父涿病，不肯服药，曰："死生有命，何用药为？"棁屡进药[⑨]，不纳。每宾客问疾者，棁辄迎拜门外，泣涕而告之。涿终不服药而

---

① "狂"，《渔洋诗话》卷上作"闲"。

② "吟"，原作"呤"，据《渔洋诗话》卷上改。

③ "附身"，《新五代史》卷六十三《前蜀世家·王衍》作"俛首"。

④ "讲"，《新五代史》卷五十五《刘岳传》作"诵"。

⑤ "道大怒"，《新五代史》卷五十五作"道闻之大怒"。

⑥ "姻家"，《新五代史》卷五十五作"亲家"。

⑦ 《旧五代史》卷一百二十七作"马裔孙"，《新五代史》卷五十五作"马胤孙"。

⑧ 此句，《新五代史》卷五十五作"胤孙临事多不能决，当时号为'三不开'，谓其不开口以论议，不开印以行事，不开门以延士大夫也"。

⑨ "棁屡进药"，《新五代史》卷五十五作"棁屡进医药"。

卒。棁虽专于文学，不能莅事，桑维翰令棁知贡举，棁果不能举职。[①]时有进士孔英者，素有丑行，为当时所恶。棁既受命，往见维翰，[维][②]翰素贵，严尊而语简，谓棁曰："孔英来矣。"棁不喻其意，以谓维翰以孔英为言，乃考英及第，物议大以为非。《李怿传》：右散骑常侍张文宝知贡举，所放进士，中书有覆落[③]者，乃请下学士院作诗赋为贡举格，学士窦梦征、张砺[④]等所作不工，乃命怿为之，怿笑曰：予少举进士登科，盖偶然耳。后生可畏，来者未可量，假令予复就礼部试，未必不落第，安能与英俊为准格？闻者多其知体。又《和凝传》：以翰林学士知贡举。是时，进士多浮薄，喜为喧哗，以动主司。主司每放榜，则围之以棘，闭省门，绝人出入以为常。凝彻棘开门，而士皆肃然无哗，所取皆一时之秀，称为得人。后世称棘闱，殆举此。

昔人以"将毋同"对"莫须有"，已称工巧，然事实犹不类。《吴志》孙坚举兵讨卓，勒兵袭荆州刺史王睿，睿曰：我何罪？坚曰：坐无所知。睿饮金死。则事实尤相近也。又"诗狂酒圣"不如"诗公酒帝"对仗公稳，事实亦相近也。（按：清康熙时，仁和汤西涯右曾工诗，圣祖索其近作，以《文光集》进，御制诗赐之，目为诗公，闻者惊羡。又长洲顾侠君嗣立家有古酒器三，大者受十三斤，余递杀。尝辟秀野草堂，日集四方名士觞咏其中，署门曰：凡酒客过门，请与三爵[⑤]，诘朝相见决雌雄。盖终其身无与抗者，时目为酒帝。）

同治甲子七月，江宁克复。捷至京，刑部侍郎霍山吴廷栋有《请加敬惧[⑥]持以恒永》一疏，[得][⑦]旨嘉奖，并发交弘德殿，俾资省览。一时都门传抄，几于洛阳纸贵。其原文中最至切者曰治乱决于敬肆，敬肆根于喜惧。从古功成志满[⑧]，人主喜心一生，而骄心已伏，奄[⑨]寺即有乘此喜而贡其谄谀者矣，左右即有因此

① 《新五代史》卷五十五作"棁少专于文学，不能莅事，维翰乃命棁知贡举，棁果不能举职"。

② "维"字原夺，据《新五代史》卷五十五《崔棁传》补。

③ "落"，原作"前"，据《新五代史》卷五十五《李怿传》改。

④ "砺"，原作"励"，据《新五代史》卷五十五《李怿传》改。

⑤ "爵"，阮葵生《茶余客话》卷二十《顾嗣立称酒帝》作"雅"。

⑥ "惧"，原作"慎"，据《大清穆宗毅皇帝实录》卷一百九十"同治三年七月甲寅"条改。按：《蕉轩随录》卷二《吴侍郎奏疏》亦作"惧"。

⑦ "得"字原夺，据《蕉轩随录》卷二《吴侍郎奏疏》补。

⑧ "满"，《大清穆宗毅皇帝实录》卷一百九十"同治三年七月甲寅"条、《清史稿》卷三百九十一《吴廷栋传》及《蕉轩随录》卷二《吴侍郎奏疏》俱作"遂"。

⑨ "奄"，《大清穆宗毅皇帝实录》卷一百九十"同治三年七月甲寅"条、《清史稿》卷三百九十一《吴廷栋传》及《蕉轩随录》卷二《吴侍郎奏疏》俱作"宦"。

喜而肆其蒙蔽者矣，容悦之臣即有迎此喜而工[①]其谀佞者矣，屏逐之奸即有窥此喜而巧其夤[②]缘者矣。谄媚贡则柄暗窃，蒙蔽肆则权下移，谀佞工则主[③]志惑，夤[④]缘巧则宵小升。于是［受］[⑤]蛊惑，塞聪明，恶忠谏[⑥]，远老成。从前戒惧之念，一喜败之；后此侈肆之行，一喜开之。方且矜予智，乐莫违，一人肆于上，群小煽于下，流毒苍生，贻祸社稷，皆由一念之由喜而骄已。军兴以来，十余省亿万生灵惨遭烽火[⑦]，大兵所过，又[⑧]被诛夷。皇上体上天好生之心，必有哀矜而不忍喜者矣。使万几[⑨]之余，或有一念之肆，虽丝纶诰诫[⑩]，而臣下第奉为具文，积习相沿，徒为粉饰，将仍安于怠玩侈纵矣。夫上行下必效，内治则外安。其道莫大于敬，其几[⑪]必始于惧。惧天道[⑫]无常，则不敢恃天；惧民情可畏，则不敢玩民；惧柄暗窃，则谄媚必斥；惧权下移，则蒙蔽必祛[⑬]；惧邪易侵，则夤[⑭]缘必绝。凡此皆本于一心之敬。盖惧在敬之始，敬在惧之实[⑮]。一人恪[⑯]恭于上，盈庭[⑰]交儆于下。群帅知惧，必协［力］[⑱]以扫[⑲]余氛；大吏知惧，必尽[⑳]心以图善后。而宵旰勤劳，更与二三大臣开诚布公，集思广益，庶［几］[㉑]至诚无息，久道化成云云。当时倭相国仁谓为陆宣公以来有数文字。然不过摹拟孙文定《三习一

---

① “工”，原作“贡”，据《大清穆宗毅皇帝实录》卷一百九十“同治三年七月甲寅”条、《清史稿》卷三百九十一《吴廷栋传》及《蕉轩随录》卷二《吴侍郎奏疏》改。

② “夤”，原作“寅”，据《大清穆宗毅皇帝实录》卷一百九十“同治三年七月甲寅”条、《清史稿》卷三百九十一《吴廷栋传》及《蕉轩随录》卷二《吴侍郎奏疏》改。

③ 主，原作“生”，据《清史稿》卷三百九十一《吴廷栋传》及《蕉轩随录》卷二《吴侍郎奏疏》改。

④ “夤”，原作“寅”，据《清史稿》卷三百九十一《吴廷栋传》及《蕉轩随录》卷二《吴侍郎奏疏》改。

⑤ “受”字原夺，据《清史稿》卷三百九十一《吴廷栋传》及《蕉轩随录》卷二《吴侍郎奏疏》补。

⑥ “谏”，《清史稿》卷三百九十一《吴廷栋传》作“鲠”，《蕉轩随录》卷二《吴侍郎奏疏》作“说”。

⑦ “火”，《清史稿》卷三百九十一《吴廷栋传》及《蕉轩随录》卷二《吴侍郎奏疏》作“镝”。

⑧ “又”，《清史稿》卷三百九十一《吴廷栋传》及《蕉轩随录》卷二《吴侍郎奏疏》作“尽”。

⑨ “几”，原作“畿”，据《清史稿》卷三百九十一《吴廷栋传》及《蕉轩随录》卷二《吴侍郎奏疏》改。

⑩ “丝纶诰诫”，方濬师《蕉轩随录》卷二《吴侍郎奏疏》作“纶音告戒”。

⑪ “几”，原作“机”，据《清史稿》卷三百九十一《吴廷栋传》及《蕉轩随录》卷二《吴侍郎奏疏》改。

⑫ “道”，《清史稿》卷三百九十一《吴廷栋传》作“命”，《蕉轩随录》卷二《吴侍郎奏疏》作“节”。

⑬ “祛”，《蕉轩随录》卷二《吴侍郎奏疏》作“照”。

⑭ “夤”，原作“寅”，据《蕉轩随录》卷二《吴侍郎奏疏》改。

⑮ “实”，《清史稿》卷三百九十一《吴廷栋传》作“终”。

⑯ “恪”，《蕉轩随录》卷二《吴侍郎奏疏》作“笃”。

⑰ “庭”，《蕉轩随录》卷二《吴侍郎奏疏》作“廷”。

⑱ “力”字原夺，据《蕉轩随录》卷二《吴侍郎奏疏》补。

⑲ “扫”，《蕉轩随录》卷二《吴侍郎奏疏》作“靖”。

⑳ “尽”，《蕉轩随录》卷二《吴侍郎奏疏》作“竭”。

㉑ “几”字原夺，据《蕉轩随录》卷二《吴侍郎奏疏》补。

弊疏》，语多涉空，于善后应办要政初无所指陈也。

今日学校积分之法，始于明太祖国学，其出身与进士等，诚良法也。然高丽已先行之，以六分积至十四分以上，许直赴终场，不拘其额。元时亦有此法，而西人乃与暗合。

张献忠扰蜀，江津县民戚承勋僻居山中，仓皇窜去，其妻廖氏弱不能从，遂坚闭重门，誓以死。数月贼不至，粮尽，自于宅池边种稻以继之，以草为衣。数年，荆棘丛生，蔽其宅，遂与外隔。如此四十余年，亦不知承勋之生死存亡矣。初，承勋窜入黔中别娶，生二子。年六十余，归访旧里，荆榛[①]满目，无从觅其故居，但识其向而已。方倩人斩竹伐[②]木，稍见其宅，颓敧尚存，有炊烟冉冉自屋中出。异之，固不计其妻之犹存也。及近宅，廖氏忽从楼上呼曰：汝辈何人？承勋惶怖，厉声答曰：吾此宅主人戚某也。廖窥视久，觉声音容貌似其夫，泣语曰：君妾夫耶？妾廖氏也。可将君身余衣裤与妾，得蔽体相见。承勋解衣掷之，氏自楼下，面目黧黑，发乱如蓬，承勋恍惚莫辨。廖备述其由，相泣如再世。后承勋自黔挈其妻子还，年各九十余始卒。嗟夫！献贼残酷，古所未有。当是时，父子、兄弟、夫妇间其得全者，仅矣。氏独守穷野荒榛中，历四十余年，卒复聚偕老死，事固有奇异不可测如此耶。又相传丹稜县南竹林寺杨氏女事母孝，母死不字，入山采黄精食之，体轻能飞，往来树间，父老见者颇多，然恐非事实矣。

昔孔子之母颜征在者，颜氏之少女也。华盛顿之母美利者，波路氏之少女也。孔子父叔梁纥再娶征在而生孔子，华盛顿之父柯架斯亦以再娶美利而生华盛顿。孔子生于黄帝丁巳纪元后二千一百四十四年八月二十七日，华盛顿生于耶稣纪元后一千七百三十二年二月二十二日。孔子为东半球第一人，华盛顿为西半球第一人。遥遥相望，节节相符，乃知圣贤豪杰之生，非偶然也。

自古非凡之人，其志趣所存，往往于微时发现。颜渊曰：舜何人也？予何人也？有为者亦若是。此圣贤之口吻也。陈胜辍耕太息曰：燕雀安知鸿鹄之志哉！项羽纵观秦始皇，曰：彼可取而代也！此[③]英雄之口吻也。汉高祖亦尝观秦始皇

---

① “榛”，原作“棒”，应为刻印误，兹改正之。按：《旧五代史》卷九十七《晋书·卢文进传》：“文进在平州，率奚族劲骑，鸟击兽搏，倏来忽往，燕、赵诸州，荆榛满目。”

② “伐”，原作“代”，应为刻印误，兹改正之。

③ “此”，原作“比”，据上下文改。

帝，慨然曰：大丈夫不当如是耶？美国古尔德观大统领丕尔治，亦慨然曰：吾他日当为大统领！此帝王之口吻也。马援曰：大丈夫当死于边外，以马革裹尸。班超曰：大丈夫当立功异域，安能久事笔砚间乎？赵汝愚曰：丈夫得汗青一幅纸，始不负此生。此志士之口吻也。或谓高祖后为帝王，古尔德则否，未免拟不于伦。余曰：古尔德后为铁道大王，彼南面王何以易乎！闻者粲然。

豳、岐、丰、镐，周之所都，秦咸阳，汉、隋、唐长安，百里之内，王者更居。千百年来，庙社虽毁而陵寝未湮。文王陵在今咸阳北十五里，后数武即武王陵，稍西南三里成王陵，稍东南三里康王陵。说者谓文王以两膝抱孙，而以背负子，其制度出于周公，盖其形象然也。秦始皇原在临潼县东骊山，虽为项王牧子所发，然其高五十丈，不能削而平之也。汉陵多在毕原之上，原距长安城五十里，渡渭而北即是高祖长陵；惠帝安陵、文帝霸陵、景帝阳陵、昭帝平陵、元帝渭陵皆在咸阳东；武帝茂陵、成帝延陵、哀帝义陵皆在咸阳西。唐兴，乃从毕原北渡泾又八十里为三原县之曰白鹿原[①]，作高祖献陵、太宗昭陵、敬宗庄陵、武宗端陵，而昭陵尤盛。凡诸王、妃主、勋旧、番将从葬者，均于是焉。所称丞相冢者，即魏文贞墓也。

孔子葬鲁城北泗上，公西赤为识，即后世墓志之祖。伯鱼在先圣墓东，碑镌“泗水侯墓”。子思子墓在先圣墓南，碑镌“沂国述圣公墓”。颜子墓在曲阜县东二十里防山南，有碑曰“先师兖国公之墓”。孟子庙在邹县东北三十里。宋仁宗景祐四年，孔道辅守兖州，求孟子墓于四基山，始就山立庙，以公孙丑、万章之徒配焉。周公墓在曲阜县东二里，故鲁太庙之墟鲁灵光殿即此。少皞陵在县东八里，伯禽墓同宰我墓在县西南三里。按：古帝王陵寝考，昔人著有专书，此特就所能记忆者述之耳。唐开元时，追谥孔子为文宣王，宋真宗加至圣文宣王，元武宗加大成至圣文宣王，明嘉靖九年定为至圣先师孔子，至今仍之。

亡友贵筑郭君，年六十余游滇时，曾演讲《心经》，尔时尚未研究内典[②]，为记其说于左。

《摩诃般若波罗密[③]多心经》：观自在菩萨行深般若波罗密多时，照见五蕴

① “原”，原作“源”，三原县境内有白鹿原。

② 内典，佛教徒称佛经为内典，包括三藏十二部一切经典。

③ “密”，一作“蜜”，下同。

皆空，度一切苦厄。舍利子，色不异空，空不异色，色即是空，空即是色。受、想、行、识，亦复如是。

摩诃，大也。般若，智慧也（与聪明别）。波罗，彼岸也。密多，无极也。心经，指指心之路也。佛以大智慧诞登彼岸，俾此心返本还源，归于无极，指点云观知自己所在之慈悲佛。菩萨其道行深至成大智慧诞登彼岸，此心返本还源时，彼岸即此岸，非异地也。则照见色、受、想、行、识之五蕴，皆空洞无物。五蕴既空，则度脱世间一切生老病死之苦厄，藏此虚灵不昧之利子，色视之犹空，即空亦可视之犹色，且色即空，空即色，无所区别。其他四因亦如是也。

舍利子，是诸法空相。是故空中无色，无受、想、行、识，无眼、耳、鼻、舌、身、意，无色、声、香、味、触、法。无眼界，乃至无意识界。无无明，亦无［无］[①]明尽。乃至无老死，亦无老死尽。无苦集灭道，无智亦无得。以无所得故，菩提萨埵。依般若波罗密多故，心无挂碍。无挂碍故，无有恐怖，远离颠倒梦想，究竟涅槃。

此虚灵不昧，葆存于己身之利子，是诸法空相，非有所粘着也。人既空，则无所见色。无所见色，无色可见，故身亦无所受。无所受，故不生妄想，不致妄行。无所识认，即眼、耳、鼻、舌、身、意之内，受色、声、香、味、触、法之外，缘皆无之。既无眼界，则无所见。无所见，则不生意识界。无见无意，直无无明，直至无无明尽。无老死，亦无老死尽。躯壳虽坏，而真灵常存。存即丛集于身之苦，扫灭无余之道，亦无有矣。不但此也，所谓智慧与缘智慧所得者，亦乌有矣。以此之故，人空，菩提。法空，萨埵读作夺。工夫圆满。依大智慧到彼岸，返本还元之故，则心无所挂，无思虑之牵缠。无所碍。境遇阻障。无所挂碍，则又何所恐怖？盖颠倒梦想均远离矣。此则穷究其竟尽而已，至于非生非死不即不虽之涅槃境象矣。

三世诸佛，依般若波罗密多故，得阿耨多罗三藐三菩提。故知般若波罗密多，是大神咒，是大明咒，是无上咒，是无等等咒，能除一切苦，真实不虚。故说般若波罗密多咒。即说咒曰：揭谛揭谛，波罗［揭］[②]谛，波罗僧揭谛，菩提萨婆诃。

---

① “无”字原夺，据《摩诃般若波罗蜜多心经》补。
② “揭”字原夺，据《摩诃般若波罗蜜多心经》补。

此前，此三世诸佛即依大智慧到彼岸，返本还元，故得无阿上耨多罗圣三藐谛三菩提。故[1]知此般若波罗密多，是大神咒，以一定不易之理，发为一定不易之言为咒。足以降伏一切邪念；是大明咒，足以开发一切障蔽；是无上咒，无可与及；是无等等咒，无可与齐。其咒维何？曰：人空，揭谛。法空，揭谛。空无所空，波罗揭谛。波罗僧揭谛，直至空无不空之境界。则初菩提。末萨婆诃。皆一扫净尽矣。

按：其说时阑入道家言，又以舍利子为合利骨，皆非，阅者分别观焉可也。

滇中旧有赵文敏书《妙法莲华经》七册，在圆通寺中，磁青纸本，泥金楷书，大约六七分许。相传清康熙间兰谷和尚游滇，清圣祖赐以此经。和尚至昆明，建法界寺，藏经其中。嗣复移住圆通寺，故经即藏寺中。清光绪初年，赵樾村、陈岚青诸前辈犹及见之，已只五册。民国二年，王君朴轩见之，则仅二册矣。闻王君已允给价百二十金，僧索百三十金，不遂，王君至今犹懊丧不置云。

大理杨竹溪先生高德生于昆明，幼禀异资，过目成诵。陈性圃、李厚安诸君皆其门弟子，亲学业者。厚安言，经先生评改过目之文章，多年犹能记忆，甚有隔数年后辄驰书嘱某年月日为改某文，有某段舛错，宜易为某某文语，翻之果然。厚安又云，每友人聚会纵谈，事后询先生，覆述某某之言，了无遗误。惜幼年罹乱世，未得竟所学也。

先生尝手抄《康熙字典》，精勤不懈。惟好奕象棋，打大锣。市上茶寮有乱谈戏，先生每日必打锣其间，携弟子于座侧，有间则讲文。尝谓人：乐中以管弦丝竹为佳，而余独好打大锣。棋中以围棋为佳，而余独好奕象棋。又皆不甚佳。或曰先生晚年丧偶、殇子，孑然一身，故其落拓玩世不羁如此云。

大姚刘渠堂编修，工书画，书法尤精。在京时，常代刘石菴、成亲王作字，人多莫辨。未第时皆以状头期之，乃殿试日，鼻衄流血污卷，然犹得翰林。其子锡龙以优贡捐中书。值回乱，携眷属逃难出川，至会理州境，川人觊其辎重，戕之，而尽掠其赀以去，谓为滇匪犯境，吁冤甚矣。

喻仲孚名怀信，曲靖人，著《人鉴》一书，分类别门，采古名圣名贤言行录列之，凡八十卷，各分上下卷，为四十本。余襄[2]刻《云南丛书》，拟附刻之，惜其卷帙浩繁，恐难尽刻也。

---

① 此处原衍一“故”字，据文意删。

② “襄”，疑为“曩”字之误。

杨文襄一清《关中奏议》一书尚有存板，惟《石淙诗钞》版毁于回乱，藏书楼中已无存者，赵月村丈尚存一孤本云。

佛氏论持律，以隔墙闻钗钏声为破戒。苏子由解之曰：闻声而动为破戒，闻声而不动，以不动为不破戒。此言陋矣。叶梦得谓：此耳本何所在？见为隔墙，是一重公案；知为钗钏声，又是一重公案，尚问心之动不动乎？[①]此言亦未为圆满也。耳根闻识本于觉了能知之心，此觉了能知之心今何所在？不究本相，徒寻六识，无有是处也。六祖仁者心自动之言虽粗，其亦知言乎！

范蜀公素不饮酒，又诋佛教。在许下，与韩持国兄弟游，而诸韩皆崇此二事，每燕集，蜀公未尝不与剧[②]饮尽欢，少间，则必以谈禅相继[③]。蜀公颇病之。子瞻在黄州，以书问救之之术，曰：麴蘖[④]有毒，平地生出醉乡。土偶作祟，眼前妄见佛国。子瞻报之曰：请公试观：能惑之性，何自而生[⑤]？欲救之心，作何形象[⑥]？此犹不立，彼复何依？正恐黄面瞿昙[⑦]，亦须敛衽，况学之者耶？子瞻能作是言，可谓过次公远矣。

《对山阁语录》为仙人降坛之笔，疑信参半，多文人好事附会所为。如彭南畇《真宫鸾示》云：繁华久消歇，一雁下寒坡。月印空潭静，风鸣落叶多。菊花真傲士，梵语亦清歌。妙谛何人悟，高楼近绛河。《琴高公鸾示》云：画里溪山佳处，丹台几度春秋。一痕新月影如钩，钩得天池赤鲤。　我欲乘风东上，忽逢仙伴来游。玉琴声澈水云浮，招得瑶池鹤影。《拐仙踏歌》其一云：踏歌，踏歌，人生几何。功名如石火，年华如水波。四千年云荡日摩，沧海桑田几经过。吾这一拐杖，化作龙哦。其二云：踏歌，踏歌，光阴几何。月影圆时少，人生苦处多。挑起八百斤担儿，奔波复奔波。痴人如醉梦，铁汉受消磨。吾这一拐杖，扶几人登

---

① 按：此段节略过甚。叶梦得《避暑录话》卷下云："佛氏论持律，以隔墙闻钗钏声为破戒，人疑之久矣。苏子由为之说曰：'闻而心不动，非破戒；心动为破戒。'子由盖自谓深于佛者，而言之陋如此。何也？夫淫坊酒肆，皆是道场；内外墙壁，初谁限隔？此耳本何所在。今见有墙为隔是一重公案，知声为钗钏是一重公案，尚问心动不动乎？"

② "剧"，《避暑录话》卷下作"极"。

③ "继"，《避暑录话》卷下作"勉"。

④ "麴蘖"，亦作"曲糵"，指酒、酒曲、酒税，此处应指酒。按：《宋书·颜延之传》："交游阘茸，沉迷麴蘖。"

⑤ "生"，原作"性"，据《避暑录话》卷下改。

⑥ "象"，《避暑录话》卷下作"相"。

⑦ 梵语音译，意为甘蔗。

昆仑、渡银河。叹人世纷纷，如蚁旋磨，如鸟投罗。踏歌，踏歌。其三云：踏歌，踏歌，世界几何。今古如棋局，乾坤人网罗。尔看那三国孔明，也扭不转汉山河。一场大劫，土冢峨峨。不如吾这拐杖，泛沧海，入岩阿。口里说些因果，手中扫些邪魔。踏歌，踏歌。《和惠真人鸾示》云：凄风冷露桂花天，一种奇香绕座前。记得广寒千万树，漫空金粟日华园。《孙真人鸾示》云：舆行到处篆烟香，满眼如云陇上黄。我欲医人心里病，大虚空处觅仙方。虽清婉可喜，大都附会润色之笔墨耳。

东坡自儋耳归，临行以诗别黎子云秀才云：我本儋州人，寄生西蜀州。忽然跨海上，譬如事远游。平生生死梦，三者无劣优。知见不再见，欲去且少留。读此诗，想见公处世旷达之致。

东坡一日退朝食罢，扪腹徐行，顾谓侍儿曰：汝辈且道是中物。一婢遽曰：都是文章。坡不以为然。又一人曰：满腹都是机械。坡亦以为未当。至朝云，乃曰：翰林一肚皮不合入时宜。[①] 坡于是捧腹大笑。

欧阳文忠公晚年尝日窜定平生所为文，用思甚苦。其夫人戏止之，曰：何自苦如此，当畏先生嗔耶！公笑曰：不畏先生嗔，却[②]怕后生笑。

东坡在杭州，一日游西湖，坐孤山竹阁，前临湖亭上。时二客皆有服[③]。久之，湖心有一画船渐近，亭前靓妆数人。中有一人尤丽，方鼓筝，年三十余，风韵娴雅，绰有态度。二客目送之，曲未终，翩然而逝。公戏作长短句云：凤凰山下雨初晴。水风清，晚霞明。一朵芙蕖[④]，开过尚盈盈。何处飞来双白鹭，如有意，慕娉婷。　　忽闻江上弄哀筝，苦含情，遣谁听。烟敛云收，依约是湘灵。愿[⑤]待曲终寻问取，人不见，数峰青。此与坡仙所作《醉翁操》音调相似，当前偶现，一过不留，非如菩萨印心，拈花微笑，此其所以为仙也。

晋卫恒论《四体书势》云：昔在黄帝，创制造物。有沮[⑥]诵、苍颉者，始作书契，以代结绳，盖睹鸟迹以兴思也。因而遂滋[⑦]，则谓之字，有六义焉。一曰指

① 费衮《梁溪漫志》卷四作“不入时宜”，毛晋辑《东坡笔记》作“不合入时宜”。

② “却”，原作“郤”，应为刻印误，据沈作喆《寓简》及文意改。

③ “服”，原作“服舆”，此处衍一“舆”字，据文意删。按：张邦基《墨庄漫录》卷一云：“时二客皆有服，预焉。”“有服”指有丧服在身，而“服舆”指驾车。

④ “蕖”，原作“蓉”，据文意改。

⑤ “愿”，《墨庄漫录》卷一及《东坡乐府》作“欲”。

⑥ “沮”，原作“诅”，据《晋书》卷三十六《卫恒传》改。

⑦ “滋”，《书法正传》卷七晋卫恒《四体书势》作“书”。

事，上、下是也。二曰象形，日、月是也。三曰形声，江、河是也。四曰会意，武、信是也。五曰转注，老、考是也。六曰假借，令、长是也。夫指事者，在上为上，在下为下。象形者，日满月亏，效[①]其形也。形声者，以类为形，配以声也[②]。会意者，止戈为武，人言为信。转注者，以老为[③]寿考也。假借者，数言同字，其声虽异，文意一也。自黄帝至于三代，其文不改。及秦用篆书，焚烧[④]先典，而古文绝矣。汉武时，鲁恭王坏孔子宅，得[⑤]《尚书》《春秋》《论语》《孝经》，时人已不复知有古文，谓之科斗书。汉世秘藏，希得见者[⑥]。魏初传古文[者][⑦]，出于邯郸淳。恒祖敬侯写淳[⑧]《尚书》，后以示淳，而淳不别。至正始中，立三字石经，转失淳法，因科斗之[⑨]名，遂效其形。太康元年，汲县人盗发魏襄王之冢，得策书十余万言。按敬侯所书，犹有仿佛。古书亦有数种，其一卷论楚事者最为工[⑩]妙。恒窃悦之，故竭愚思，以赞[⑪]其美，愧不足厕前贤之作，冀以存古人[⑫]之象焉。古无别名，谓之字势云。

元吾衍《字源七辨》(《学古编》)：一曰科斗书。科斗书者，仓颉观三才之文，及意度为之，乃[⑬]字之祖，即今之偏旁也。画文形如水虫，故曰科斗。二曰籀文。籀文[⑭]者，史籀取仓颉形意，配合为之，大篆是也。史籀所作，故曰籀文。三曰小篆。小篆者，李斯省籀文之法，同天下书者也。比[⑮]籀文体十存其八，故谓之八分小篆，故谓籀文为大篆也。四曰秦隶。秦隶者，程邈以文牍繁多，难于用篆，因减小篆为便用之法，故不为体势。若汉款识篆者相近，非有挑法之隶

---

① “效”，《书法正传》卷七晋卫恒《四体书势》作“象”。
② “配以声也”，《书法正传》卷七晋卫恒《四体书势》作“以配为声也”。
③ 《晋书》卷三十六《卫恒传》无“为”字。
④ “焚烧”，《书法正传》卷七晋卫恒《四体书势》作“烧焚”。
⑤ 此处《书法正传》卷七晋卫恒《四体书势》有“古文”二字。
⑥ “者”，《晋书》卷三十六《卫恒传》作“之”。
⑦ “者”字原夺，据《晋书》卷三十六《卫恒传》补。
⑧ “写淳”，《书法正传》卷七晋卫恒《四体书势》作“为写”。
⑨ “之”，《书法正传》卷七晋卫恒《四体书势》无。
⑩ “工”，《书法正传》卷七晋卫恒《四体书势》作“上”。
⑪ “赞”，《书法正传》卷七晋卫恒《四体书势》作“谐”。
⑫ “古人”，《书法正传》卷七晋卫恒《四体书势》作“古今”。
⑬ “乃”，原作“文”，据《学古编》改。
⑭ “籀文”，原作“大篆籀文”，与下文重复，则“大篆”二字衍，据《学古编》删。
⑮ “比”，原作“此”，据《学古编》改。

也。便于佐隶书。即是秦权、秦[①]量上刻字，人多不知，亦谓之篆，误矣。或谓秦未[②]有隶，且疑程邈之说，故详及之。五曰八分。八分者，汉隶之未[③]有挑法者也。比秦隶则易识，比隶字[④]则微似篆，若用篆笔作汉隶字，即得之矣。八分与隶，人多不分，故言其法。六曰汉隶。汉隶者，蔡邕石经以及汉人诸碑上字是也。此体最为后出，皆有挑法，与秦隶同名，其实则异，又谓之八分[⑤]。七曰款识。款识者，诸侯本国之文也。古者诸侯书不同文，故形体各异。秦斯小篆，始一其法。近之学者取款识字为用，一纸之上，齐、楚不分，人亦莫晓其谬。今分作外法，故未[⑥]置之，不欲乱其源流，始可考其先后耳。(周越)《古今法书苑》：蔡文姬言割程隶字八分取二分，割李篆字二分取八分，故曰八分书。

忠王杨秀清有女簿书曰傅善祥，金陵产也，一切批判悉为庖代，属吏文书有不中程式者，悉驳斥之。极膺宠异。忌者谗之，被贬，遂愤致病，病瘳不知所往。粤东邓筱赤中丞华熙守云南府时，有女擅文才，兼谙申韩学，簿书文牍，咸归掌理，三十余犹待字也。后适某，二年而夫故，遂殉节焉。

庚子之役，许景澄以谏攻使馆论斩。余曾录其三疏。闻诏下时，许公行所无事，取公文案牍，一一授之同官曰：吾死无足惜，而公事自我失堕，不遗受代之人，则档案莫检，吾罪重矣！事既竣，始就义。其忠可佩，其养尤不可及矣。余闻之黄仲筌、杨叔峤就义时，甫自衙归，晚餐毕，旋又传步军统领衙门相请，以为归时已无公件，且与此署无关，方疑讶之，更着衣冠往，未曙，已决于市。

洪秀全陷金陵，江督何桂清驻扎常州，警报至，复弃常遁。方离常时，邑人有扣马留之者，桂清令卫兵拔刀斫之，夺路去。至惠麓，在籍侍郎侯桐闭城不纳。过苏台，苏抚徐有壬复拒之。遂至海上，居于租界。同治元年，严旨逮问，照边将失城律，拟斩监候情重立决。时朝臣多右清，独常州人刑部员外郎余光倬请斩决，折上，桂清遂诛。有警句云论疆寄，则文臣视武臣为重；论军法，则逃官与逃吏[⑦]同诛云云。

---

① “秦”，原作“汉”，据《学古编》改。
② “末”，原作“末”，据《学古编》改。
③ “末”，原作“末”，据《学古编》改。
④ “隶字”,《学古编》作“汉隶”。
⑤ 《学古编》无“又谓之八分”五字。
⑥ “末”，原作“末”，据《学古编》改。
⑦ “吏”，况周颐《餐樱庑随笔》作“将”。

何彤云先生诗笔甚超迈，官至户部右侍郎，所至有声。惟在清文[①]宗朝虽见亲幸，未能随宜匡正，致显宗有种种嗜好，颇怠朝政，清议非之。

山左张振清侍郎英麟善唱皮黄，文[②]宗幸臣周某为言于上，立命弘德殿行走。公闻，立托母病危，请假归。是时，显宗嗜声乐，苦弦师不佳，屡易，无当者。后得某茂才为之转折如意，大加赏赞，询其官，秀才也，谕令速勤读，下科连捷，入词林。或曰此乾隆时事也。

□[③]文端公筠昭微时，对门有贫家女颇端好，时至公家小有需作。后公至京，和相珅曲意承迎，异常倾奉，并以大魁期之。公甚诧[④]异，以非素识也。旋侦得前女已入和宅，蒙宠眷。始□其由来，立扑被南旋。和相败，始赴试，卒得大拜。以此见公之方正，且识时不及于和祸也。

萧质斋先生培元家读时，每月必备科场应用书籍、饮食、物品，一如入闱状，入贡院矮屋中作文，誊缮毕始出，月必三次。贡院一老役常为人言之，后卒得领己亥解[⑤]。用功如此，无惑乎其得也。先生颇方正，官山东久，绩极著。绍廷观察其子也，亦通雅，有家风。

张天船微时极贫困，某年岁除在五华书院中，只余钱四百，无以资生，遂市酒肉、鸦片，拟痛饮后服阿芙蓉自尽。适监道彭子佳瑞毓赠钱二千，遂已。后卒力学，有名于世。李厚安为余言，余更举黄翼升救鲍春霆事，与此适相类。

史念祖方伯有《[俞][⑥]俞斋诗稿》，甚佳，闻系得之湖南某名士，以重价易得者，实则史并不能诗文也。吴楚生太史素知之，尝以微言见意，方伯甚窘，亟以重金送其行，并时时馈送，吴因得厚利云。

前宦滇之洪某极工春画，流落人间甚多。后甚悔，以重金购毁，到滇时犹时时物色之。

---

① “文”，原作“显”，清无显宗庙号，据文意，应为清咸丰皇帝，庙号“文宗”，谥号“显皇帝”。按：何彤云于咸丰初供职内廷，晋少司农。

② “文”，原作“显”，清无显宗庙号，据文意，应为清咸丰皇帝，庙号“文宗”，谥号“显皇帝”。按：何彤云于咸丰初供职内廷，晋少司农。

③ 疑为“汤”。按：汤金钊，字敦甫，历官礼、户、兵各部侍郎，吏、工、户部尚书，左都御史协办大学士，咸丰六年卒，谥文端。

④ 诧，原作“吒”，以文意改。

⑤ “领己亥解”，原作“领己解亥”，兹乙正之。按：王其慎《质斋先生年谱》：“道光十九年己亥，先生年二十四岁，乡试，举第一。”乡试第一名为解元。

⑥ 原文脱一“俞”字，据《俞俞斋诗稿》补。

汉川秦笃辉《平书·物宜篇》载：杨文襄一清额中具一眼直形，后为相，人称“三眼相公”。按：杨本传称其貌寝而性警敏，其信然耶？

昆明人李武亭服役崇厚家。庚子之役，崇为津海关道，派武亭在关司会计事。联军入关，至税务司搜括存款，武亭卧于门槛前，以手指项，谓来军曰：斫吾头，钱方可得也。联军义之，相戒勿伤而去。迄议和约，外人至，谓非李某画押不可，由是名闻一时。历保至四品衔，积蓄亦极厚。然李质直㧑谦如故，每遇士大夫，尤曲意晋接，隆以礼貌。乡人有困乏者，辄周济无吝容。岁时至崇宅，仍服元青褂，行家人礼，至难能也。

《元史·张立道传》载：元以前，滇南人不知有孔子，祀王羲之为先师。梁应来《两般秋雨庵随笔》转录之。王思训尝为辨正，谓自汉以来滇南即传经训，岂有传经而不知孔子者？且今时绝无祀王羲之者，亦可证其言之妄。又《随笔》载腾越善制纸褥，一床可用六七年，坚滑驯软，无其匹也。今亦无之，可知记载之妄。东晋时，张志成曾向羲之学书，归而授乡人，或尔时有祀王者。

释氏轮回之说，见诸记载者甚多，如周穆王为丹朱后身，韦皋[①]为诸葛后身，王曾为曾子后身，苏轼为邹阳后身，王十朋为严伯威后身，张方平为琅琊寺僧后身，岳武穆、张睢[②]阳为张桓侯后身，宋高宗为钱武肃后身，赵鼎为李德裕后身，南唐后主为钱俶[③]后身，真西山为草庵和尚后身，史弥远为觉阇黎后身，胡濙为天池僧后身，常遇春为关壮缪后身，王阳明为天台僧后身，史阁部为文信国后身，宋景文为永嘉禅师后身。按《冷斋夜话》，东坡为五祖戒禅师后身。

《宋稗类钞》：文潞公八字，洛阳一老人与之符合，而穷达不同，浼一日者推之，是或南北之分，水陆之异，然明年某月当与公起居饮食，同一享用，不过止九月耳。次年潞公入洛，欲觅一旧人谈往事，或以老人荐者，公一见大喜，出入必偕，凡公府宴会及亲友招游，亦携以往。公坐右则扶[④]老人于左，坐左则扶[⑤]于右。九月[⑥]后，公去洛，而老人之踪迹疏矣。又宋人小说载，蔡京八字是丁亥壬寅壬辰辛亥，与东

① “韦皋”，原作“韦臬”，据《宣室志》改。按：韦皋，字城武，唐代中期名臣。

② “睢”，原作“睢”。按：《资治通鉴》《旧唐书》均载唐安史之乱时张巡死守睢阳事。

③ 此处有误。李煜，937—978年；钱俶，929—988年。疑应为钱镠。

④ “扶”，《两般秋雨庵随笔》卷一《贵贱同诞》作“扬”。

⑤ “扶”，《两般秋雨庵随笔》卷一《贵贱同诞》作“扬”。

⑥ “月”，原作“日”，据《两般秋雨庵随笔》卷一《贵贱同诞》改。

京郑粉儿子支干并同。按：仁和曹籀序《龚定庵[①]集》，推崇备至，至谓定庵生于乾隆五十七年七月[②]戊戌朔越五日壬寅，与康成生于汉之永建二年七月[③]戊寅同日。

昔家居时，壁间一悬云：公羊传经，司马注史；白虎德论，雕龙文心。心窃叹其工。嗣阅《两般秋雨庵随笔》，乃知系阮芸台学海堂联也。芸台到处好提倡风雅，道光四年，于广东观音山建学海堂，仿诂经精舍例也。其地梅花夹路，修竹绕廊，中建厅事三楹，后有小亭邃室，高依翠岫，平挹珠江，颇极潇洒之致。每月集书院生童于此课诗古文词焉，故题此联，极古香古艳之致。

清道光癸巳，京畿荒旱，各官倡义劝捐。有潘仕成捐银壹万贰千两，赏给举人。嗣浙江叶元堃、江苏黄宜诚[④]陆续捐输，亦照例赏给。阁臣遂欲永以为法，通海朱僦堂侍御嶟奏争略云赏赐者劝善之经，科目者求贤之道。国家设科取士，三年大比，录其文艺优长者贡于春官，曰举人，诚盛典也。上年畿辅荒旱，收成歉薄，即[⑤]荷皇仁浩荡，赈粜频施，小民已无虞失所。嗣以日久用繁，各官倡议劝捐。本年二月，据潘仕成捐银壹万贰千两，蒙恩赏给举人，一体会试，此皇上逾格之恩施，亦一时从权之至计，原未尝著为定例也。且潘仕成本系副贡，去举人一间耳[⑥]，是于破格之中仍寓量才之意，斟酌而行，岂漫然哉？厥后叶元堃、黄宜诚[⑦]陆续报捐，蒙敕下会议，遂乃比照银数请赏举人，虽曰以昭划一，然于圣主慎重名器之心，因时权衡之道，要未能深体详究也[⑧]。若因此遂成定例，臣窃以为长富家侥幸之心，而阻寒儒进修之志云云。疏上，奉旨：所奏甚是，可嘉之至。

赵子恒郎中，蓉舫先生之嗣子也。先生无子，以族中子为嗣。自幼迄壮，颇多纨裤习，最嗜放风筝，每放一次费数百金，从者数十人，筝背扎弓，迎风鸣鸣然。成时下小调，由天桥放至南海，线索之费，亦不赀矣。呼卖小食者皆担负从之，事毕犒以金。清穆宗方稚时，尝啼哭，宫人至以"风筝赵来了"之语慰之，其风趣可想。后又改嗜裱糊字帖，极精。近则好戏剧，论音律极细。又尝制

---

① 即龚自珍。

② "月"，原作"日"，据文意改。

③ "月"，原作"日"，据文意改。

④ "黄宜诚"，《道光实录》及《清史稿·朱嶟传》均作"黄立诚"。

⑤ "即"，原作"节"，据《皇朝经世文编续》卷六十六《请慎重名器疏》改。

⑥ "去举人一间耳"，原作"考举人亦间耳"，据《清史稿·朱嶟传》及《皇朝经世文编续》卷六十六《请慎重名器疏》改。

⑦ "黄宜诚"，《道光实录》及《清史稿·朱嶟传》均作"黄立诚"。

⑧ "深体详究"，原作"深详体究"，据《皇朝经世文编续》卷六十六《请慎重名器疏》乙正。

荞粉，其担卖杯箸作料，一如街市卖者状，而后手截调料而食之，并纵宾客亦如是。盖其天资聪颖，而不轨于正途者也。

清恭亲王自让国后即寓居青岛，日德战起，寓公皆他往避之，独王未去。虽外人优待，居以华屋，然终日伏处围城，炮声隆隆，惊心动魄，后且不能不屈居土室中矣。王素工吟咏，近传其与日人佐佐木五郎唱和诗，有《杂感》[①]云：白云不在天，青山不在地。中有神龙游，荡漾起空际。又《望海》云：陨箨惊心十月交，天风吹月海初潮。深宫[②]有信传青鸟，新室无人着黑貂。大地烟云都似[③]画，重楼风雨可怜宵。故园霜后余松竹，莫向林亭问[④]寂寥。

黄鹤楼自被焚后，改建洋式，名为警钟楼。余尝过之，叹其不如前此之巍峨崇焕矣。南皮尝有联云：昔贤戡定东南，构造每从江汉起；今日交通文轨，登临不觉亚欧遥。[⑤]又端午桥[⑥]集句云：我辈复登临，昔人已乘黄鹤去。大江流日夜，此心吾与白鸥盟。

王湘绮诗集中《独行谣》三十章，皆赋道、咸、同三朝轶事，原诗皆有注语，今刊本均删去之，不知者几不知其作何语矣。兹为录数则，以资考证。

郑梦白中丞祖琛，十九成进士，以知县即用，分发江西，到省即补星子县。既履任，羞涩不肯坐堂皇，家人促之，或至啼哭。已数月，滞狱山积。其夫人乃与诸仆谋，给以有客来拜，方肃衣冠诣厅事，至屏门后，骤开门，吏役百数人侍呼曰：官升堂矣。不得已，始入座。未几，决断如流，一邑以神君称，遂迭被荐擢至广西巡抚。

咸丰二年四月，贼既出全州入永州，水道浅阻，不能直下，乃改遵陆。湖南兵备尤空虚，即骆秉章亦不知治兵为何事。长沙南郭，民居最夥，筑土城护之，或议坚壁清野，骆将从其议，在籍侍郎罗饶[⑦]典以为不可，乃已。寇迫省城时，骆、罗皆在土城上，几为寇所获。萧朝贵以二千贼从攸、醴来，驻军城外，然城

---

① 《冷禅室诗话》题作《题望海楼》。

② “深宫”，《冷禅室诗话》作“瑶池”。

③ “都似”，《冷禅室诗话》作“疑是”。

④ “问”，《冷禅室诗话》作“叹”。

⑤ 按：赵元礼《藏斋诗话》卷下：“闻张文襄拟奥略楼联云：‘昔贤整顿乾坤，缔造都从江汉起；今日交通文轨，登临不觉亚欧遥。’予以为未尽其妙。”又按：清末重臣张之洞生于贵州，但按清代户籍管理制度，其籍贯是直隶南皮（今属河北），因而世人称其为张南皮。

⑥ 托忒克•端方，字午桥，号陶斋，清末大臣，金石学家。

⑦ “饶”，李岳瑞《悔逸斋笔乘》作“绕”，下同。

中绝无觉者。候补官某，乃至认为官军，持名刺上谒，相见，且于袖中出《平寇方略》献之。朝贵大笑，送之出。长沙既闭城，于城东北设桔槔及长梯，以上下行人。赛尚阿由桂遁至湘，亦遵此以入。诸将卒出战者，则缒以出。罗饶典好诙谐，为题曰出将入相。

湘绮在南海听歌，遇南宁一女子，赏之，买为妾。于是东南诸帅皆腾书相告。后湘绮北归，以其事语曾文正曰：买一妾耳，乃至名动七省督抚。时曾文正亦新纳一姬，长沙老儒丁果臣取忠贻书争之。文正闻湘绮言，率然问曰：君作尔许事，不问[1]丁果臣耶？湘绮曰：已先告之矣。文正大笑曰：幸赖奏明在案也。然丁虽崖岸高峻，动以礼法绳人，而已则好观人家姬妾。湘绮既纳妾，丁来贺，湘绮呼妾出拜，复欲拉丁入卧室，丁固不肯。湘绮常举以语人曰：丁果臣且不欲再见，则其貌可知矣。湘绮戚[2]某君，亦纳姬，或规之曰：志士枕戈之秋，不宜沉溺宴安。湘绮曰：此大易事，即名之曰戈儿，以示不忘在莒之义可也。

咸丰时，军机大臣四人，吏部右侍郎杜翰班最末。一日吏部左侍郎出缺，枢臣进见，开单请上补授。上曰：杜翰可转左。故事，当免冠顿首谢恩，众疑杜翰闻上言何不动，顾视之，则已熟睡矣。上亦大笑，命推之醒。盖依例只领袖一人奏对，在后者皆缄口，历时稍久，遂至酣然入梦也。

陆葆德者，蒙自陆应谷稼堂中丞之子也。少年时任侠，有弩力，居京师，意气豪甚。一日驱车赴土地庙花会，一叟偃蹇当卫前，御者叱之，策左则叟左，右则叟亦右之。葆德在车中不耐，趣御人驰撞之，谓：出祸我自当。遂叱卫出撞叟。叟微以后肘顶骡，骡后跌翻车，堕葆德车下。葆德知叟非常人，长跪请教，叟戒以后勿复尔，孺子可教。遂并载归，厚供养之，日日学拳技。几三年，叟辞去，谓之曰：子已尽吾技九成，但以后若遇女子及尼僧，勿轻敌也。葆德敬受教。遂开标局于京中，颇有声。一日，有辎重甚盛者聘之，葆德亲往，至山东界，盗出相继，为首十余人皆被击退，后一马飞出，则女子也。葆德记师言，震骇莫知为计。已念先发制之或可胜，遂发弹三，皆为女子接去，仅覆以一弹，而葆德已落地。掳辎重去，置葆德地上，叱之曰：汝师何姓名？葆德告之。女子[3]

---

① “问”，李岳瑞《悔逸斋笔乘》作“畏”。

② “戚”，《悔逸斋笔乘》作“族”。

③ “子”，原作“于”，应为刻印误，兹改正之。

曰：吾固疑弹法非他人能者，幸汝先发，否则废汝命矣！遣之归，并戒以此等事乃吾辈所为，以赚利谋生活者，汝宦家子，何得为之。陆归，遂收局不复再事。在京与恶少斗鸡，赢赀未收。恶少犯案，为某司官所审，颇苛酷，恶少被徒刑至口外，未几赦归。遇葆德于厂甸，葆德向之索前欠，不应，语侵之，恶少衔焉。适亦遇前审案司官，恶少触旧恨，痛殴之。司官上单告发，究主使，恶少忆葆德侵辱语，遂妄指葆德，葆德又素有不法名，征实，拟死刑。时赵文恪领刑部，司官亦多滇人，如简南屏辈皆同部，力救得末减监禁。葆德在禁，攻苦读书写字，出狱后捐监，中庚午北闱举人，连捷，成翰林。散馆得知县，分四川，补荣昌县，摘奸发伏，以廉干称。惟耽声色，妾媵十余人，卒以是戕其生，卒时年未五十也。葆德在京驻北馆时，值春闱武举孝廉多人于馆内习刀礅，葆德厌之，乘诸人出，挟刀礅尽置檐上。归觅不获，咎馆人，馆人答：此沉重物，谁能携取者？后见于檐上，拟以梯取之。葆德出，谓：无需尔。飞身上檐，挟以下，而檐瓦无损也。其好勇任侠如此。杨鼎成小时行为亦似此，或不及陆耳。李厚安言其祖与稼堂世交，故知之。

曾文正督两江时，中江李眉生鸿裔游其幕中。眉生年少倜傥，不矜细行。文正特爱之，视如子侄，文正秘室，惟眉生得出入无忌。时文正幕中有三圣七贤之目，皆一时宋学宿儒[①]。文正高其名，悉罗致无遗，然第养以厚糈，而弗责以事任。一日，文正方与眉生在室闲谈，文正出见客，眉生独在室，翻几上案牍，得《不动心［说］》[②]一首，为某老儒所撰，老儒即圣贤十人中之一也。文中有：使置我于妙曼蛾眉之侧，问吾动好色之心否乎，曰不动。又使置吾于红蓝大顶之旁，问吾动高爵厚禄之心否乎，曰不动。眉生阅至此，戏援笔题其上曰：妙曼蛾眉侧，红蓝大顶旁。尔心俱不动，只想见中堂。题讫，掷笔而出。文正送客去，归书室见之，叹曰：必此子所为也。因呼左右召眉生，则已不在署中，盖又往秦淮河上冶游矣。文正即饬数人持令箭大索之，期必得，果得之某姬舟中，即挟之归。文正指所书诘之曰：此子所为耶？曰：然。曰：此辈皆虚声纯盗之流，言行必不能坦白如一，吾亦知之。然彼所以猎得厚赀者，正赖此虚名耳。今汝必欲揭破之，是使失其所以为衣食之资，则彼之仇汝，岂寻常睚眦之可比？杀身赤族之

---

① “宋学宿儒”，原作“宋儒宿学”，据汪诗依《所闻录》“三圣七贤”条改。

② “说”字原夺，据《所闻录》“三圣七贤”条补。

祸，伏于此矣。盍戢诸？眉生悚然受教，自此遂深自敛抑。余阅近人笔记，屡见此则。阅历二十年所见，如老儒辈者正复不少，每为慨然。因录之，以见此事定非子虚。又有某谒文正云：胡公明察，人不能欺。左相威严，人不敢欺。惟公至诚待人，故人不忍欺。文正大然之，留之幕中，以购办某物授之数千金，差赴沪、粤，挟之远扬，公连叹曰“不忍欺”。

《东坡别集》云：坡有妹，敏慧多辩，其额广而如凸。年十岁时，坡尝戏之云：莲步未离香阁下，梅妆先露画屏前。妹应云：欲扣齿牙无觅处，忽闻毛里有声传。以公多须髯故也。小说家有苏小妹难新郎一事，亦未始无所本，特不免附会失其真耳。

倪蜕翁，名羽初，字振九，松江华亭人，后迁清浦。慕唐刘蜕之为人，乃易号蜕翁。博学，工诗文，以贫橐笔游四方，足迹半天下。晚游于滇，历居总督甘国璧、高文良其倬、张其焕幕。尤善为奏章，拟稿时恒戏并批答拟之，已而批回，出所拟对之，不失指意，其精审如此。每日早起即卷收衾被，伏案办文稿；稿核下，并是日修金送之，始复展衾下榻，一不合即携衾枕去，日日如此，故世有“倪三怪”之名。后购地省垣西门外，建蜕翁草堂居之，终老焉。翁无子，有女曰亦梦，赘阙氏子，即倪滇初先生也，成进士，能世其家云。翁所为诗文词赋皆佳。观其遗像，爽爽有英气，殆亦义侠才人也。

邹慰农先生与左文襄同年举人，尝同赴大挑。时成邸与穆彰阿为总裁，见邹长身玉立，容仪甚伟，惜之，意可入词林，遂黜不取。左公身短而貌陋，亦在黜中，甚不慊，见邹先生谓之曰：予之貌寝不入选，固无言。公则云何？后邹官甘肃知县，左已迁陕甘总督，邹先生道谒公，犹识之，欲加擢用，公已决计告归云南矣。

世传穆相有两子。一则每日出藏镪晒于日中，摩挲玩弄，出入但计数目，不计轻重，家人遂日以小者易其大者。一则喜赶车，日卧车下，醒则以手扪车辕，审始安卧，否则寝不安也。其孙德珺如工演戏剧，在京作文武生均佳，近尚有名京、沪间也。

黄文洁公琮矩清由翰林官至兵部侍郎，粤乱亟时，先生乞终养，丁忧在籍，奉旨办理团练。公遇事谦抑，恐侵督抚权。弟子邓川阿钟厘象山条陈：款饷出于南城外商务繁盛之地，宜筑副城守之，事已至此，须力肩责任，勿虑侵权，致推诿偾事也。公不听，反为总督吴振棫所劾，卒致于败。城溃日，公朝服内仍衰绖，以荷包带挂窗楹间，盘膝气绝。公死之前，先视夫人自缢，抱置床上，始自尽在其祠堂中，即今布珠巷旧址也。公住宅则为长春坊内兴宝首饰店，余同学李吉庵君现住之，盖已购入矣。公初殁，毁誉参半，历久始获恤典，就家祠建祀焉。闻曾文正系公知贡举所得士，亦曾为言于朝也。阿君象山以策不见用，则走湘，谒文正，留诸幕，为僚友所排，去之，宦于陕。然曾公办团著效，未始不得阿力也。

文洁性极迂谨。在籍时，督抚张亮基、徐之铭等亦尚礼之，每入署皆步行，珊瑚顶怀袖内至暖阁前，炮声起，阁门开，公始徐出顶钻于帽冠，冠入。办亲丧，请客素柬皆素所积累，略裁易柬面，自书而用之。官京师几二十年，至内阁学士时，与夫人尚同一被也。其俭慎难得，然乡曲之习太重，终不能大有所为。许印山先生诰院生云：公已一死明大节，勿再苛责也。

广南方玉润先生，字黝石，性豪放，博学多通，著有《鸿濛室诗文钞》及《鸿濛室日记》《毛诗原始》，亦文洁弟子也。论诗极推崇袁简斋，以为性灵之作。后官陇右州同，卒于官。盖有清广南一人也。按：先生尚著有《运筹神机》十九册，见曾文正公日记。

宋《道学传》：李愿中侗随人浅深施教，而必自反身自得始，故其言曰学问之道不在多言，但默坐澄心，体认天理。若是，虽一豪私欲之发，亦退听矣。吾姚甘润之先生号其居曰“体认天理斋”，盖本此。然苟偏于默坐，则不免流入禅悦，为颜习斋辈所讥矣。

杨文襄公生于云南之安宁州，长于湖南，老于江南，故有“三南”之称。幼极颖异，世咸以神童目之。文德武功，震耀一时。山川钟毓，殆非偶然。太翁景官湖南知府，后喜镇江山水佳秀，将买田家焉。文襄曾回滇一次，以无子故携族侄返镇立嗣，遂终老镇江。世传《石淙诗钞》《关中奏议》为著作之卓卓者。然日本东京图书馆内尚藏有《石淙类稿》，尤完备，暇当托友人觅钞以补之。

清道光中，云贵总督伯麟、学政顾纯提倡风雅，极赏识昆明戴絅孙筠帆、楚雄池司业生春、广南杨国翰、昆明戴古村、李临阳五人。宁州刘寄菴先生大绅掌教五华书院，品评五人诗才，称为五华五子，盖皆肄业五华书院者也。筠帆先生尤博雅，工诗文，有《味雪斋诗文钞》及《昆明县志》。晚年病湿疾瘫软，行动困难，每晨起手足不能举，必以热酒三杯下咽，始能披衣起床云。

石屏张竹轩先生舜琴前充经正书院监院，嗣司学务公所会计，热心学务有年。革命时，先生立志不屈，遂仰药殉。自挽联云：惭对君亲师，幸留此白发数茎，为广文先生写照；伤心前今后，谁禁我青山一卧，听造化小儿安排。

大姚刘渠堂太史于鲍桂星狱颇涉嫌疑。殿试时，群以鼎甲属望，乃适逢鼻衄，仅及第而已。

杨竹溪先生，博学工诗文，读书过目不忘，尤深于八股试帖，时势然也。先生产于大理，五岁即随父至省中。庚午解元，会试二次不第，遂归，教授终老。四十后丧室，即不再娶。无子，只一女，嫁新兴农民，故先生晚年恒在新兴，依其女以居。门弟子遍三迤，其最著者如李厚安、徐仲云、解叔平、李粲高诸君，得其言论，均能有以自见。先生性笃厚，时有奇癖，好击锣，常于昇平坡茶肆中为之。有泥之者则私与以钱，恐不当其意也。为弟子校文，必吟咏数四，字斟句酌而后安。经其阅后，多年犹能记忆。某年，盐法道及府县官宴五华、育材两山长于盐龙祠，演剧时先生在座，忽不见，索之，则已上台击锣去矣，不得已，以茶点饷之。其他佚事甚多，殆晚境困窘，时有佯狂之意，亦可悲矣。

香港进步新闻载：有皕诲[①]与友人论本籍作官书，引古者大夫食采世守其邑，固无论矣。自秦改封建为郡县而后，可征者莫先于汉，如韩安国仕梁为中大夫，朱买臣为会稽太守，岑晊为南阳功曹，范滂仕于汝南，镡显仕于广汉，朱邑仕于舒县，爰延仕于外黄，皆本籍也。顾亭林《日知录》云：宋章樵《古文苑·王延寿桐柏庙碑》注谓掾[②]属皆郡人，又京房为魏郡太守自请得除用他郡人。杜氏《通典》言汉县有丞、尉及诸曹掾，多以本郡人为之，三辅县则兼用他郡。亭林又云：其时惟守相命于朝廷，至于曹掾，则自三辅郡外，无非本郡之人，故能知一方之人情。至隋氏罢乡官，革自辟，调选人，改荐举，纷纷更易，始尽以私弊防天下之人。三代之法未尽泯于秦者，至此而无余。（陈龙川论。）按：本籍作官，唐宋仍多，不仅汉也。

《南诏野史》本之于《滇载记》，而芜陋特甚，殆后人伪纂而托名升庵。抑或别有原本为升庵所作，非今行之本耶？

光绪初年，四川东乡县民以抗粮聚众滋事，总督文格以藩司护院檄总兵李有恒剿办，杀戮过多。事过，川绅民群起抗告，清廷派重臣三人查办。文格窘甚，乃贿托有恒密友田子实，给其札易之，改“剿”字为“抚”，有恒不知也。迨提讯出札，则固为“抚办”，遂当有恒大辟。田官蜀不久亦死，闻死时见有恒索命云。乙卯春，有恒子莆田来滇，闻其宦黔时极奢侈挥霍，每出，轿前排纱灯数十

① 范子美，又名范祎，号皕诲。

② “掾”，原作“橡”，据《日知录》卷八改。下同。按：掾，原为佐助之意，后为副官佐或官署属员的通称。

队，至宴会处亦不熄，其他饮食、衣服、用具之豪侈多类此。殆纨裤性成，今则阮籍途穷，觅生无路，可为鉴戒。

临安梁四美侠义勇敢，冠于侪辈，以平回功官至临沅镇总兵。时军事甫平，流言未熄，梁在临欲故示地方安静，力请学使赴考。时乱后，学使甫至省，颇虑儆扰，欲令诸生就省试。梁益争之并告生徒谓：有敢往者将杀之。盖武人习语然也。时岑襄勤公不慊于梁，亦颇主在省试，学使遂卒不往。有临庠生数人热中甚，遂先期至省应试。试毕，惧归而获谴也，乃摭梁阴事控诸督署，并献策请除之。襄勤公召其中军某，许以升署镇台，令杀梁。梁死后，岑公又并诛此中军及告梁之诸生。然梁实无他。闻梁死时，中军之母痛责其子，然已悔恨无及矣。岑公晚年甚悔此事，屡为幕僚言之。

崧锡侯自云，某年京师白喉症盛行，其一家十余口皆毙，惟母子二人存矣。而渠亦中疾死，不自知其死也，惟见黄尘蔽天，闻耳畔有呼其名者，及趋之，而不辨方向，惟向声来处行。忽豁然寤，开目视之，则其母方抚棺大痛，呼其名而哭也。知已死去后复活。此与余在京中煤气情形大相仿佛。周君某同年在京中，寒疾死去移时，其景象亦复类此。

厚安太史诗有一首云：隔林见翠海，杨柳绿成围。倒影山如画，忘机鸟不飞。笙歌新月上，灯火酒人归。颇羡出山乐，岩栖今觉非。闻字[①]诗为王夔石制军所最嘉赏者。

滇省城有燕人张光远开致美斋酒肆，厚安书“推谭[②]仆远”四字以贻之，盖取范史《南蛮传・远夷乐德歌诗》多赐缯布邪毗綝緟、甘美酒食推谭仆远云尔也。厚安跋云昔有滇人设酒肆于京师，有某巨公题此四字。今以都人而贯酒于滇，亦以四字贻之云云。予谓酒肆中尽多典雅之词，某巨公殆故以此为讥戏，何厚安亦颦笑之耶?

辛亥革命方起，清亲贵载涛、载洵、载泽、溥伟、善耆与良弼、铁良等结宗社党，对于国体更易问题极端反对，力持战议，见内阁总理袁公始终以和议周旋，疑为不忠朝廷，衔之刺骨。而民军亦以和议顿挫，系总理为之梗，亦欲得而甘心。次年正月十六日，清内阁总理入朝，午时十二分出东华门，沿途兵警持枪

① “字”，疑当作“此”。
② “谭”，《后汉书・南蛮西南夷列传》作“潭”。下同。

鹄立，乘车之前后皆有护卫，马队警备甚严。行至丁字街地方，忽有炸弹自道左茶楼上抛下，在车后虽数步之地爆发，轰毙卫队长一、巡警一、坐马二、伤兵士十二、路人三。北京大震。党人杨雨昌、黄之萌、张光培等当场被获，均直认不讳，从容就刑。然自是亲贵疑忌内阁总理之言，清隆裕太后弗纳，遂专倚内阁总理决大计。良弼者，宗社党之主动，而其机智又足以济之者也。自和议中辍以来，不经国会议决，迳由清廷宣布。共和之势日迫，而其间忽合忽离[1]，不即成就者，良弼为之也。党人彭家珍闻之，跃起顾谓同列曰：吾誓扑杀此獠。正月二十六日下午，怀良弼小照一、崇恭名刺一、炸弹二，由津乘京奉快车入京，十时抵京，暂寓西河沿金台旅馆小憩，即乘马车迳赴西华门外红罗厂良弼宅，以良与崇恭善，诡称崇恭名，请谒见。阍者以良外出告，彭即返驾，甫数武，适良归，彭仍旋轮造访。时良甫下车，阍者正以崇恭名刺告，彭即探囊中炸弹击良，良适立石阶上，弹落阶旁，弼轰毁一足，昏倒于地。弹落时，因石击弹反射，彭反应声殒命。良弼因流血不止，医生施刀断其足，血益涌，翌日亦殂。自是亲贵皆胆落矣。彭为四川成都人，字席儒，年仅二十有五，死后与杨雨昌等并葬北京西直门外之万牲园，名曰“四烈士冢”云。

桂林于式枚博通掌故，史学精熟，尤熟于辽、金、元三史，经学则“三礼”专长。仕至礼部侍郎。革命后，屡征不起。天阉无子，自觅葬地于杭州龙井。于乙卯年七月卒，身后事皆王君子展为之料理，拟迎其配阮夫人之柩于闽，合葬焉。大总统本有恤典，以杨杏成左丞言，谓非晦若所愿，婉请取销。盖完全为清室遗臣矣。挽之者，多以顾宁人相况云。

李厚安太史为余言，渠旧有精拓《皇甫碑》一册，因其太夫人病故在堂，贫不能葬，不得已，以十金售出。临取书，把握不舍，即于丧室手临一通，然后听人将去，盖身犹服缞绖也。自后每见是碑，辄感喟不自胜，且谓平生书法实得力此碑。余嘉其好学之笃，为录之以勉励后人。

洪秀全据金陵，王韬、钱江辈为之画策执笔，故文词多有可观者。杜文秀据大理时亦有联语云：效法三王恐未能，惟剪除奸佞，培养人民社稷；并吞六诏犹余事，愿选择贤良，赞襄龙虎风云。系湖北归安吴嘉臣所作。万千甲普济黎民，仰帝德，遵王猷，功隆霸业；五百年重兴爨国，因天时，据地利，事本人和。贵州

[1] “离”，原作“虽”，据文意改。

吕藩作。提三尺剑以开基，置腹推心，再见汉高事业；着一戎衣而戡乱，救民伐暴，依然周武功勋。赵州马仲山所作。虎贲三千，先取滇南之地；龙飞九五，重开元世之基。太和马光藻作。燹国庆重兴，有德有人有土有财，具见仁深泽厚；黎民欣再造，自西自东自南自北，允征大畏小怀。剑川张汝映作。创业自西陲，前控玉洱，后据银苍，已占金陵王气；威声先南诏，风拥谋臣，云从猛将，同扶白水真人。剑川张锦星。联不甚佳，亦可考见清吏政治之不协，故此辈得以借口云。

李厚安之曾祖李天相者，其祖母与母两孀妇抚一遗孤。数岁时，居城外破屋中，复值水灾，几被溺，得亲友棹舟救之出，移居城内，贫甚，惟以织纺教孤子。未几，祖母失明，食益不足，每食仅少许即止。天相请益，祖母曰：吾一人食饱，汝辈皆饿，何以做工？天相饮泣，以己碗中饭顷于盎，谓饭固多，请祖母以手摩之信，乃多食。天相读于义学，日必为师炊爨毕，始得读。一日，于破簏[①]中得赵松雪帖数页，遂极意临摹，二年而书法大进。弃学充钞胥于省外，月得数金寄家，而其母惜之，不遽用，埋于后墙下。天相归，见家中一切如故，无更改，疑问其母曰：金未寄到耶？不足用耶？母曰：非也。余惜之，未用耳。现尚藏某处，可掘土。掘之，乃得金佛三尊，藏金亦在，遂货之，设质肆，称富室焉。并立愿大修道路，以助公益云。厚安为余言及益饭一节，余几感泣，特书之以为世之寒士劝。

左文襄宗堂刚果强毅，耄年精力不衰，虽兵间积苦，未尝以况瘁形于词色。征青海、征新疆诸役，久在兵间，边塞苦寒，穹庐积雪高与身齐，公拥布絮裘，据白木案，手披图籍，口授方略，自晨至于日中昃，矻矻不少休。军事旁午，官书山积，亦必一一省治，最下裨校寸简尺牍，皆手自批答。待将士不尚权术，惟以诚信相感孚，然贪夫悍卒亦善驾驭。借调副将李某在公戏下，能用命。后江西索去，死于法，公曰：若隶我，何至丧其头颅！喜自负，每与友书，自署“老亮”，以汉武侯自比，继又言“今亮或胜于古亮”。厉刚介之操，又自号曰“忠介先生”。胡公林翼谓公“一钱不私于己，不独某信之，天下人皆信之”。初策江南大营溃败，公曰：大局其有转机乎！或问之，曰：得此扫荡，后来者可以措手。公举孝廉时，过扬州，喜市上鸡滹面。迨至江南阅瓜洲兵，令西来将士均犒二盂，无烦郡县供张。新疆平定，见玉门内外草莱遍垦，道旁官柳成阴，欣然加餐，以之入告。公初奉援浙之命，上言：浙江军务之坏，由于督、抚全不知兵。

① “簏”，原作“麓”，据文意改。

始则竭本省之饷以济金陵大营、皖南各军，冀藉其力为藩蔽，乃于练兵、选将之事，不自讲求。至金陵、皖南大局败坏，复广收溃卒，縻[①]以重饷，以守则逃，以战则败，恩不知感，威不知惧，遂决裂不可复支。臣奉命督办浙江军务，节制提镇，非就现存兵力严为简汰、束以营制不可，非申明赏罚、予以实饷不可，非另行调募[②]、预为换[③]补不可。然欠饷日久，则有不能汰遣之患；饷糈不继，则有不能调拨之患；经费不敷，则有不能募补之患。名为节制提镇，实则营官、哨长亦且呼应不灵，不得其臂指之助，而徒受其迫促之扰。虽有能将，无饷何以驭兵？虽有谋臣，无兵何以制贼？此臣之所为隐忧也。罗大春谓公文如长江大河，一波未平一波又起，于此等处见之。

尹文端公继善为云贵广西总督时，思茅土司滋事，调兵进剿，奏报：兵分三路围剿，务在廓清攸洛。思茅一带，非临元内地可比，非兵不足示威，穷兵又无以善后，所期恩威并济、操纵得宜，庶边师可永靖。世宗手诏云：剿、抚名虽二事，恩、威用岂两端？当抚者不妨明示优容，当剿者亦宜显施斩馘，俾知顺则利，而逆则害。方期近者悦，而远者来，此目前攻心之师，即寓将来善后之策。是乃仁术，非关诈谋，讵止绥靖普思，将见信孚藏缅也。识之。

王阮亭和《和漱玉词》云：凉夜沉沉花满[④]冻，欹枕无眠，渐听荒鸡动。此际闲愁郎不共，月移窗罅春寒重。　　忆共锦衾无半缝，郎似桐花，妾似桐花凤。往事迢迢徒入梦，银筝断绝连珠弄。时太仓崔孝廉华出阮亭之门，有“丹枫江冷人初去，黄叶声多酒不辞”之句，人疑为“崔黄叶”[⑤]。汪纯翁云：有王桐花为师，不可无崔黄叶为弟子。即指此也。

刘克猷子壮常梦为朱之弼门生，搢绅未见其名。庚午计偕入都，侨寓黄冈会馆。见邻塾垂髫童子书包有朱之弼三字，大惊，询其家世寒微，助以纸笔之资。后朱以弱冠登丙戌进士，授给事中。是科分校，卒出其门，占大魁。官终侍读。朱历官工部尚书。余乡姚安陶不退先生珽初登乡荐，赴公车时，傅忠壮公宗龙始生，其父梦报公同年至，来朝则珽踵其门，后先生卒至十八年复与忠壮公同榜，与此事绝相类。

---

① “縻”，原作“糜”，据缪荃孙《续碑传集》卷六载朱孔彰《左文襄公别传》改。

② “募”，原作“换”，据缪荃孙《续碑传集》卷六载朱孔彰《左文襄公别传》改。

③ “换”，原作“募”，据缪荃孙《续碑传集》卷六载朱孔彰《左文襄公别传》改。

④ “满”，徐釚《词苑丛谈》卷五作“漏”。

⑤ 此句“疑”字不通。按：此句《词苑丛谈》卷五作“人亦号为崔黄叶”。

宜兴陈维崧其年《湖海楼集》,《听白生弹琵琶》云：弹罢金樽酒不辞，自言双鬓已如丝。依稀记得调鹰处，盼子城东月黑时。《绝句》云：一生紫缦杜分司，七字凄凉本事诗。半灭兰缸[①]心自省，看人微雨出门时。《小秦淮曲》云：思乡浑似欲眠蚕，自入新秋百不堪。正是水云零落处，斜铺楚簟梦江南。赵樾邨先生《游近华浦》诗云拍遍红牙醉不辞云云，殆胎息于此耶!

吴南屏尊人研田先生，幼读书即笃信宋儒之学，为文章理致深厚，朴而不华，试有司辄不利，年三十尚困童子试中。时钱南园先生为湖南学使，待士严，先生当入场，人拥失屦[②]，觅屦乃复入。钱公怒其迟，退之，不令入。既而召之，先生叹曰：所以就试者，为进其身也。岂可受辱如此哉！忆余丙申年应童试，以经古获隽，覆试日，已应名入，而学师顾谓须廪贡答保，余仓猝趋出，觅保后入，学使姚稷丞先生已怒目坐堂上，特未令退出耳。阅此触前事，尤历历在目也。

《晋书·隐逸·刘驎之传》：字子骥，南阳人，光禄大夫耽之族也。驎之少尚质素，虚退寡欲，不修仪操，人莫之知。好游山泽，志存遁逸。尝采药至[③]衡山，深入忘反，见有一涧水，水南有二石囷，一囷闭，一开，水深广不得通。欲还失道，遇伐弓人，问径，仅得还家。或说囷中皆仙灵方药诸杂物，驎之欲更寻索，终不复知处也。按：渊明《桃花源记》即本此，故末云云，非仅子虚乌有也。

古人撰联多有相袭者，闻某有赠岳州守联云：迢遥驿路三千，我原过客；管领湖山八百，君是主人。后阅曾文正题新都桂湖联云：五千里桂子湖山，我原过客；一万顷荷花秋水，中有诗人。又彭刚直题所居退省庵云：退食有余闲，当载酒人来，莫辜负万顷波光，四围山色；临流无俗虑，看采莲船去，只听得一声渔唱，几杵钟声。“声”字重。曾联显有胎息，彭联几于直袭孙髯翁题大观楼之“莫辜负四围香稻，万顷晴沙”“只赢[④]得几杵疏钟，半江渔火”矣。

徐树丕《识小录》云：张江陵[⑤]年十四，值顾东桥为湖广巡抚，行部江陵试，阖郡诸生擢江陵居首，曰：此公辅器也！赐之金带曰：子他日且围玉，讵止金花。其善自珍。年十六，举乡荐，赴礼曹，下第归。同辈皆居闲郡邑，公独闭

---

① “缸”疑当作“釭”。按：兰釭，燃兰膏的灯。

② “屦”，原作“屡”，据吴敏树《先考行状》及文意改。下同。

③ “至”，原作“玉”，据《晋书·隐逸传》改。

④ “赢”，原作“剩”，据孙髯翁大观楼长联改。

⑤ 即张居正。

户，不一谒。封公屡促之，卒不出。封公怒，断其肉食，供以蔬粝，曰：若不乞润郡邑，乌有阿堵市刍豢哉！公竟藿食五六年。后计偕至京，东桥居少宰，怜其贫，赠以五十金。公以金分诸同辈曰：以广吾师德也。自编修告归，七八年绝足郡邑。尝骑一牛往来乡间，又时至衡山篸岭，或数月不反。其后贵显，亦罕受馈遗。独晚节恋位据权，患失心重，遂至迩匪人、抑言官，为天下所指詈，卒复被抄没其家，所蓄不及十万，率封公及子弟辈所敛，公未尝轻取也。辽帅李成梁封伯时馈公银万两、金千两为谢，公却之，语其使曰：若主以血战功封一官，我若受之，是且得罪于高皇帝，其无再渎。即此一事，今之宰相能乎？盖江陵之过固不能辞，其善与功终不可没[①]也。

朱正色为江陵令，倜傥负气，相府家奴有犯，榜系无所贷。江陵奇之，为延誉，推奖行取，后官至都御史。今之政府能如是乎？

霍光功名，伊尹之后一人而已。千古而下，惟张江陵可以匹之。其持法峻明，忘身徇[②]国，主威常伸，四夷宾服，两公一也。处身之法亦略同。居正幸而不遇昌邑之事，又幸而无霍显者为之妻，故免于族灭耳。光之功逾宣、元，至成而始褒，居正亦至崇祯而始表明，又何其遇之一也。

徐树丕又云：江陵任事，振纲肃纪，修内攘外，使天下晏然如覆盂，不可谓无功。其苞苴馈遗，多却[③]而少受，不可谓黩货。其他即江南诸郡所与相关通者，惟徐相国家与林太仆耳。此外即美器食莫有致者，惟是好揽权而喜附己，则于贤者若掷河遗涕而莫之恤，于佞者若嗜腥悦膻而莫之厌，故一时举措多拂人意。又其交内竖以固位，进珍玩以希宠，甚非大臣之道。至于夺情拒谏，鼎甲其子，而名行大堕，人心大失矣。所谓君子有大道，忠信以得之，骄泰以失之。于斯验哉！

王阳明宸濠之功，远不及胡宗宪平倭功。宸濠虽王，一狂悖竖耳，无深谋远虑，仓猝起事，兵虽八万，不过招集乌合市人及卫所残卒为之，领袖不过江盗数十人，未曾选练。其攻安庆，则巡抚李充嗣率都督袁锐与战，数十阵皆克捷。又以水卒数千夹攻，贼卒数万营江岸者尽皆散走，据城者亦皆为李俘。宸濠不能支，遂败走鄱阳，而阳明适以南吉之师与遇湖中，濠遂气尽力索，不战而擒。李

① “没”，《识小录》作“泯”。
② “徇”，同“殉”，下同。
③ “却”，原作“郤”，应为刻印误，兹改正之。

公胜之于方张，王公乘之于既败，其难易固已迥别。李公之胜，又赖南大司马乔白严为公后继，盛卒跱粮于采石，敌人因而破胆。其后论功不及乔、李，盖二公皆持重不自功，而阳明门人将佐皆善于夸饰，露布飞扬，遂为首功。其时公议亦为之不平。胡宗宪当海上之倭，乃山城君以中国绝其贡布，大举为寇，自浙直闽、广，无虑数十万。一时岛主王直、徐海皆沉鸷骁雄，所统贼徒皆能以一当百，如疾风扫枯叶。乃胡公不戁不竦，亲提兵擒其数巢，而用间行金以招降其巨酋，其后数十年日本舟师无一敢窥全浙、东吴，谁之功也？其后竟坏于群嚣，使公蒙不赏之讳，斯孤愤录所由作也。内江马中丞言胡公实不死于狱，公尝梦神语之曰：子当建大功，然有大厄，吾令人庇子。明日有一客来谒，状貌与公无异，公蓄之密室，厚其供给，其后被逮，则斯人囊三木，而公祝发四川矣。其信然欤！

阳明在军中能日行二百余里，能四十日不睡，即此资禀，已超出寻常万万[①]。

赵子固本宋宗室，入元不乐仕进，隐居盐官、广陈镇。有一舟，琴、书、尊、杓毕具，往往泊蓼汀苇岸，看夕阳、赋残月为事。尝到县，县令宣城梅𪏩到船谒公，公飞棹而去。梅伫立岸上，言曰：昔人所谓名可闻而身不可见，殆谓先生欤！公从弟子昂自笤中来访，公闭门不纳。夫人劝之，乃令从后门入。坐定，第问：弁山笠泽近来佳否？子昂曰：佳。公曰：弟奈山泽佳何！子昂惭退，公便令苍头濯其坐具，盖恶其臣元也。子固名孟坚，善写翎毛花草。

已丑春夏米贱，吴民犹有幸焉。有富人仓廪至万，日夕祷于神，且谋之卜，望米价至四两，则中下户尽为沟中之瘠矣。客谈嘉靖间张皮雀事颇快。皮雀道术甚高，而外则痴。乡间一富户病，延之修醮，三日不至，至则索狗肉啖之，醉卧堂前，良久而起语主人曰：今年荒，米贵如此，汝犹闭粜，土神已闻之上帝，三日后当以雷火烧汝诸仓尽矣。若肯散赈村民，并减价而卖，则我当奏闻免汝。富人谓其痴耳，谢而遣之。三日后，果雷火烧尽其所畜，富人惊悸而死。此见陆贞[②]山笔记。贞山正人，岂妄也？今日无论不得皮雀并雷火，亦不识好歹矣。嗟乎！

钱牧斋幼祈梦于[③]忠肃公庙，梦公延之上座，席分东西。演剧，请钱点，钱

---

① “万万”，原作“万万寓”，衍“寓”字，据《识小录》卷三删。

② “贞”，原作“真”，陆粲，号贞山，故改之。

③ 此处原衍一“于”字，据文意删。

阅戏目，无一知者，乃混点一本曰《安里亭》。开场小生自称钱谦益，心窃骇之。以后入泮，登第，忽见戎马奔驰，钱跪迎道左，非小生脚色，易副净为之。公大怒，将筵席掀翻，掷杯于钱面曰：汝尚得为人耶？由是惊醒。后中榜眼，名噪一时。崇祯朝为奸相温体仁挤抑，诬以浙闱主试贿弊事，革职家居。迨福王拥立金陵，起用礼部尚书，毫无经济，惟党于马、阮，以选淑女为急，久为士林所鄙。乙酉王师南下，钱率先投诚，跪迎道旁，问其地，乃安里亭也，恍悟前梦非虚。满拟入掌纶扉，不意授为礼侍。寻谢病归，诸生郊迎，讥之曰：老大人许久未晤，到底不觉老。钱默然。一日，谓诸生曰：老夫之领学前朝取其宽，袖衣时样取其便。或笑曰：可谓两朝领袖矣！卒年八十有四。

河东君者，柳氏也，名隐，更名是，字如是。为人短小俏利，性机警，饶胆略。适云间孝廉某，孝廉能文章，工书法，教之作诗写字，风气奕奕。顾放诞不羁，孝廉谢之去。游吴越间，词翰倾一时。嘉兴朱治憪[①]为虞山钱宗伯称其才，宗伯心艳之，未见也。崇祯庚辰[②]冬，扁舟访宗伯，幅巾弓鞋，着男子服，口便给，神情潇洒，有林下风。宗伯大喜，谓天下风流佳丽，独王修微、杨宛叔与君鼎足而三，何可使茅止[③]生、许霞城耑国士名姝之目。留连半野堂，文宴浃月。既度岁，与为西湖之游，遂别去。过期不至，宗伯购之乃出。定情在辛巳六月初七，君年二十四矣。宗伯赋《前七夕诗》，要诸词人和之。为筑绛云楼于半野堂之西，旁龛古今石刻、宋板书数万卷。中列三代鼎彝，晋唐书画以及端溪灵壁、官哥定州之属，无不毕备。君于是考异定伪，写青山，临墨妙，间以调谑，如李易安在赵德甫[④]家故事。然颇能制御宗伯，宗伯甚宠惮之。乙酉五月之变，君劝宗伯死，宗伯谢不能，君欲奋身沉池水中，持之不得入。是秋，宗伯北行，君留白下。宗伯寻谢病归。丁亥三月，宗伯以暗通鲁王事受系，君挈一囊，从刀头剑铓中，牧圉饘橐惟谨。事解后，宗伯赋诗美之。庚寅冬，绛云楼不戒于火，延及半野堂，向之图书玩好略尽矣。宗伯晚年失职，自号“东涧遗老”。君郁郁不得志，癸卯秋，下发入道。明年五月，宗伯卒。族孙钱曾等求金于君，要挟蜂起。

---

① “憪”，《华笑庼杂笔》卷一《河东君小传》作“惆”。

② “庚辰”，原作“庚寅”，据《华笑庼杂笔》卷一《河东君小传》改。按：崇祯十三年岁在庚辰，崇祯年间无庚寅。

③ “止”，原作“正”，据《华笑庼杂笔》卷一《河东君小传》改。

④ “赵德甫”，《华笑庼杂笔》卷一《河东君小传》作“赵德卿”。按：赵明诚，字德甫。

康熙三年六月二十八日自经死，距生于万历四十六年，享年四十有七。宗伯子曰孙爰[1]及婿赵管为君讼冤，钱曾等服罪。琴川士大夫谋治其丧，甲辰七月七日东海徐宾为葬于贞娘墓下。初，宗伯延黄陶庵为师，浼陶庵与君唱和，陶庵曰：西席与内主人唱和，非礼也。再四言之，终不允。作《鄙夫可与事君也与哉》文以讥之，盖已窥其底里矣。按：此则较他家纪载为详，故录之。惟不忆记何人何书矣。

清咸丰七年，英人扰广州。其时民气甚张，屡挫敌焰。然有气无力，适成虚骄，卒致覆败。十二月，英人入广州，掳使相叶名琛去。薛福成曾有论云：夫民气固结，国家之宝也，善用之则足以制敌；不善用之，则筑室道谋，上下乖睽，互相牵累，未有不覆败者。观于粤人己酉之役，官民一心，措注协矣；厥后志满气嚣，动掣大吏之肘，微特中材以下不能用粤民，即使同治以来中兴诸将相当之，恐有大费踌躇者。叶相之瞻顾彷徨，进退失据，亦固其宜。寻至城陷帅虏，而粤民坐视不能救，其愤盈激昂之气亦稍颓矣，是果可常恃乎？近年国人对外态度极为崛强，或粘贴标语，或抵制外货，未尝不愤慨激昂，而卒之空谈无补。无实力以盾其后，虚骄之气反促外侮之来，是又视粤民时之国势民情远不如矣。

阳湖蒋丹棱述与李申耆先生质疑语，录之为《暨阳答问》四卷，中多卓识先见，录数则于左。

看来上古君民之间，与今世土豪略相似。其力足以养人，其言足以服人。事有不能就而请焉，人或相竞就而决焉，于是相率而从之，即相率而君之。所以舜之所处，一年成聚，三年成都。土广人稀，无分民，并无分土，民既归之，则土亦为所有，非必有前朝后世之模，左宗右社之制，官联法度之繁，城郭沟池之固。于此不宜则迁乎彼，于彼不宜则再迁，迁国如迁家之易。公刘迁豳，太王迁岐，彼时光景看来如此。假如周秦而下，土地人民各私其有，江山城郭据以为雄，则一郡一县尚不能轻徙，况国都乎！殷邦七迁，周邦三迁，何若是其易？即如春秋时迁国，揣其情形亦必有与后世异者。古者设官所以管民，今之设官所以管官，天子管若干官，督、抚以下各管若干官，文书告牒，至繁至重，实于百姓全不相涉，而百姓乃非其百姓矣。

我看天下大势如此似不能久，必须改换局样，方可过下去。兵、刑二事无可

① “爰”，原作“庆”，据《华笑庼杂笔》卷一《河东君小传》改。

变，一切制度总要更张，即孔子所云损益之礼。然反覆推寻，究不得其要，如今须有孟子其人提调处置，畅论一番，自有安顿的道理。按：今日不特一切制度更变，即兵、刑亦变革旧制殆尽矣。三代下这私天下的心太害事，千谋百计，总只怕天下反。为大臣窃柄，罢宰相；为人才冒进，设资格。严法令，密科条，百姓之于人主犹地下之于天上，杳杳茫茫，不知其何物；县令、郡守犹之旅客，与民漠不相涉，成一个混乱的天下，且以为天下不反矣，而不知天下之反方从此起。人主与天下自私，天下亦各私其私，以私济私，其势辗转至今而极。

卷之三

昔李习之有盛名于唐，然独自述其所叙高愍女、杨烈妇为不在班孟坚、蔡伯喈下；前明归震川先生亦号东南大儒，尤沾沾自喜者，惟在书张氏女子死事。今读其文，则张贞女事较奇而惨，而震川之文亦极用意，曲折精核，不能增减一字。即此可以窥前贤之用心矣。余虽拙不能文，然亦窃志前贤之志焉，略就目见耳闻者，追记数事于左：

张贞女者，鹤阳祁芝庭女，幼字张氏。张病疸，废不成人。时回匪据城，侦知女姿姣好，其未婚婿又病废，欲强取之，百方恫喝。张父以子病，且欲免祸，许解婚约，女毅然不可，张不得已迎娶焉。然张病益剧，卒不起，而女实完璞也。张既殒，论婚之议复起，女拒之尤力，惟循循执妇道甚恭谨，历久不变，且教养幼叔成人。今女年已六旬有余。叔贸易起家，素封矣。闻女之于归也，张病不能成礼，女请于翁姑，为之服侍汤药、起居，涤濯血污垢秽甚劬，至张益恧不自安，托词他徙避去。呜呼！可不谓贤矣乎？张与余母族有瓜葛亲，故张贞女事自幼即数数闻于耳。戊申，其叔国英晤于昆明，为余言尤详尽。国英推抚育之惠，拟归里称觞晋祝，属予为文以序之。国英殆抱昌黎之心者欤！惜余文陋劣，不足以导扬盛美也。

陈曾氏者，蜀之西昌人，幼归陈为养媳。既长而婿白痴，不复知人事。氏颇具姿首，勤谨无愆妇礼，亦不以婿痴故有怨怼色。邻之恶少郎曾兽者，觊妇色久，以为可欺也。婿家故农而贫苦，妇日往北山樵采助炊爨，郎觑便往调之，峻拒甚力。郎遂以暴力强之，妇以樵刃自捍，郎百端凌逼，卒不从，竟夺妇刃斫杀之，沉其尸于河。久之，尸浮水面。陈父鸣诉官，以郎平日轻薄无状，迹之，廉得其实，以抵罪，并为请旌焉。邑之士绅为诗歌以揄张之者数十百人，谓郎之非人也，本名“存寿”而易之为“曾兽”云。

周泽农妻者，蜀之会理州人，姓张氏。泽农本滇昆明人，以避回乱迁会理，营商业，张以女妻之，复徙居西昌。张氏姿貌端好，而心思巧慧，性尤烈。持家井井，事姑奉母，相夫教子，均无忝。以母老而寡无所归，商诸姑婿，亦迎养焉。

顾周不善事生业，家日益落，子三人并幼，读[1]氏操持内外完好，戚族无间言。无何，周病笃，氏坦然无悲戚状。亲友窃议之，盖周素貌寝，氏年少而美，疑其叵测也。周逝后，为料理棺殓毕，旋称倦，偃卧于床，众以其连日劬苦，当有此，益不疑，未几呼之，则尸僵如秋蚕矣。盖氏预服阿芙蓉以殉也。呜呼！烈哉！

滇西多陋俗，最甚者为赘婿。搢绅大夫之族均不免焉，蚩蚩者益何足责也？无子者犹可说也，居然子女成行而亦踵行之，是以寡廉鲜耻，而俗不长厚也。余于己酉岁曾著文痛扶其弊[2]，登诸日报，览之者其亦有所儆惕否？噫！阿南殉义，蹈白刃而不辞；慈善全贞，旌德源而无愧。何古今人之不相及耶！

台湾未割让以前，岁入不过数十万而已，自归日本后，不过十余年间，而每岁入款直达至三千余万之多，现又倍之。同一地，在我则所得无多，一属诸人则收入无限，从可知非财政之难，实整理财政之不得其人耳。中国而欲经济之发纾，必由根本计画，其要尤在得人。若犹恃一般爱钱惜死之官以图整顿，是犹欲南行而北其辙，有促之速亡而已矣。

庚戌年六月十八日，天津各志士开失城十周年纪念大会，是日该会门首高悬国徽及纪念各旗，院内遍贴庚子兵变时拳匪肇乱、洋兵进城以至失后男女逃难各画图及纪念品，惨凄之状，目不忍睹。柱上对联一副云：忍辱瞬十年，痛吾侪兵燹余生，都成幻梦；自强争一日，愿今后民心不死，共奠邦基。吾滇创巨痛深，始于庚子，今亦十周年矣。惩前毖后，谁为提撕警觉者乎？

鄂藩王方伯聘三官侍御时，余尝馆于其家，是时方伯直声震天下，其劾庆邸伦贝子、瞿军机诸折，皆目睹之。聂献廷主政（聂与方伯至亲）尝谓予曰：军机诸大老不慊侍御甚，顾侍御廉正，终无如之何也。方伯京寓庭除萧然，室内惟书籍琳琅满架，每食只蔬菜数品而已。顷见某报载：方伯陛辞赴鄂任，上火车时舆夫辙相顾嗒然，曰：这位王大人真怪，只有几十口破木箱，还尽装的是书，其余皆零星网篮等物。噫！郁林尚有石可载，畿辅不乏玉泉之水，公何不装载数瓶以壮行色也？

前此帖括取官，用非所学，故各部及各行省衙门胥吏舞文弄法，得持其短长，长官惟画诺而已。蠹治疲民，不可究诘。洎改革之说起，于是裁书吏，设员

① “读”，疑为“独”字之误。
② “痛扶其弊”，文意不通，疑误。

司，分科办事，以为可一洗从前陋习，乃近来辄有不知大体者，毛举细故以自炫其能，极其弊，将有甚于猾吏奸胥之所为。贾长沙[①]之言曰：今世以侈靡相竞，弃礼仪，捐廉耻日甚，可谓月异而岁不同矣。而大臣特以簿书不报，期会之间，以为大故。至于俗流失，世败坏，因恬而不知怪。夫移风易俗，使天下回心而向道，类非俗吏之所能为也。俗吏之所务，在于刀笔筐箧，而不知大体。殆有慨乎其言之。呜呼！何其与今日之情形酷类乎。

今世演剧有目连全本，大抵值地方有疫病灾殃之事，辄举行演唱，谓之办目连。考目连剧始于清乾隆初，高宗以海内升平，命制诸院本进呈，以备乐部演习。内有目犍连尊者救母事，析为十本，谓之《劝善金科》，于岁暮奏之，以其鬼魅杂出，以代古人傩祓之意。其曲文皆张文敏照亲制。今时下所演，亦意主劝善，惟附会支离，失之远矣。

凡充各银行、洋商买办者，大都市侩之徒，士大夫恒不屑为之。然以余所闻，汇丰银行买办乔莀臣则有足纪者。乔初以贫故，入赘旗人桂某家，因是得入同文馆肄业。旧例，肄习期满得优保官阶。乔当列保时，乃更以乔姓名开呈，桂执不可，以为非由桂且不得入馆也，争之甚力，乔毅然曰：大丈夫何不可自立，乃碌碌因人成事耶！遂决然舍去，复本姓名，归家营小商贩，甚勤敏，久之颇有居积。因缘得入汇丰，不数年，累赀巨万矣。今日诩诩自命为士大夫者，遇有小便宜事辄不惜贬节易行就之，方之莀臣，不赧颜耶？

又，莀臣父故为日本使馆服役，以故莀臣营商业恒多贩日本货，所交亦多日人。初在都城灯市口设市肆，有日人高桥某比邻居，谙华语，衣华服，日与莀臣过从甚稔。见其日出夜归，究未悉其何所为也，惟微窥其常于夜间绘画京师地面各图甚晰。旋告归。未几，庚子拳匪乱起，联军入京，见报章日本军队有参谋高桥某，细探之，则即前驻京之人也，不禁骇诧。尔时日军所占地如东四牌楼、东华门一带，皆显官富藏区域，日人所获最丰。间中布子，争胜临时，日人之深心綦可畏矣！闻甲午以前日人之探我内情亦皆如是，而我国人尚懵腾未醒，其蹶也宜哉。

震泽王梦薇贰尹，性颖慧，书画、诗文、算术、音乐、医理无不通。尝有驳西人地圆之说，曰：船之先见桅者，以其远，非以其圆。今试于卅丈之塔而然火

---

① 即贾谊。引自《治安策》。

其顶，至五十里外望之，火直如在平地。地体纵圆，岂能于五十里间而遽分高下至三十丈乎？远为之也。今日地圆之证已成铁案，然如斯言亦颇具物理云。

昔日之商部腐败最甚。振贝子出洋时，道出新嘉坡，蜀商吴桐林竭力运动，并见其二子焉。长子鉴秋，次子镜秋，皆谙英语。贝子甚悦之，许以设部时调用。振返京，桐林携二子从，而部事未就，暂驻京寓。桐林烟癖最深，日困一榻，二子则恣情冶游，挥霍不赀，坐是行囊告匮。未几，明诏设立商部，果调桐林父子均入部，桐林改官员外郎，鉴秋捏称县丞，改以主事用，实则毫无学术，蠹政而已。贝子以万金属桐林办商部官报，恶劣不足观，出未数期而万金尽矣。京师各部如此等事数见不鲜，我国政治之腐败尚可救药哉？

江右江元虎先生幼时受《大学》，至“修身齐家治国平天下”，遽质其师曰：天下何以不曰治而曰平？又不患寡而患不均，天下国家可均也？亦请其意义。师均无以应也。及读《礼运》，慨然慕“大同之治”，草述议案条例多端，以为必如何如何，而后天下可企于均平。后留学日本，归任北京大学国文助教，其英文则无师自通，诗文亦雅赡。

又，辛亥夏上海城东女学社小学科、手工科毕业，先生往演说，有云：人皆谓欧美女学堂甚发达，顾据所见闻，但可谓学堂发达耳，至于女学之发达，乃远不逮我东洋，盖为女子特别建立之学堂，欧美国甚稀也。又云：女子一社会之普通个人，毫无特别之可言，个人之义务所当同尽，个人之权利所当同享。彼视女子为奴隶者、为神圣者、为美术品者，皆蹂躏个人而大悖乎社会之公理者也。极其中肯。至其所倡何种主义，及与清室往来事，道远初不悉其详也。

反正后，各省乱端旋灭旋起，古粹书抄流出者不少，沿江各省尤甚，有心人往往以廉价得之。大理赵泽溥润之需次江右，购得大版《古逸丛书》一部，纸字精良，偿价不过数元。据云类此者甚多，以行装携带不便，姑从割爱耳。按:《古逸丛书》为杨惺吾守敬先生随黎莼斋使日本时代其搜辑刊行者，原版甚佳。

湖北民政长饶汉祥智元文词斐亹，初为黎副总统秘书，反正后，往往以长文通电各省，海内称之，黎公名望亦为之一振。其任内务司长时，前后辞职，而呈文骈俪工致，常论时局情形。旋以黎公保荐任民政长，力主政法官吏自荐，任以上须隔省，以矫时弊。嫉之者诟为书生，甚至反唇相讥，然其议识正大，自不可掩。沈立卿从贤言饶君为丁酉乡举，保送考试，以盐官分发福建。时姚稷塍文倬提学闽省，闻其才，招入学务公所，委充省视学，其所报告者较他员特详博也。后以光复，旋沪上，有人言之于黎，遂招之入幕云。

民国二年十一月间，袁项城以康南海丁忧回籍，曾电邀至京商榷要政，康辞不赴。第三[①]次复电康云：昨奉复电，既观望于高蹈，抑[②]感叹于纯孝。夺情之举，既[③]非敢施于守礼君子；遁世之行，又岂所望于爱国仁人。所盼[④]葬祭粗完，旌车仍戾，发摅伟抱，矜式国人。比者大教凌夷，横流在目；问俗觇国，动魄惊心。匪有大哲，孰为修明？执事毅然以此自任，其于正人心、培国本之功，又岂今之从政者所可拟。绵力所逮，敬当共赞。霜风渐厉，诸惟节哀，为国[⑤]自重。康复电云：强学旧游，相望垂白。记室骑兵，庶范云之善谑；访泽加腹，存严陵之故人。问道求言，三征未已；猥以衔恤，莫酬隆礼。情岂忘于忧国，而创深巨于思亲；不呼丧门，幸惟垂悯。承许翼教相助，匡[⑥]救人心，感不去怀，中国犹有望耶！昔沛公草创，入鲁而礼太牢；汉宗尊圣，登堂而躬下拜。顷岁俎豆停废，弦诵断绝；人无尊信，手足无措；四维不张，国灭可忧。伏望明公亲拜文庙，或就祈年殿尊圣配天。令所在长吏，春秋朔望拜谒礼圣；下有司议，令学校读经。必可厚风化，正人心。区区迂愚，窃用报礼，幸裁察！康文之古雅，袭不用新词，耐人观览。惟“访泽加腹”诸语，未免比拟不伦矣。

吴昌石之篆，张逖先之隶，李梅庵之北魏，何诗孙之老颜，高邕之李北海，汪渊若之苏灵芝，张季直之柳公权，郑苏龛之黄鲁直，莫不家握灵蛇，人怀和璧。然而上蔡中郎、钟繇、梁鹄，一遇茂漪[⑦]，皆当扫地。世传吴芝英所钞佛经，外人至有以数十万金言购者，吴硕人亦自负五百年后必有知者，其置衮衮[⑧]书家于何地耶？平心而论，吴书上拟李氏卫，或得其美女描花之致，董华亭有知，诚不免作始巽终坤之叹耳。

---

① “三”，原作“二”，据《哀烈录》卷二《大总统第三电》改。

② “抑”，《哀烈录》卷二《大总统第三电》作“益”。

③ “既”，《哀烈录》卷二《大总统第三电》作“固”。

④ “盼”，《哀烈录》卷二《大总统第三电》作“望”。

⑤ “国”，《哀烈录》卷二《大总统第三电》作“道”。

⑥ “匡”，《哀烈录》卷二《大总统第三电》作“拯”。

⑦ 卫铄，字茂漪，李矩之妻，即后文之“李氏卫”。传为王羲之之师。

⑧ “衮衮”，原作“滚滚”，以文意改。按：杜甫《醉时歌》：“诸公衮衮登台省，广文先生官独冷。”

昔郑板桥云：国家整饬吏治，必以敦励风化为先。风俗之坏，初由于一二官吏之贪邪，尤而效之，成为习俗。儌顽革薄，可以知所尚矣。今之官吏以贪邪发觉者，且多方弥缝，逍遥事外，或且重张旗鼓，再临民上，旁伺者遂乃肆无忌惮，为所欲为矣。欲吏治之澄清也，得乎？公牍文字，往往足以见性情，今择其醇美者录之，以资省览。

奉天改组巡按使公署，政务厅成立，呈报中央文略云查公署裁撤四司，改置厅掾，原为图事权之统一，促政府之进行。回忆年余以来，机关日见其纷歧，政纲愈形其废坠，言庞事杂，如理乱丝。今幸大总统毅然刚断，特定省制，一切设施，方有津埭。省公署为全省政令之汇归，政务厅为总揽承宣之枢纽，辅佐得失，理乱系之云云。奉令之初即经审慎周详，从事改组，兹已组织成立云云。

江苏韩巡按使致北京政事望电文云：奉策令，苏省验契征收出力各员，南通等县知事，均给予五等金质单鹤章。国钧及前国税应筹备处长张寿龄，督饬认真，均传令嘉奖等因。奉令之余，悚惶无地，查前朝成案，人民纳税骤增，多数或加惠地方，或增广学额，恩出自上，泽及于民，意旨深远。其经征官吏，因他项政务俱有成绩，则迁擢褒荣，并传盛事。此在旧时政体且然，今民智渐开，赋税义务本有相当之权利，若掠美而尽归之官，即不必闻怨咨之声，神明已多内疚。除南通知事储南强等货七员谨遵传令饬知外，国钧为国服务，于法令有未安之处，方当条语修改，以利施行。此项征收奖励章程，斟古酌今，未尽惬当，应否以重行议订。凡税额骤增之处，移官长之奖金充地方之公费，而官长之考成则与各项政绩平均优劣，以进退人材，庶不至开掊克之风，而忘脂膏所自出。国钧为政体民情起见，敢贡愚忱。此次嘉奖，拟请转呈大总统俯准，收回成命，伏乞鉴允。云云。

邓秋枚《古学发刊序例》有云拾寒琼于幽[①]草，摘铁网之珊瑚，骊珠既得，鳞爪可弃，精华斯在，光焰常新。今虽烽烟未靖，海国多风，士方弃书，人不悦学。然在昔五季俶扰，群经方以雕梨；金人内侵，金石尚尔成录。读易安《金石录》后跋，又见昔人有云：自古泯棼之会，元黄戈马之秋，物则民彝，不可以一。朝绝不绝，则宜有所寄；寄斯钜者，宜在修学好古之儒。方明之亡也，顾亭林奉母避乱，居濂泾，读书水滨，承其祖志，钞书录报以成《日知录》《天下郡国利病书》等，皆有裨于后王之治云云。可以征其志趣。

---

① “幽”，原作“豳”，据文意改。

昔人有人赠序句云白日之皎皎，巨川之混混。孤鹤之鸣九皋，大鹏之息六月。志士不忘在沟壑，幽人遁世而无闷。时而一往直前，时而千回百折；时而声施灿烂，时而韬光暗然。行乎其所不得不行，止乎其所不得［不］[①]止等语，颇善为伟人解脱。

余前记清载振创设商部滥用非人一则，兹阅近人《娱萱室随笔》所记，有足与余记相印证者。先是，德宗从廷臣之请，设立商部，特简载振为尚书，各司员由各部院堂官保送考试，分别录用。商部为新创衙门，主部务者，又为至煊赫之亲贵，局面宏大，俸给优厚，京朝官咸垂涎之，以为此实终南之捷径，苟获选，一生当吃着不尽。吴县人曹元忠素负能文名，立品亦甚耿介，大员中如张孝达、溥玉岑诸公皆深相倚重，各思罗而致之。于时，曹以会试不得志，方纳赀为中书。仁和王相国文韶尤重曹才，特先保荐应商部试，曹于商学素所研究，故试艺殚见洽闻，实为通场之冠，阅卷者已定为第一矣。商部丞太仓人唐文治与曹本为通谱至交，因曹膺首选，恐外间或有浮言，遂语阅卷者曰：曹某文词固佳，第到署未及三月，资格尚浅，似宜稍抑其名次。阅卷者然其言，遂抑置第七名。有皖人龚心铭者，前英国驻使龚仰蘧之子也，家资豪富，时已官翰林，亦与试焉。知商部缺之优美，求人向载振说项，愿馈四千五百金，求格外照拂，先交四千金，余则场后找付，载振慨然允之。至是查龚卷，名已列四十六，度引见时必被黜落，乃以曹卷互调，于是龚名巍然前列矣。伍秩庸京卿廷芳同在阅卷之列，以曹卷甚佳而乃一抑再抑，心殊不平，谓载振曰：考试凭文艺优劣以定高下，似不宜儿戏视之。载振答以龚卷能写洋文，必系通达时务之才，故特提前之。伍知不可与争，亦不复言。迨考毕引见，记名只三十人，曹名在后，果不获用。原保荐之王相国闻之大怒，谓：考试大事，而任意颠倒若此，尚复成何事体！吾必上章弹劾之。讵事未实行，而龚纳贿之事已发见。盖龚之行贿于载振也，为数本不甚丰，且司阍者所得尤未餍欲。引见后之明日，龚以应找之五百金银票亲自送往，载振时正会一重要之客，司阍者持银票入，故意高声曰：考取第七名商部司员龚某，今送来五百金，请示大爷，应否收受？载振当宾客前忽揭其隐，不觉羞恼成怒，叱司阍曰：是人竟敢来此尝试，何胆大妄为乃尔！速掷还之，以后求见并不许通报。司阍诺诺而退。载振方自喜掩饰甚工，而不知其事已喧传于外矣。王相

① “不”字原夺，据文意补。

国知之，谓：吾故疑此次考试有弊，今果然，吾参折益易措词矣。载振之心腹探得其语，密往告之，乃与其党潜商，谓外间既有风声，不如先自举发，转可博清正之名。翌日，遂上疏奏参。至是龚之功名悉行革去，龚忿无所泄，于是四出请托，嘱各御史上折参载振种种荒谬事，而纳妓杨翠喜一事，亦为折中主要。凡参载振一折者，立赠二百金，悬格以待，黄封晨上，白银夕交。于是穷京官纷然而起，如矢之有鹄能射者，咸思达其目的焉。载振知众论难容，乃上章自陈才力不胜，辞退部尚书，并请撤去各项要差。其折措词甚妙，捉刀者系其心腹人杨某云。乙卯三月九号记。

梁任公癸巳会试，卷出陈筱圃先生房中，先生荐上。时李文龙为总裁，见起讲首句"且吾尝有省身之学"一句，以为"省身"乃曾子之言，指为疵谬，屏之，先生力争不得。嗣见二三场文极佳，复力言恐誊录有误，请调墨卷校之。总裁条下，调墨卷，则固"吾党"误为"吾尝"也。然名皆已拟定，不能易矣。先生之巨眼如此。

时下所演杨乃武一剧，事出余杭县。姚志良观察言渠幼时曾目见审讯此案，酷毒备至。而豆腐西施者（即葛毕氏），举人杨乃武与县令刘锡彤之子皆昵之。其夫品连鲁而懦，以妻奴畜之，不能堪，服阿芙蓉膏死。狱以起，卒无供招。每见其至刑酷时，脸作纸白色，迨松刑则面泛桃花，仍复原状，真美色也。此案后经桑椿龄昭雪，曾任云南府，后仕至刑部尚书，得一件作献计，谓死骨日久色败，无可验试，请秤其骨比之，可得真相。如其言秤之，两边官骸轻重果不相符，案遂破。事在咸丰初云。

京师大学堂管教各职员率取海内名士，共和建设以来，从前职员恒多别具怀抱，不入仕途，如于晦若式枚总办，柯凤荪监督逢时，李柳溪家驹、朱艾卿益藩、刘幼云廷琛、劳玉初乃宣各总监督，曹东寅广权教务长。又罗掞东分纂，陈贻仲、王书衡、袁珏生、戴邃庵、谭彝仲、章一山各提调，安晓峰、林琴南、陈石遗、宋芸子各教习，皆京师宿儒，负一时人望者。民国当局尝欲礼罗任用，而诸君晚节孤忠，不肯自弛，或任教读之业，或操纂述之事，以代躬耕，以资事畜，殊可钦羡也。

宋陈宜中在太学有文誉。宝祐中，丁大全以戚里婢婿事权幸卢允升，董宋臣，因得宠于理宗，擢为殿中侍御史，在台横甚。宜中与黄镛、刘黼、林测祖、陈宗、曾唯六人上书攻之。大全怒，使监察御史吴衍劾宜中，削其籍，拘管他州。司业率十二斋生，冠带送之桥门之外。大全益怒，立碑学中，戒诸生勿妄[①]议国政。且令自后有上书者，前廊生看详以牒报检院。由是士论翕然称之，号为“六君子”。戊戌之变被难者，杨深秀、杨叔峤、林旭、康广仁、刘光第、谭嗣同，时亦称为“六君子”。乙卯秋七月，京师杨度、孙毓筠、刘师培、严复、李燮和、胡英发起筹安会，讨论国体，时亦以“六君子”目之云。

滇省举义，编挺进军，拟出湖南，旋赴粤西。未几，桂事定，仍改道出川，军沿日[②]本名，按其性质，即雕剿也。同治中，贵州苗匪乱起，席少保宝田研芗往剿之，先拔荆竹园，除教匪，继踞寨头屯大军，夺苗之势，然后次第毕收攻战之利。又计苗寨如布棋，苗悉狡悍，长于守险，欲试行雕剿法，惧无效，自荣维善奋出立奇功，于是始决行之。后维善战死，复督龚继昌、苏元春、唐本有等继之，卒以平苗。雕剿者，悬军深入，饥因敌粮，夜宿敌垒，行不持营帐，居不依城寨，军不时出，出不时发，昔岳钟琪、张广泗所以制苗蛮也。少保于苗尤穷殚其能，犯瘴疠，践冰雪，缒幽穿阻，攀度箐壑，寻逐于猿鸟俱绝之径，争万死卒攻不备，往往破灭。或分军夜取城寨，衔枚暗趋，手扪而前，指与指相错，始知我师合。军士咳，则伏地上以指掘土，令声入地中，其艰如此。用兵五年，拓地千余里，破寨千数，歼苗及百万，自有三苗以来，兵威所极，未有至此者也。

袁世凯擅更国体，自为帝制，云南首举义师反对，黔、桂、粤继之。梁任公拟一军务院组织条例，院以各抚军合议为一临时统一机关，众赞成，遂于六月一号宣言成立。后黎公继任，遂改各省将军为督军。按《晋书·职官志》：骠骑、车骑、卫将军、伏波、抚军、都护、镇军、中军、四征、四镇、龙骧、典军、上军、辅国等大将军，左右光禄、光禄三大夫，开府者皆为位从公。晋武帝尝为抚军大将军。又《简文帝纪》：咸康六[③]年，为进抚军将军。抚军之名盖自此始。又《宣帝纪》魏受汉禅，以帝为尚书。顷之，转督军、御史中丞，封安国乡侯。黄初二年，督军官罢，迁侍中、尚书仆射[④]云云。是督军亦始于魏晋间也。

朱梁之恶，最为欧阳公所斥骂。然轻赋一事，《旧史》取之，而《新书》不

---

① “妄”，原作“妾”，据《宋史》卷四百一十八《陈宜中传》改。
② “日”，疑当作“用”。
③ “六”，原作“元”，据《晋书》卷九《简文帝纪》改。
④ “尚书仆射”，《晋书》卷一《宣帝纪》作“尚书右仆射”。

为拈出。其语云：梁祖之开国也，属黄巢大乱之余[①]，以夷门一镇，外严烽候[②]，内辟草[③]莱，厉以耕桑，薄以租赋，士虽苦战，民则乐输，二纪之间，俄成霸业。及末帝与庄宗对垒于河上，河南之民虽困于辇运，亦未至流亡，其故[④]无他，盖赋敛轻而丘园可恋故也。及庄宗平定梁室，属[⑤]吏人孔谦为租庸使，峻治[⑥]以剥下，厚敛以奉上，民产虽竭，兵[⑦]食尚亏[⑧]，不三四年，以至颠陨，其故无他，不过赋役重而寰区失望故也。今海内连年用兵，库帑耗竭，民困输将，而聚敛自肥者犹剥削不已，不顾恤小民而欲规久远，其所见殆出朱温下也。

诸子书中能斟切时事者甚多，如慎到子云：[移][⑨]善谋身之心而谋国，移富国之术而富民，移保子孙之志而保志[⑩]，移求爵禄之意而求义，则不劳而化理成矣。又曰：能辞万钟之禄于朝陛，不能不拾一金于无人之地；能谨百节之礼于庙宇，不能不弛一容于独居之余。盖人情每狎于所私故也。“治水者须[⑪]防决塞，虽在夷狄，相似如一，学之于水，不学之于禹也。”皆见到之言。

真小人易辨，伪君子难防，故小人之害道也明而小，君子之乱政也隐而大，此孔子之所以诛少正卯，子产之所以诛邓析也。按《家语》：孔子为鲁司寇，摄行相事，有喜色。子路[⑫]问曰：由闻君子祸至不惧，福至不喜，今夫子得位而喜，何也？孔子曰：然，有是言也。不曰乐以贵下人乎？于是朝[⑬]政七日而诛乱政大夫少正卯，戮之于西[⑭]观之下，尸于朝三日。子贡曰：夫少正卯，鲁之闲[⑮]人也，今夫子为政而始诛之，或可为失乎？孔子曰：天下有大恶者五，而窃盗不与焉，心逆而险，行僻而坚，言伪而辩，记丑而博，顺非而泽。此五者，有一于人，则不免君子之诛，

---

① “余”，《旧五代史》卷一百四十六作“后”。
② “烽候”，亦作“烽堠”。
③ “草”，《容斋三笔》卷十作“污”。
④ “故”，《旧五代史》卷一百四十六作“义”。
⑤ “属”，《容斋三笔》卷十作“任”。
⑥ “治”，《容斋三笔》卷十作“法”。
⑦ “兵”，《旧五代史》卷一百四十六作“军”。
⑧ 此处《旧五代史》卷一百四十六有“加之以兵革，因之以饥馑”。
⑨ “移”字原脱，据《慎子》补。按：前句有“善为国者”。
⑩ “志”，《慎子》作“治”。
⑪ “须”，《慎子》作“茨”。
⑫ “子路”，《孔子家语・始诛第二》作“仲由”。
⑬ “朝”，《孔子家语・始诛第二》作“为”。
⑭ “西”，《孔子家语・始诛第二》作“两”。
⑮ “闲”，《孔子家语・始诛第二》作“闻”。

而少正卯兼有之，此乃人之奸雄，不可以不除。夫殷汤诛尹谐，文王诛潘正，周公诛管蔡，太公诛华士，管仲诛付乙，子产诛史何，是此之数[①]子皆异世而同诛者，以七子异世而同恶，故不可赦也。《诗》云：忧心悄悄，愠于群小。小人成群，斯足忧矣。又《吕氏春秋》：郑国多相悬以书者。子产令无悬书，邓析致之；子产令无致书，邓析倚之。令无穷，则邓析[②]应之亦无穷矣。洧水甚大，郑之富人有溺者。人得其死者，富人请赎之，其人求金甚多，以告邓析，析曰：安之，人必莫之卖矣。得死者患之，以告邓析，析曰：安之，此人必无所更买矣。子产治郑，邓析务难之，与民之有狱者约，大狱一衣，小狱襦裤。民之献衣襦裤而学讼者，不可胜数。以非为是，以是为非，是非无度，而可与不可日变。所欲胜因胜，所欲罪因罪。郑国大乱，民口欢哗。子产患之，于是杀邓析而戮之，民心乃服，是非乃定，法律乃行。今世之人，多欲治其国，而莫之诛邓析之类，此所以欲[③]治而愈乱也。《列子》：子产相郑，专国之政三年，善者服其化，恶者畏其禁，郑国以治，诸侯惮之。而有兄曰公孙朝，有弟曰公孙穆，朝好酒，穆好色，酣淫无度。子产患之，以告邓析，析曰：子奚不时其治也，喻以性命之重，诱以礼仪之尊乎？子产谒其兄弟而告之，朝、穆曰：善治外者，物未必治，而身交苦；善治内者，物未必乱，而性交逸。以若之治外，其法可暂行于一国，未合于人心；以我之治内，可推之于天下，君臣之道息矣。吾常欲以此术而喻之者，反以彼术而教我哉？子产忙然无以应之。以告邓析，析曰：子与真人居而不知也，孰谓子智者乎？郑国之治偶耳，非子之功也。

杜荀鹤有《山中寡妇》诗一首，极言征徭之苦，读之凄然。又《乱后逢村叟》云：经乱衰翁居破村，村中何事不伤魂。因供寨木无桑柘，为料[④]乡兵绝子孙。还似平宁征赋税，未尝州县略安存。至今鸡犬皆星散，日落前山独倚门。又《旅泊遇郡中乱》[⑤]云：握手相看谁敢言，军家刀剑在腰边。遍搜宝货无藏处，乱杀平人不怕天。古寺折[⑥]为修塞[⑦]木，荒坟掘[⑧]作甃城砖。郡侯逐去[⑨]浑闲事，正

① “数”，《孔子家语·始诛第二》作“七”。
② “析”，原作“折”，据上下文改。
③ “欲”，原作“愈”，据《吕氏春秋》卷十八《离谓》改。
④ 《全唐诗》作“著”。
⑤ 即《旅泊遇郡中叛乱示同志》。
⑥ 《全唐诗》作“拆”。
⑦ 《全唐诗》作“寨”。
⑧ 《全唐诗》作“开”。
⑨ 《全唐诗》作“出”。

是銮舆幸蜀年。反正以后遭兵革之地，其现象殆如此矣。

清经略使洪承畴奏对笔记多见到之言。如对盐务，问曰：盐臣调停盐法，设巡捕之格，课以私盐之获，每季若干为一定之额，此法可行否？对曰[①]：行盐地方[②]有远近之不同，远于官而近于私，则民不得不买私盐。既买私盐，则兴贩之徒众。于是乎盗贼多而刑狱滋矣。《宋史》言：江西之虔[③]州地连广南，而福建之汀州亦与虔接，虔盐[④]弗佳，汀故不产盐，二州民多盗贩广南盐以射利。每岁秋冬，田事才毕，恒数十百为群，持甲兵旂鼓，往来虔[⑤]、汀、漳、潮[⑥]、循、梅、惠、广八州之地。所至劫人谷帛，掠人妇女，与巡捕吏卒斗格，或至杀伤，则起为盗，依阻险要，捕不能得，或赦其罪招之。元末张士诚，以盐徒为盗而据吴会。其小小兴贩，虽太平之世，历代未尝绝也。江苏、常州[⑦]为两浙行盐之地，而民间多贩淮盐，自通州渡江，其色青黑，视官盐为善。及臣之大同一带，见所食皆蕃盐，坚致精好。此地利之便，非国法之所能禁也。明知其不能禁，而设为巡捕之格，课以私盐之获，每季若干，为一定之额，此掩耳盗铃之政也。

问曰：唐刘晏整顿捐输，用士绅不用胥吏，法最善。即为转运使，专用榷盐法，充军国之用，亦善。卿可知他整顿盐法是何作用？对曰：时自许、汝、郑、邓之西，皆食河东池盐，度支主之。汴、滑、唐、蔡之东，皆食海盐，晏主之。晏以为盐吏[⑧]多则州县扰，故但于出盐之地置盐官，收盐户所煮之盐，转鬻于商人，任其所之，其余州县不复置官。其江岭间去盐乡远者，转官盐于彼贮之，或商绝盐贵，则减价鬻之，谓之常平盐。官获其利，而民不乏盐。江淮盐利始不过四十万缗，及晏行之，季年乃遂增至六百万缗。由是国用充足，而民不困敝。今日盐利之不可兴，正以盐利之不得人也。观刘晏之作用可知矣。

问曰：行盐之法，可有国与民两利者？对曰：盐之产于场，犹五谷之生于地，宜就场定额，一税之后，不问其所之，天下皆私盐，其实天下皆官盐，则国

---

① 此段亦见于顾炎武之《日知录》卷十。

② “方”，《日知录》卷十作“分”。

③ “虔”，原作“雩”，据《宋史》卷一百八十二《食货下四·盐中》改。

④ “虔盐”，原作“雩法”，据《宋史》卷一百八十二《食货下四·盐中》改。

⑤ “虔”，原作“雩”，据《宋史》卷一百八十二《食货下四·盐中》改。

⑥ “潮”，原作“湖”，据《宋史》卷一百八十二《食货下四·盐中》改。

⑦ “江苏、常州”，《日知录》卷十作“昆山常熟”。

⑧ “吏”，原作“支”，据《新唐书》卷五十四《食货志四》改。

与民两利。[①] 近人张謇倡就场征税，一税之后，不问所之[②]，殆即本此。

余读《汉书·高祖纪[③]》，曾批其用群策之次第卒以得天下，今阅洪承畴奏对清帝，亦有合者。一问曰：汉高帝破秦灭楚，不五载而成帝业，何以如此之速？对曰：汉高祖取天下，能用群策。如下陈留，用郦生之策；还军霸上、攻峣关用樊哙、张良之策；从汉中出兵，用韩信之策；守荥阳、成皋，又用郦生之策；捐金间楚，用陈平之策；封韩信齐王，追项羽垓下，以地封韩信、彭越、英布，使自为战，又用良、平之策；及天下已定，徙都关中，用刘敬之策。悉收其策而用其长[④] 故也。

又问：官俸之薄起于何时？对曰：官俸之薄起于宋，其所由薄，则起于养兵。汉时兵在京师者，不过南北军，武帝止增七校而已。其余南征北伐，皆用民兵，无事则农。故少营务[⑤] 支用[⑥] 之费，而官俸得厚。唐之府卫，虽已有兵民之分，而兵在[⑦] 屯田，未尝坐而仰食，犹然农夫也。至宋削藩镇兵权，乃悉以京室禁兵出防各路，兵额既多，而更番往来，费尤无数，故国帑虚耗，贫弱不振，而官俸遂减。且汉时兵民不分，故国势富强。至宋艺祖，但就目前所见之弊，率意厘革，因藩镇财富兵强，遂使[⑧] 设兵仗以收其锐卒，立转运以收其利权，务使文官有民而无兵，武官有兵而无饷。以为如此，方不能为害。至各路应设守御之处，皆从京都遣戍，更番往来，以致养兵之费，府库为虚。不独官俸缘以寖薄，即郊祀大典亦时以匮乏不举。岂知官俸厚，如天之雨泽，散而为利也。兵饷多，如水之决堤，聚而为害也。若稍省养兵之费，而散之百官，以养其廉耻，贪墨则尽法绳之，自然大小寅恭，不敢朘削小民，而闾阎日富。于是兴礼乐，施教化以感之，三代之治可复见也。[⑨]

按：今日之倡议加饷减俸者，可以鉴矣。

又问曰：先时重伍子胥，后重朱虚侯，今乃重关壮缪，何以死人香火亦有由盛而衰者？即有由衰而盛者？对曰：只因其人当日死时，有一段郁结处，人

---

① 《日知录》卷十、《皇朝经世文续编》卷五十均载此为松江李雯之论。

② “之”，原作“知”，据文意改。

③ “纪”，原作“记”，据《汉书》改。

④ 此段论述亦见于明薛瑄《读书录》卷二。

⑤ “务”，《榕村语录》卷二十八作“伍”。

⑥ “用”，《榕村语录》卷二十八作“给”。

⑦ “在”，《榕村语录》卷二十八作“皆”。

⑧ “使”，《榕村语录》卷二十八无此字。

⑨ 此段论述亦见于《榕村语录》。

人为之郁结。以人之郁结，合之神之郁结，自然两相感通。至郁结之久，非祭赛祠庙、鼓乐祝祈之盛，不足其宣泄其气，故致香火之盛。迨郁结之气渐平，则香火亦渐减灭。理自如此，皆人心为之。[①] 按：今之崇奉岳忠武者，亦然。

《本草》注：芝为瑞草，服之神仙。后世遂咸以芝为奇异之物。康熙时，山东历城张氏竹下产芝数茎，郡之贵富窭贱相与异之，争至其家谛观无虚日，能文者更争为诗赋以异之。未几，张氏翁病而殁，则又诧以为不详。不知芝者，菌类之一种耳，无所为妖祥也。其以为妖祥者，则人之心理耳。近年以来，科学大明，芝草亦数数见之，人亦渐不以为异矣。匪特芝草也，即历史所记，稗官诸家之所纪，天、地、人、物种种之怪象者，则亦日以少焉。是岂非生于人心而然耶？

黄震生中坚《蓄斋集》载：蜂之采兰花花粉，必首戴而去。谓蜂明于君臣之义，且忠而有礼，故其采花以作蜜也，他花皆以足承之，惟兰则戴之于首，盖他花所作以供众食，而兰则独以供王，故重之如此。又云蜂之有刺，所以卫身而亦不妄螫人，螫有人者，必不复容于其列。是蜂非独能为臣，即其君之用法亦具有王道也云云。于博物之理极多符合。井上圆了著《心理疗法》，其证明精神治病之效，征引极博，为录如左：

石普好杀人，以杀为娱，未尝知暂悔也。醉中缚一奴，使其指使投之汴河，指使哀而纵之。既醒而悔，指使畏其暴，不敢以实告。居久之，普病，见奴为祟，自以必死。指使呼奴示之，祟不复出，普亦愈。[②]

宋朱思彦为吏时，囚夫妇二人于狱。狱吏受贿纵之逸，以瘐死报朱。朱病，见此二人被发为祟[③]，狱吏以直言，并见二人，病豁然已。

齐景公寝疾，梦与日斗不胜，以告晏子，谓是疾将不起之兆。晏子曰：盍召占梦者释之。晏子出，先告占梦者曰：疾者，阴也；日者，阳也。阴不胜阳，君之疾将已矣。其入为君言之。占梦者入，如晏子之言以告，公病遽瘳。厚赐占梦者，辞曰：此非臣之功，晏子教臣为是言也。公召晏子询之，晏子曰：臣言之，不如占梦者言之之可信也。其仍以赐占梦者。

宋王寝疾，梦河水涸，以为君者龙也，河水涸则龙失其居，大惧。旦日询之宰辅，解之者曰：河字去水为可，君之疾其可乎！未几，病果愈。

---

① 此段论述亦见于《榕村语录》。

② 见《东坡志林》卷三。

③ “祟”，原作“崇”，据文意改。

晋乐广迁河南，厅召客会饮，客归而病。往询之，曰：是日赴饮，见杯中有蛇影，故病。时厅壁悬鱼弓，上图蛇形，广以为必是此。复召客往，以壁弓倒影于杯状示之，客恍然，病愈。

《北梦琐言》：一妇人途行渴甚，饮于溪，疑其有虫，归而病。医者询知其故，乃投以泻剂，嘱看护者以小虾蟆置之溷中，泻后举以视之。妇以为虫已泻出，病遂已。

观此数则，知世之名医利用心理以疗疾者不知凡几，常人往往漫不加察而神其术焉，又迷信之徒知此，亦可以破除矣。

陆法言曰：吴楚则时伤轻浅，燕赵则多失[①]重浊，秦陇则去声为入，梁益则平声似去。又《淮南子》云：轻土多利，重土多迟，清水[②]音小，浊水音大。盖人之发音，恒以山川风土而各各不同。昔由吴、楚至燕，其音由轻利而渐趋重迟，即《淮南》所云然也。至秦、晋、燕、豫，则以去为入，读平似去，如京语吏部、礼部与南音适相反，即陆氏所云然也。

总二千年儒学分歧之大派，曰汉学、宋学而已。汉学之下流为考据，宋学之下流为禅。承学之士，慨不见圣也久矣。初董、刘诸子抱残守缺，微言大义犹有所存，自伪新刘歆以校勘训故提倡一世，遂一变而为训诂之学。宋世真儒出，周、张、程、朱发明义理，绍述圣明，然其门人不克负荷，上蔡诸子暗宗佛说，至陆、王遂变为心学，此汉、宋学所由来也。

清高宗孝贤皇后碑文系汪由敦撰，文甚美，中有云：忆昔宫庭相对之日，适孝贤定谥之初，后忽哽咽以陈词，朕为唏嘘而耸听。谓两言之征，信傅奕祀以流芳。念百行以孝为先，而四德惟贤兼备。倘易名于他日，期纪实于平生。讵知畴昔所云，果作后来之谶。在皇后贻芳国史，洵乎克践前言。而朕躬稽古右文，竟亦如酬夙诺。兴怀及此，悲恸如何！

世传孝庄皇后下嫁睿亲王，归政后，王以罪被废，太后出居睿亲王府，至康熙二十三年殂。雍正五年葬昭西陵，不合葬太宗，微示绝于太宗之意。故称陵者，以世祖所生也。碑文有云：念太宗之山陵已久，卑不动尊；而[③]世祖之兆域非遥，母宜从子。可谓善于著笔矣。

① “失”，《音论》卷中、《皇朝通志》卷十七引陆法言《切韵序》均作“伤”。
② “水”，原作“人”，据《淮南鸿烈解》卷四改。
③ “而”，《宾退随笔》“太后下嫁”条作“惟”。

林琴南先生湛深《史》《汉》，其得力处，自道于《吟边燕语》之自序，如曰：《汉书·外戚传》赵后“绿绨[①]方底”一节，幽闳细致，为史迁所无。此书力摹之，虽未能到，而吾力亦用是，罢矣。是盖真能读班书者，故其小说文笔缜密，极肖孟坚，而恢奇处，又入腐迁之室，其妙则在不重复处用复笔，恢诡其辞，使人寻味无穷。特以之作小说，为觉牛刀小用耳。

储同中在文云：陆士衡《五等诸侯论》，苏廷硕《东封朝觐坛颂》，独孤至之《梦远游赋》，韩退之《进学解》《毛颖传》，孙可之《大明宫纪梦》，欧阳永叔《王镕传》《王叔妃传》《伶官传》，苏子瞻《十八罗汉像赞》《战国养士论》，陈同甫《上孝宗书》，皆得太史公之神，当与《项羽本纪》同读。李安溪光地云：范蔚宗《西域传赞》，傅奕《表》，韩退之《原道》《佛骨表》《与孟简书》，宋景文《李蔚传赞》，朱文公《释氏论》，皆辟佛之文。又近人论奇古之文，如屈原《山鬼》，司马相如《谏猎书》，扬雄《修身篇》，庄周之《地籁》，韩退之《送孟东[②]野序》。雄健之文如庄子《逍遥游》，相如之《难蜀父老》，《史记·平原君列传》，王逸《楚辞章句序》，冯衍《说廉丹》，韩愈《潮州刺史谢上表》。精约之文如《左传·医和论疾》《公羊·郊告伤》，庄周《外物不可必》，董仲舒《庙殿火[③]灾对》，老子《道德经》。朴茂之文如《国语·敬姜论劳逸》《入关告谕》，荀悦《汉治逸论》，欧阳修《丰乐亭记》。悲壮之文如《左传·晏子哭尸》，《国语·申胥谏伐齐》，《穀梁·豫让报仇》，庄周《孔子适楚》，宋玉《九辩》，司马迁《报任少卿书》，《汉书·贾谊传》，李华《吊古战场文》，韩愈《答崔玄之书》。冷隽之文如《左传·卫懿公好鹤》，《国语·里革断罟》，庄周《游濠梁》，屈原《渔父辞》，孔融《论酒禁》，柳宗元《钴鉧潭西小邱记》。典核之文如《左传·召陵之会》，《国语·单子知陈必亡》，班固《封禅》，邹阳《狱中上书》，韩愈《禘祫议》，刘歆《武帝庙不宜毁议》。叠波之文如《礼记·曾子易箦》，《左传·季札观乐》，《公羊传·楚及宋平》，《穀梁传·梁山崩》，《邹忌讽齐王纳谏》，庄子《南伯子綦隐几而坐》《魏莹与田约》，宋玉《对楚王》，韩愈《送杨少尹》《获麟解》。

《止观室诗话》[④]云：苏戡倾服肯堂，有“我于伯子，得其鳞爪”之说。苏戡

---

① “绨”，原作“梯”，据《汉书》卷九十七下《外戚传下》改。

② “东”，原作“束”，据《送孟东野序》改。

③ “火”，原作“大”，据董仲舒《庙殿火灾对》改。

④ 为近人姚鹓雏著。

始治大谢，浸淫柳州；伯子则直入苏黄，窥伺老杜，而取境微有不同古时。则伯子道劲生动，才气横溢，前无古人；苏戡高澹闲雅，得味外味，未[①]遽让也。樊山[②]如美女簪花、高僧说法，无不可用之典，无不能达之意，惟喜用四字叠韵，颇觉伤雅。

《曲洧旧闻》：东坡作《石炭行》，然石炭不知始何时。《汉书·地理志》：“豫章郡出石，可燃为薪。”则用世久矣。今西北处处有之。今则东南各省皆有，盖植物埋藏于地，久则成为化石，可用为薪炭供燃烧。

《列子》载两小儿争日远近大小，孔子莫能决。按：日以远者小而近者大为断，盖大小有定形也。至日初出之沧沧凉凉，因隔宿气清；及其中如探汤，因时久气热，且当午阳盛，犹临火者，初炽不热，久则热也，不可以为远近之准也。常人可辨，而欲以难孔子，御寇氏不知量矣。（见汉川秦笃辉[③]手书。）

月借日光之说始于《参同契》。宋沈括衍为银圈之喻，最为穿凿无理。明胡正甫辨之甚明。（同前。）

前记名医利用心理数则，兹见《东坡别集》一则载坡《跋南唐劓耳图》[④]云：王晋卿尝暴得耳聋，意不能堪，求方于仆。仆答之云：君是将种，断头穴胸当无所惜，两耳堪作底用，割舍不得？限三日疾去，不去割取我耳。晋卿洒然而悟。三日，病良已。以颂示仆云：老婆心急频相劝，性难只得三日限。我耳已校[⑤]君不割，且喜两家总今[⑥]善。今见定国所藏《挑耳图》，云得之晋卿，聊识此。此虽近诙谐，然亦可见心理之效用矣。

纪文达[⑦]《滦阳续录》云：《史记》称：《山海经》《禹本纪》所有怪物，余不敢信。是其书本在汉以前。《列子》称大禹行而见之，伯益知而名之，夷坚闻而识之。其言必有所受，特后人不免附益又窜乱之，故往往悠谬太甚，且杂以秦汉之地名，分别观之可矣。必谓本依附《天问》作《山海经》，不应引《山海经》

---

① “未”，原作“末”，以文意改。
② 樊增祥，原名樊嘉，又名樊增，字嘉父，别字樊山，号云门，晚号天琴老人，清代官员、文学家。
③ 见秦笃辉《平书·物宜上》。
④ 即《跋王晋卿藏挑耳图》，见苏轼《跋王晋卿藏挑耳图帖》。
⑤ “校”，《跋王晋卿藏挑耳图帖》作“较”。
⑥ “今”，《跋王晋卿藏挑耳图帖》作“平”。
⑦ 即纪晓岚。

反注《天问》，则过也。按：以欧儒进化之说例之，则古初动物之近于人者，颇多形夭畸形之类，大禹时当尚有遗者，禹所历穷荒之地有此类人，亦理所应有也。古人为文，信笔所之，极细绎之，多有不合物理者，如东坡《石钟山记》："士大夫终不肯以小舟夜泊绝壁之下，故莫能知。"实则石钟之以钟名者，以其与风水相吞吐而声若钟也，与风水相吞吐不必夜间，欲察其为石钟与否，亦不必夜间也。又《前赤壁赋》："月出于东山之上，徘徊于斗牛之间。"是时为七月之望，则黄昏时斗牛当在中天矣，其初出于东山者，当为昴宿。文章事实之不符，大率有此。

梁任公《德人[①]菲斯的人生天职[②]论述评》所谓理性、本体、平等一味之义，殆与佛说真如同一旨趣。然佛说谓欲涵养真如，其致力全在断绝生灭；菲氏之教则正与相反，谓非生灭错嬗不足为真如实现之媒。故佛说以解脱世法为旨归，而菲氏则以不离世法为究竟。其言曰：欲达理性和同之域，惟有人人各自发挥其理性，而相扶相助缉熙光明云尔。而其致力之法，不出二途，一曰与，二曰取。与者何谓？与他人以自由也。取者何谓？向他人受取利益也。孟子称：莫大乎与人为善。又称：乐取人以为善。说正相同。又曰：人类之幸福，其缘利用自然界而得之者，什而八九也。自法[③]界能贻[④]我以利益，能注我以教育。虽然，欲以个人而直接向自然界攫取利益、享受教育，为事殆极难，盖孤独生活而能致文化之发展[⑤]者，未之前闻也。社会者，则取凡个人独力不能利用自然界之事业，而悉负荷之，取凡个人不能向自然界享取之利益而悉储蓄之，而还以媒介之于个人。自有社会，而一人之利，得成为万人共同之利，得古人之财产成为今人世袭之财产。不宁惟是，个人有耗损此公共之财产者，社会常分担其责任，思所以补填之，而无取于吝。由此言之，个人之所以托庇于社会者，如此其深厚也。此节语意极精辟。

又谓：处世之道，二途而已，分业主义与万能主义而已。万能主义既不克与文明竞争，惟分业则疏密之间，即可断定人类程度之高下。盖人人各异其性质，

---

① 梁启超原文题并无"德人"二字。菲斯，即德国人费希特。
② "职"，原作"识"，据《菲斯的人生天职论述评》改。
③ "法"，梁启超《菲斯的人生天职论述评》作"然"。
④ "贻"，梁启超《菲斯的人生天职论述评》作"诒"。
⑤ "展"，梁启超《菲斯的人生天职论述评》作"生"。

故各有特殊之专长；人人各异其嗜好，故各有特殊之兴味。人惟就吾所特长者，与吾所同[①]好者，努力以赴之，期发展吾能力无所遗，其余事则委诸他人，勿兼顾也。夫如是，则吾之靖献于社会者，抑已多矣。又云：人之择术，不可以不自由，不可以不明慎。盖人苟自好用其所短，而不用其所长，则其固有之所长必渐萎缩磨灭；而其本来所短者，虽欲竭蹶以赴，而成就终不能如人，又可断言矣。如是则必且自举其有用之身，埋没于社会之暗陬，而侘傺抑郁以死。若此者，可谓之自弃。所言极中吾国今日人才之弊，即余亦觉有驳而不精、枉费精力之处，须时诵斯言以自警策。

湘南宿学尚存者，自以湘绮、葵园、郎[②]园为最。湘绮生于道光壬辰年十一月二十九日，今已八十有四乙卯，咸丰丁巳补行壬子、乙卯湖南乡试举人，光绪三十四年经湘抚岑春萱论荐，特旨授翰林院检讨加侍读衔。其著书，经学类有《诗补笺》《公羊笺》《穀梁笺》《尚书笺》《周易集解》《尚书大传补注》《周官笺》《礼记笺》《仪礼笺》《尔雅集解》；诸子类有《庄子注》《老子注》《楚辞释》；史志类有《二十四史赞》《湘军志》《衡阳县志》《武冈州志》《湘潭县志》《桂阳州志》《东安县志》；集部《湘绮楼诗文集》及《笺启》[③]，皆门弟子所编。选本则有《唐诗选》《八代诗选》。入都以后又有《湘绮楼杂著》，亦为其徒所编录者。葵园昔官祭酒，以文章掌故之学自为程课，《古文辞类纂》《十朝东华录》诸巨册，皆成于是时。及任江苏学政，适官文献之邦，又值咸、同乱后学问衰歇之际，奋然汇刻《皇清经解续编》，其精力亦已过绝人矣。回籍以后，日事著述，其已出书者，有《荀子集解》《庄子集解》《水经注校补》《郑魏公谏录》《葵园校士录》《汉书补注》《骈文类纂》《虚受堂诗文集》及手札若干卷。十年以后讲求外国事情，于是有《景教碑文纪事考正》若干卷，《日本源流考》若干卷，《五洲地理志》若干卷。其他选刻者，有《十家骈文钞》《十家词选》诸书。

郎园之学以考订搜集见长，除戊戌年所发表之《輶轩今语评》等专为攻击新党而作者不计外，以校刻之书为最多。如叶氏《丽楼丛书》及观古堂所刻丛书，不下数十百种；所著书列为观古堂第一集者，其编目有《天文本论语校勘记》一

① “同”，梁启超《非斯的人生天职论述评》作“特”。

② “郎”，原作“郁”，以文意改。下同。按：叶德辉号郎园。

③ 王闿运之《湘绮楼笺启》。

卷，《辑孟子刘熙注》一卷，辑《蔡邕月令章句》四卷，《古今夏时表》一卷，《释人疏证》二卷，《山公启事》一卷，《山公佚事》一卷，《宋秘书省[1]续［编］[2]到四库阙书目考证》二卷，辑孙之《瑞应图记》一卷。列为第二集编目者有《辑鬻子》一卷，《辑郭氏[3]玄中记》一卷，《辑许慎淮南间诂[4]》二卷，《辑淮南万毕术》二卷，《辑傅子》三卷、订误一卷，《辑晋司隶校尉傅玄集》三卷，《古泉杂咏》四卷，《消[5]夏百一诗》二卷，皆已刻行世。《藏书十约》《游艺卮[6]言》，寥寥只十余篇。惟近著之《书林清话》未刻。年始五十，家计亦裕，正好从事著述也。按：郎园已于乙丑年被祸，此是乙卯年所纪。

文字之感人最深，其流衍之地域亦甚显。如有清一代，文学是其特色，然清初之侯、魏、汪、姜诸人，古文之名要未大振，至姚姬传氏出，上承明代南派之宗，下立天下百年之轨，所以当时有"天下文章在桐城"之语。其后师友渊源流衍于江陵者，以管异之、梅伯言为最著；流衍于浙江者，以邵位西、孙琴西为最著；流衍于江西者，以陈硕之、朱梅崖、鲁絜非为最著；流衍于广西者，以朱伯韩、龙翰臣、王定甫为最著；流衍于湖南者，以曾涤生、吴南屏为最著；流衍于湖北者，以张濂卿、王鼎丞为最著。此南派文章承欧、曾、归、方之范围，盛行于南省者矣。吴挚甫、张濂卿久居保定，传授门弟子颇多，是南派文章又渐及于北省矣。今桐城种子，有马通伯、吴辟疆、任文学三子，姚氏之后有仲实、叔节担任讲席。京师为人文渊薮，尚有闻风兴起，寻有道之謦欬，为承先启后之事业者乎？

书法小道，亦有区分。魏铖、李瑞清为海内北派大家，二君住湖南最久。同时有王代功、张通谟、曾熙三君善临魏碑者。前张文襄督楚，梁节庵主讲两湖书院，当时武昌之学生书，不摩张肥则效梁瘦，可见朱赤墨黑之移人者深矣。

讲人类学者，谓古时男女皆可哺乳，后以分业之故，乳哺之事尽以属诸妇女，而男子之乳以久不用，遂退化焉，故至今男子虽不哺儿，然乳嘴固存也。《唐书·文苑传》：元德秀终身不娶，族人以绝嗣规之，德秀曰："吾兄有子，继先人之嗣。"盖德秀兄子襁褓丧亲，无资得乳媪，德秀自乳之，数日湩流，能食

---

① "省"，原作"有"，据清光绪二十九年叶氏观古堂刊本《宋秘书省续编到四库阙书目》改。
② "编"字原脱，据清光绪二十九年叶氏观古堂刊本《宋秘书省续编到四库阙书目》补。
③ "氏"，原作"中"，据杜迈之《叶德辉评传》附录一《叶德辉撰辑校刊书目系年》改。
④ "诂"，原作"话"，据杜迈之《叶德辉评传》附录一《叶德辉撰辑校刊书目系年》改。
⑤ "消"，原作"息"，据杜迈之《叶德辉评传》附录一《叶德辉撰辑校刊书目系年》改。
⑥ "卮"，原作"厄"，据杜迈之《叶德辉评传》附录一《叶德辉撰辑校刊书目系年》改。

乃止。[①]此可为男子乳哺之证。

公牍文字导源于典谟训诰。秦汉之时简古高洁，犹有三代之遗；六朝以下专尚骈俪，去古愈远；自明至清，面目大变，别为一种吏胥手笔，所谓官样文字，虽郑重分明，能使人了了心目之间，古昔遗留荡然尽矣。陆宣公奏议皆用骈体，浩瀚流转，初无不达之意，既不落于朽腐，复无害于艰深，真能手也。

李唐铨选择人之法厥有四端：一曰身，谓体貌丰伟；二曰言，谓言辞辩正；三曰书，谓楷法遒美；四曰判，谓文理优长。试判登科谓之入等，其拙者谓之蓝缕，选未满而试文三篇谓之宏辞，试判三条谓之拔萃。中者即授官。既以书为艺，故唐人无不工楷法，以判为贵，无不习熟。判语体必骈俪，谓之龙筋凤髓，至宋时犹有是称，如《白乐天集》之《甲乙判》是也。苏子瞻之辈亦多骈体判词，营妓乞脱籍，亦必妃青俪白，累累数百言。然宋时批判有仅署一字者，已非复唐人之旧。子瞻才人，以笔墨为游戏耳。唐时自朝廷以至县邑，皆以骈语入公牍，非读书尚文不可。宰臣每启拟一事，亦必偶语十数，宋初犹有唐人余波，浸假始革去之。郑畋有敕语、堂判，宋人摘其琐屑遗事，参以滑稽，目为花判，风尚一变，世辄从而轻之，以其瘁精力于无用也。至唐人铨选之法，文职亦必体貌丰伟，得勿失之子羽乎？

按：清大挑之法与唐制同，一失至近时文牍，为樊樊山、易实甫、骁宓僧辈开其端，竞以骈俪相尚，华而不实，柔腴而欠骨鲠，效之者体愈下，格愈卑，几成一种风气，影响及于人品，抑又下唐远矣。又《新唐书[②]•文艺[③]传序》云唐有天下三百年，文章无虑三变。高祖、太宗，大难始夷，沿江左余风，绨句绘章，揣合低昂，故王、杨[④]为之伯。元[⑤]宗好经术，群臣稍厌雕琢，索理致，崇雅黜浮，气益雄浑，则燕、许擅其宗。是时，唐兴已百年，诸儒争自名家。大历、贞元间，美才辈出，擩哜道真，涵咏圣涯，于是韩愈倡之，柳宗元、李翱、皇甫湜辈和之，排逐百家，法度森严，抵轹晋魏，上轧[⑥][汉][⑦]周，唐之文完然为一王

---

① 按：此事实出《新唐书》卷一百九十四《卓行传》。
② “新唐书”，原作“唐新书”，据文意乙正。
③ “艺”，原作“苑”，据《新唐书》卷二百一十《文艺上》改。
④ “杨”，原作“阳”，据《新唐书》卷二百一十《文艺上》改。
⑤ “元”，《新唐书》卷二百一十《文艺上》作“玄”。按：清代避讳，常改“玄”为“元”。
⑥ “轧”，原作“轨”，据《新唐书》卷二百一十《文艺上》改。
⑦ “汉”字原脱，据《新唐书》卷二百一十《文艺上》补。

法，此其极[1]也。若侍从酬奉则李峤、宋之问、沈佺期、王维，制册则常衮、杨炎、陆贽、权德舆、王仲舒、李德裕云云。有唐一代，文体即此可以考见。至宋制体文字恒用本朝事实，阳湖赵瓯北《廿二史札记》引证甚详，谓：宋朝国史记载，本散布于民间，他如名臣录[2]、笔谈、遗事、家传、文集，又随时刊布，人皆得知本朝故事，故便于引用。然亦南渡以后为多。清代八股诗文禁用后世及本朝事，又文字之祸累起，故本朝掌故鲜有明悉者，即谙悉亦不敢公然引用，职是故耳。

去年，日本人在江西以重价购得肉佛一尊，陈之彼国博物院中，称之曰木乃伊。按陶宗仪《辍耕录》：回回地有年七十八岁老人，自愿舍身济众者，绝不饮食，惟澡身啖蜜。经月，便溺皆蜜。既老死，国人殓以石棺，仍满用蜜浸镌志岁月于棺盖，瘗之。俟百年后启封，则蜜剂也。凡人损折肢体，食少许，立愈。虽彼中亦不多得，俗曰蜜人，番言木乃伊。其称殆本于此。（今曹溪、云南皆尚有古佛坐身，皆千百年所遗。）

严复译《法意》，云中国决狱乃君权，刑曹特寄焉而已。刑部奏当必待制可，秋审之犯必天子亲句决，皆与欧洲绝异。江夏吴光耀以为此特指其流弊，或其外形，遂疑及全体，辨之云：奏当者，谓法当其罪而后奏，按：当作所奏果当其罪解。不敢以天子之尊轻视民命，一委诸刑部也。必待制可，下以见刑部之敬事，不敢擅专；上亦以见天子之能治天职，非揽权也。以中国慎刑之良法，误认为天子可以自由滥刑，未能窥立法之本意，难与言也。秋审人犯，由州县承审明白，按律拟罪，造具招册；申送本管府道覆审，递加看语；再申送按察司，按察司覆审定稿；移同在省司道虚衷商榷，会详督抚司道；复赴督抚衙门会审，督抚加看语；奏咨达刑部。刑部堂官年前预派十七司廉能之员，专办秋审，摘叙案由，分别情实、缓决、可矜、留养四项，用蓝笔加看语曰初看，再用紫笔覆看；送秋审处坐办司员删繁补漏，交总看司员再加看语；仍会十七司前派之员详细覆议。同一罪名而情节微不同，即可实可缓，死生所由判呈堂官批阅，刊印招册，蓝纸为壳，亦曰蓝册，分送大学士、九卿、詹事、科道，各得尽情磨勘、签商、准驳。刑部、大理院、都察院曰三法司，凡命、盗、死刑，三法司会审情实，案奏呈黄

① “极”，原作“标”，据《新唐书》卷二百一十《文艺上》改。
② “名臣录”，原作“名臣著录”，衍“著”字，据《廿二史札记》卷二十六《宋四六多用本朝事》删。

册，并分别由实改缓，由缓改矜，候旨勾决。罪应科重，而情有可矜，例得夹签声请。或勾决而未行刑，及已行刑而案有冤枉，两造既得赴京呈控，九卿等仍得单衔奏参。亦有天子朱批平反者。故事，磨勘案卷本得展宽时日。其后流弊，秋审动案数千，故迫促其期，不及磨勘。给事中湖北洪良品以云南铜案报销贿赂奏逐军机王大臣，直声震中外，奏雪永氏冤狱。是时，陕西薛允升为刑部尚书，老于刑部，然惧奏参，癸巳秋审，属侍郎贵州李端棻以私书讨访蓝册，错误便得更正。何尝秋审之案，可由天子轻枉轻纵，如严氏所言，刑曹如寄也？惟孟德斯鸠有云：支那政府用刑一端，实与民主、君主诸欧国无以异。何今之言司法者，乃相背而驰耶？

前清振贝子育周为御史赵启霖芷青参谒，案结，赵以妄言落职，全台大哗。载振内不自安，亦具疏辞职，其词略谓臣系出天潢，夙叨门荫。诵诗不达，乃专对而使四方；恩宠有加，遂破格而跻九列。倏因时事艰难之会，本无资劳才望可言；卒因更事之无多，遂至人言之交集。虽水落石出，圣明无不烛之私；而地厚天高，局蹐有难安之隐。所虑因循恋栈，贻衰亲后顾之忧；岂惟庸懦无能，负两圣知人之哲。不可为子，不可为人。再四思维，惟有仰恳天恩，开去一切差缺，愿从此闭门思过，得长享光天化日之优容。倘他时晚盖前愆，或尚有坠露[①]轻尘之报称云云。婉曲微妙，文词斐然，或云系太仓唐文治捉刀也。

催眠术应用甚广，前曾涉猎其书，稍有会心，以为祝由科、扶乩、放阴等术皆是，然未深知其奥也。顷阅新会卢可封所纂《中国催眠术》一篇，颇为详阂[②]，录之如下。

[前提][③]

论理学前提不清，则归宿不明，予草此编，为应日本催眠术协会考试而作，以就[④]正于大雅。故其言但求简括，不解[⑤]催眠术者读之，自难领会，是前提不

① “露”，原作“路”，据《梼杌近志・振贝子辞职疏》改。
② 按：“详阂”词义不通，疑当为“详核”。
③ “前提”为原文小标题，据卢可封《中国催眠术》补。
④ “就”，原作“校”，据卢可封《中国催眠术》改。
⑤ “解”，原作“能”，据卢可封《中国催眠术》改。

清而欲求归宿之明了，难矣。仅略述催眠大要如下。若学理法术之详述，予将别著《诚明论》(亦名《儒者催眠术》)，以发此编所未暇及也。

催眠术者，以术致人于眠之谓也。其法或用言语，或用手技。眠之状，恍惚迷离，昏然似睡而非睡。眠有深浅之序，曰[①]薄眠，曰熟眠，曰深眠。

薄眠者，但觉精神恍惚，身躯浮荡，耳中尚闻四围声响，醒后亦能记忆。惟术者有命，则不觉随之而动。如命之举手，则手不期而自举；命之投足，则足不期而自投焉。

熟眠者，较薄眠为深，昏然如睡，耳中除术者之言，鲜能闻知，醒后只能记忆多少。施术者命之动，则不能止；命之止，则不能动。幻觉、错觉，已略能行。如示以带，而命之曰蛇，则果以为蛇，现惊惧色，是曰错觉。又如施术者命之曰："某在汝前，汝宜与之握手。"则受术者果觉某之立其前，而为握手之状，是曰幻觉。总之，有物而错认，谓之错觉；无物而幻现，谓之幻觉。

深眠者，较熟眠更深，醒后全不记忆，错觉、幻觉，感应更灵。其异有五：曰感觉敏锐，曰神游，曰透视，曰默喻，曰化身。

感觉敏锐者，常人所不能视、不能闻之物，受术者皆能之。如置时表于二丈外，常人所不能见者，亦能道其分秒；音叉之微音，常人所不能闻者，亦能闻之。又如以五味分置五器，用水冲至极淡，常人所不能辨者，亦能尝之而［知］[②]若者酸、若者苦也。

神游者，谓居于室能神游千里，将所见所闻历历道出，而覆验无讹。如受术者居于此室，命其神游彼室，道其中事实，悉皆中的。或名千里眼，或名天眼通，皆谓此也。

透视者，用纸匣或木箱之类盛物其中，而严密封固，置之受术者之前，问其中何物，能一一道出。

默喻者，施术者与受术者心意相通，施者虽与受者隔别一室，而施者举手，受者亦举手；施者喜怒现于色，酸咸触于舌，则受者之心、之色、之舌亦自觉如此。旁观者可鉴貌知之。

化身者，如受术本为小童，命之化为老妪，则龙钟之态唯肖唯妙；本为一字

① "曰"，原作"日"，据卢可封《中国催眠术》及文意改。
② "知"字原夺，据卢可封《中国催眠术》补。

不识之人，命之为文豪[①]，则挥毫落纸，皇皇大文；本为讷不出口之人，命之为雄辩家，则登坛演说，娓娓动人。欲其化作如何身分，莫不一言之下，变化莫测云。

此种现象，人人可以行之，并非难事。予将搜集名家实例及身所经历者，别著《催眠实验录》，篇幅较繁，未暇及也。

中国催眠学理概论

中国之有催眠术，其来甚古。《素问》所称“祝由”，孔子所谓“巫医”，皆上古药物治疗与催眠治疗并行不悖之明证。后世趋重理论，而精神治疗之学理未能根据确凿，遂流于神怪，不若药物治疗之能切脉按息，指定部位，抉发病源，足以起人信仰。而巫、医遂分道扬镳，不相维系，不可谓非退化之一事。然各国进化，莫不由此阶级，非特中国为然。吾人不能置身数千年之上见其寔[②]状，徒见今日文化，遂谓之进步。其进耶？其退耶？吾诚不敢为极端之论断也。至于催眠学理，吾稽之古籍，见其所言莫不本末兼备，体用无遗。惜其言之幽深微妙，士［大］[③]夫滑口读过，不加深思，遂令怀宝空藏，不显于世，亦可悲矣。

今之言催眠者，莫不宗尚哲学、心理学矣。其言之深切著明，有过于《大易》《中庸》《太极图说》者乎？他姑勿论，且就其关于催眠术者言之。

《易》曰：一阴一阳之谓道。《太极图说》曰：无极而太极，太极动而生阳，动极而静，静而生阴，静极复动，一动一静，互为其根。又曰：无极之真，二五之精，妙合而凝。又曰：二气交感，化生万物，生生而变化无穷焉。噫！是非今哲学者所称道之“一元二面论”耶！所谓阴阳，即精神形质之符号也，而赅括有加焉。所谓动静，即精神形质之作用也，曰妙合而凝者，阴阳妙合凝结而不分离也。太极即一元，阴阳即二面，故曰阴阳一太极也。如此立论，固非二元论、唯物论、唯心论之偏执。按之催眠术，而后知神游（千里眼）之非精神离形体而去，而身心平行说、精神波动说乃有根据。先儒之论太极曰：物物一太极。西铭亦曰：民吾同胞，物吾与也。夫然，则宇宙间事事物物皆出于一阴一阳

① “一字不识之人，命之为文豪”，原作“一字不识之命人之为文豪”，“命人”二字倒，据《中国催眠术》乙正。

② “寔”，同“实”。

③ “大”字原夺，据《中国催眠术》补。

之道，同炉而共冶。故至诚之至，足以贯金石、仪凤凰，而无所阂焉。此又物心平行论之至理也。循是理而催眠中之透视、默化种种神妙之事，皆无不可通之理焉。若夫心理之说，曰潜在精神说，曰预期作用说，曰暗示说（暗示即施术者启发受术者之言，此语原不妥协，吾于《诚明论》痛发之），此皆今之学者所称道也，然亦吾古人所尝发挥者也。

书曰[①]：人心唯危，道心唯微[②]，唯精唯一，允执厥中。此儒者十六［字］[③]心传，亦即今[④]之潜在精神说，其义又加深焉。所谓人心，即显在精神，最易为物欲所蔽，而窒其灵明，故曰危。道心则潜[⑤]在精神，必须静中养出端倪，故曰微。而必曰"唯精唯一，允执厥中"者，盖惟精神专一，不偏不倚，而道心乃可以常存，即自己催眠之极致。予尝执是理以论催眠，实较他说为正当。催眠之非眠睡，在今之学者间已成定论，故但当提起其精诚专一、无偏无倚之心，便自然入催眠状态。吾于此只用言语启发之曰"专心听吾言"，"诚心求病愈"，"静"，"更静"，"勿起妄念，诚心听我"，如是反复数分钟，便成恰好催眠之状态矣。

《中庸》曰："诚则明矣，明则诚矣。"此最正大之预期作用说也。受术者惟诚心而求，斯乐于听受而能明。既明之后，疑虑袪而信仰起，而后能诚心受术。

孔子曰：君子之德风，小人之德草，草上之风必偃。又曰：一日克己复礼，天下归仁焉。《易》曰：知几[⑥]其神乎？《通书》曰：动而未形有无之间者，几也。又曰：几微故幽。此皆暗示说之至论也，而更为精微焉。盖人未有无感受暗示之性者，小用之，一言一动能使人感焉遂通；大用之，则仁声仁闻，可以感格于千里之外焉。若《易》所谓"知几"，尤暗示之骨髓也。盖人动静云为，随处有几，苟捉得其几，则导之入眠，易如反掌。古人驯奔兔，伏游龙，岂有他妙巧，特能尽物[⑦]之性应几而动耳。今世之催眠术，弄出如许设备，如许方法，又费如许时间，乃能致人于眠，不过瞎撞此几[⑧]，偶然幸中，人即入眠，实生涩之

---

① "书曰"，原作"曰书"，据《中国催眠术》乙正。
② "微"，原作"危"，据《尚书·大禹谟》及《中国催眠术》改。
③ "字"字原夺，据《中国催眠术》补。
④ "今"，原作"令"，据《中国催眠术》改。
⑤ "潜"，原作"偏"，据《中国催眠术》改。
⑥ "几"，原作"机"，据《周易·系辞下》及《中国催眠术》改。
⑦ "物"，原作"吾"，据《中国催眠术》改。
⑧ "几"，原作"机"，据《中国催眠术》改。

甚也。故熟练者，催眠于一瞬一喝之间，知几而已。故今之催眠术，犹未得为至道，有志者于几焉而求之，则近矣。

舍此之外，有所谓生理说者，粗率肤浅，学者多反对之，可无论焉。

吾本以上学理[①]，姑谬陈已见，其详吾当别著《儒者催眠学》，今且简言之。其应用学理，则“诚明”二字，其法则“言语”而已。“催眠”二字，实悖乎学理者也（催眠术英文为Hypnotism[②]，译言使眠，辅丽佗误认眠为疲倦而眠睡，实大悖乎学理也）。故并“眠”之一字，吾决计勿用。吾惟使人预知催眠程序何如，状况何如，实效何如，以起其精诚专一之心而已。其所用言语，亦惟单简直截，曰静，曰诚，曰勿起妄念，专心一志而已。其他巧说，悉屏不用，吾非好为立异也。催眠者，在使人无念无想，感应暗示而已。言语愈多，方法愈繁，徒足为起念起想之地何益哉？日本催眠大家之说，其绵密足法者固多，吾之得浸淫于此学，皆诸大家著作之赐，若吾所最为服膺者，村上辰午先生之学也。

吾谓今之催眠术犹非至道者，以其为术也，勉强行之，未能纯任自然；其为效也，只能用之治病改癖。其他或旷日而无功，或可暂而不可久，夫岂能充至道之量者哉？至道奈何，见道也真，信道也笃，行道也毅，守道也久，如是以达于自己催眠之极致。故曰：诚者自成也，而道自道也。又曰：至诚无息，不息则久，久则征，征则悠远，悠远则博厚，博厚则高明，故曰至诚之道，可以前知。又曰：至诚如神。又曰：与天地合其德，与日月合其明，与四时合其序，与鬼神合其吉凶。此其修养之至，一触即发，随时皆可以得催眠之效，而不必如催眠之以术致也。故其见之于事功也，一日克己复礼，而天下归仁焉；端拱南面，而天下归化焉。不言而信，无为而成，诚动天地，而岁无水旱，民无夭扎，化及异类，而百兽率舞，凤凰来仪，夫如是，可谓充其量也矣。闻者疑吾言乎？其端绪有今之催眠实例也，其极致皆古人之所称道也。

中国之催眠术，如降仙童（群童环坐，其一烧符念咒，随指一人称为武松或李逵，能为各种武技）、扶乩（欧美之［百］[③]灵舌 Plonehette，译言小转板，亦扶乩也）、讨亡术（一名关亡）、圆光、祝由科、竹篮神、紫姑神（能令竹人、竹篮自动，即催眠学理中精神波动之效，其精神波动之强，能令死物摇动，可见“物

① “理”，原作“论”，据《中国催眠术》改。

② “Hypnotism”，原作“Hyhnotism”，据《中国催眠术》改。

③ “百”字原夺，据《中国催眠术》补。

一太极之说”“物心平行之说”为不虚，盖惟人具阴阳之理，物亦具阴阳之理，故能感而遂通）、八仙转卓[①]（以瓦碗贮水，取八仙卓倒承于碗口，四人各以一指著卓之一脚，口中喃喃念咒，四人不觉登足狂奔。此即预期作用而入于止动状态，故运动不能自已）、筋斗术、斗黄牛、簸箕神皆是也。

张文襄于光绪甲辰回鄂任，其谢恩表云：伏念臣自惭衰朽，获望清光，屡陪禁近之班联，稍慰江湖之梦寐。聆[②]禹、汤之自责，感激涕零；企周、汉之中兴，忘其老至。迩者强邻构难，东土震惊，虽暂时中立之从权，恐此后外交之益棘。臣惟有勉殚驽钝，仰禀宸谟，统善邻治，内以兼筹，以兴学、练兵为首务。储木屑竹头之用，敢抛寸晷于江城；续笠檐蓑袂之诗，犹忆恩波于禁苑。此表似极宋人佳作。“笠檐蓑袂”[③]出于放翁诗[④],查初白[⑤]用之。文襄屡召见于南海,故以为比。见李详《脞语》。

生理学家谓上古之人，男女皆可乳哺小儿，是以男子亦有乳，后因分业之故，以乳哺事专属之妇人，而男子则在外奔走衣食，是以其乳遂退化，仅存乳头而无乳汁矣。按：汉清阳人李善为同县李元苍头[⑥],元家俱疫死,惟孤儿续始生数旬。善乳哺之得生，及长，为理旧业。武帝闻之，俱拜太子舍人。又唐元德秀紫芝，时兄嫂俱亡，遗孤期月。德秀昼夜哀号，子泣，以己乳含之，涉旬，渐觉湩流，至子能食，其乳乃止。可知男子能乳哺，实有其事，非仅理想之词也。此条已见前，增李善事。

王子安《滕王阁序》有“紫电青霜，王将军之武库”一联，系用萧明《与王僧辩[⑦]书》,见《丹铅录》。明焦弱侯《笔乘》[⑧]载：少司寇朱公鸿谟[⑨]抚吴时问余：紫盖黄旗是何说？余曰：见《吴书》：陈化使魏，魏文帝问曰：吴魏峙立，

---

① “卓”，即桌子。按：宋释普济《五灯会元》卷二十：“叙语未终，公推倒卓子。”

② “聆”，原作“聆”，据文意改。

③ “笠檐蓑袂”，原文作“笠檐袂蓑”，据上文乙正。

④ 应出自唐陆龟蒙《晚渡》诗：“各种莲船逗村去，笠檐蓑袂有残声。”

⑤ 即查慎行。按：查慎行初名嗣琏，字夏重，号查田；后改名慎行，字悔余，号他山，晚年居于初白庵，故又称查初白。

⑥ 苍头者，奴仆也。

⑦ “辩”，原作“辨”，据《陈书》卷二十六《徐陵传》改。按：萧明亦作萧渊明，《陈书·徐陵传》：“及江陵陷，齐送贞阳侯萧渊明为梁嗣，乃遣陵随还。太尉王僧辩初拒境不纳，渊明往复致书，皆陵词也。”

⑧ 明焦竑《焦氏笔乘》。

⑨ “谟”，原作“模”，据《焦氏笔乘续集》卷四“紫盖黄旗”条改。

谁将平一海之内者乎？化对曰：紫盖黄旗，运在东南。又《江表传》：刁元[①]使蜀，司马徽与刘廙[②]论运命，元诈增其文曰：黄旗紫盖见于东南，终有天下者，荆、扬之君乎？故薛道衡《隋高祖功德颂》云：谈黄旗紫盖之气，恃龙蟠虎踞之险。又《宋书·符瑞志》云：汉世术士言黄旗紫盖，见于牛斗之间，江东有天子气。此其所由来。朱为之击节叹赏，曰：昔读《丹铅录》知紫电青霜，今因公复知紫盖黄旗，君子所以贵三益之友也。

史书中有琐事可资鉴戒取法，或证旧闻者，得若干条，汇录之。

汉赵孝，字长平，沛国蕲人也。父普，王莽时为田禾将军。任孝为郎，每告归，常白衣步担。尝从长安还，欲止邮亭，亭长时闻名人当过，以有长者客，扫洒待之。孝既至，不自名，长不肯内，因问曰：闻田［禾］[③]将军子将从长安来，何时至乎？孝曰：寻到矣。于是遂去。按：世家子弟偶出入乡里，间有询以系谁氏某某，否则亟亟自明，惟恐稍隐，皆不免辽东、井底之见，质之长平，恧然愧矣。

《魏志》："司马朗，字伯达，河内温人也。九岁，人有道其父字者，朗曰：'慢人亲者，不敬其亲者也。'客谢之。"按：魏晋[④]间最重家讳，故世家子弟礼法彬彬。今则习染欧风，无所忌讳矣。

又朗年十二，试经为童子郎，监试者以其身体壮大，疑朗匿年，劾问。朗曰：朗之内外，累世长大，朗虽稚弱，无仰高之风，损年以求早成，非志所为也。按：科举时赴童子试者，皆故隐其年，老则故增，幼则故减，故有官年、实年之别，自宋已然，盖积习之由来久矣。

《魏志·卫[⑤]臻传》裴松之注引《郭林宗传》曰：臻父兹，字子许，弱冠与同郡圈[⑥]文生俱称盛德。林宗与二人并至市，子许买物，随价雠直，文生訾呵，减价乃取。林宗曰："子许少欲，文生多情，此二人非徒兄弟，乃父子也。"后文生以秽货见损，兹以烈节垂名。君子观人于微，况林宗之卓识多通，宜其有人伦之鉴也。

---

① "元"，《焦氏笔乘续集》卷四"紫盖黄旗"条及《三国志》卷四十八《吴书·三嗣主传》注引《江表传》皆作"玄"。按：清代避讳，常改"玄"作"元"。

② "廙"，原作"广"，据《焦氏笔乘续集》卷四"紫盖黄旗"条改。按：《三国志》卷四十八《吴书·三嗣主传》注引《江表传》原文作"廙"，《资治通鉴》卷七十九同，兹据改。

③ "禾"字原夺，据《后汉书》卷三十九《赵孝传》补。

④ "魏晋"，原作"晋魏"，据文意乙正。

⑤ "卫"，原作"魏"，据《三国志》卷二十二《魏书·卫臻传》裴注引《郭林宗传》改。

⑥ "圈"，原作"为"，据《三国志》卷二十二《魏书·卫臻传》裴注引《郭林宗传》改。

宋裴松之注《三国志》，略于训诂而博于引证，议论亦复持平，读之每惬于心，兹条记于左。

如驳郭脩之刺费祎[①]，以为鄙谲不正。贾诩之说李傕[②]，以为贻害朝野。论臧洪则引徐众之评。论公孙晃之狱，则驳孙盛之言。说于禁之斩昌狶，以为无所救济，徒为残忍。满宠之考杨彪，斥为酷吏，其用心虽有后善，无解前虐。崔林之议圣祀，谓可不必重祀非族，松之斥其守厥蓬心以塞明义。

《钟会传》注：《世语》曰：司马景王命中书令虞松作表，再呈，辄不可意，命松更定。会取视，为定五字，以呈景王，王曰不当尔耶？松之曰钟会名公之子，声誉驰闻，弱冠登朝，已历显位，景王[③]为相，何容不悉，而方于定虞松表然后乃蒙接引乎？设使先不相识，但见五字而便知可大用，虽圣人其犹病诸，而况景王哉？

《世语》钟会定虞松之表，更五字，而景王叹服，以为圣人犹病，何况景王。陆逊之遣之攻石阳[④]，遗书反间，以为无益于事，徒使无事之民横罹荼毒，敌国之将无所伤损。周鲂之下发诱魏，则引徐众之评，以为君子不取。王昶戒子之书，拟则文渊，失隐恶扬善之道。曹操不追关公，嘉其有王霸之度。马超降蜀，常呼备字，关、张请杀超，事载《山阳公载记》，松之以为先主定蜀，关公方镇荆州，何缘共事？袁炜、乐资所记，虚谬不经。先主袭蜀，于涪大会，庞统陈词忤先主意，以为备有阙而统无失，谓习凿齿推演之辞，近于吹求。许靖之走交州，讥其谋身不智。费诗谏先主之即真，则善习凿齿之论。姜维欲杀会复蜀，则驳孙盛《阳秋》之语，比之田单之计，而邂逅不会。陈寿之评费祎、蒋琬，以为未尽治小之宜、居静之理，讥其使览者不知所谓。所论皆具特识。

《后汉书·列女传》：孝女曹娥者，会稽上虞人也。父盱，能弦歌，为巫祝。汉安二年五月五日，于县江溯涛迎婆娑神[⑤]，溺死，不得尸骸。娥年十四，乃沿江

---

① “祎”，原作“袆”，据《三国志》卷四十四《费祎传》改。

② “傕”，原作“漼”，据《三国志》卷十《魏书·贾诩传》改。

③ “王”字原脱，据《三国志》卷二十八《魏书·钟会传》裴注引《世语》补。

④ 按：此句不可解，疑衍“遣之”二字。

⑤ “迎婆娑神”，疑当作“婆娑迎神”。按：《柳河东集》卷五《饶娥碑》云：“烈烈孝娥，水死上虞。”注：“邯郸淳《娥碑》曰：‘娥，上虞曹盱之女。盱能按节抚歌，婆娑乐神。汉安二年五月，时迎伍君，逆涛而上，为水所淹，不得其尸。娥时年十四，号慕思盱，哀吟泽畔。旬有七日，遂自投江死。经五日，抱父死尸出。度尚设祭诔之。’范晔《后汉史》云‘迎婆娑神’，谬矣。当以碑为正。”

号哭，昼夜不绝声，旬有七日，遂投江而死。至元嘉元年，县长度尚改葬于江南道旁，为立碑焉。章怀注：娥投衣于水，祝曰“父尸所在衣当沉。”衣随流至一处而沉，娥遂随衣而没。见项原《列女传》。传文叙述未竟。

又：孝女叔先雄者，犍为人也。父泥和，永建初为县[①]功曹。县长遣泥和拜檄谒巴郡太守，乘船堕湍而没，收尸不获。雄感念怨痛，号泣昼夜，心不图存，常有自沉之计。所生男女二人，并数岁，雄乃各作囊，盛珠环以系儿，数为诀别之辞。家人每防闲之，经百许日后稍懈，雄因乘小船，于父堕处恸哭，遂自投水死。弟贤，其夕梦雄告之却后六日，当共父同出。至期伺之，果与父相持，浮于江上。郡县表言，为雄立碑，图像其形焉。按：曹娥只投江而死，雄乃随父共出，二女事颇相类，而曹娥较著，世遂以雄事归之曹娥，而雄反湮没无闻，亦考古者之疏也。

又：鲍宣妻者，桓氏之女也，字少君。宣，哀帝时官至司隶校尉，子永，中兴初为鲁郡太守。永子昱从容问少君曰：太夫人宁复识挽鹿车时否？对曰：先姑有言：存不忘亡，安不忘危。吾焉敢忘乎？按：《鲍永传》：永字君长，上党屯留人也。父宣，哀帝时任司隶校尉，为王莽所杀，永少有志节，习欧阳《尚书》。事后母至孝，妻尝于母前叱狗，而永即去之。据此传，永事后母至孝，则疑少君早亡，昱问少君云云，或史家附会，以美少君耳。

《后汉书》：桓帝时，白马令李云露布上书，移副三府，帝得奏震怒，下有司逮云。五官掾[②]杜众，见云以忠谏获罪，上书愿与云同日死。帝愈怒，遂并下廷尉。大[③]鸿胪陈蕃、太常杨秉、洛阳市长沐茂、郎中上官资并上疏请云，不获，云、众俱死狱中。范蔚宗论曰：礼有五谏，讽为上。若夫托物见情，因文见[④]旨，使言之者无罪，闻之者足以［自］[⑤]戒，贵在于意达言从，理归乎正。曷其绞讦摩上，以衒沽成名哉？李云草茅之生，不识[⑥]失身之义，遂乃露布帝者，班檄三公，

---

① “县”，原作“郡”，据《后汉书》卷八十四《列女传》及文意改。

② “五官掾”，原作“王官掾”，据《后汉书》卷五十七《李云传》改。按：沈约《宋书》卷三十九《百官志上》：“汉东京诸郡有五官掾。”同书卷四十《百官志下》：“五官掾，主诸曹事。”又马端临《文献通考》卷六十三《职官考十七》：“五官掾，后汉有之，署功曹及诸曹事。”

③ “大”，原作“太”，据《后汉书》卷五十七《李云传》改。

④ “见”，《后汉书》卷五十七《李云传》作“载”。

⑤ “自”字原夺，据《后汉书》卷五十七《杜栾刘李刘谢列传》补。

⑥ “识”，原作“讥”，据《后汉书》卷五十七《杜栾刘李刘谢列传》改。

至于诛死而不顾，此岂古之狂也！夫未信而谏，则以为谤己，故说者识其难焉。按：位卑言高，自古所戒矧。“帝欲不谛”[①]等语，亦近狂悖。主非尧舜，世异黄农，欲免诛戮，其可得乎？蔚宗此论允当极矣。按：礼有五谏，谓讽谏、顺谏、窥谏、指谏、陷谏也。讽谏者，知患祸之萌而讽告也。顺谏者，出辞逊顺，不逆君心也。窥谏者，视人君颜色而谏也。指谏者，质指其事而谏也。陷谏者，言国之害忘生为君也。见《大戴礼记》。

《前汉书》魏相上书曰：救乱诛暴，谓之义兵，兵义者王。敌加于已，不得已而起者，谓之应兵，兵应者胜。争恨小故，不胜忿怒者，谓之忿兵，兵忿者败。利人土地货宝者，谓之贪兵，兵贪者破。恃国家之大，矜其人众，欲见威于敌者，谓之骄兵，兵骄者灭。此非但人事，乃天道也。按：此数语实兵家至要，行兵者不可不知。

《三国志》注：东阿王作《辩道论》曰：阳城郤俭，能行气导引，善辟谷。余尝试郤俭辟谷百日，躬与之［寝］[②]处，行步起居自若也。夫人不食七日则死，而俭乃如是。纵不必益寿，亦可以疗疾，而不惮饥馑焉。世俗相传，若有小恙不必服药，但不食一二日，恒得痊愈，亦此意也。俗有无药中医之言，流传最早。

《杜夔传》注：时有扶风马钧，巧思绝世，傅玄叙之，称其为给事中，与常侍高堂隆、骁骑将军秦朗争论于朝，二子谓古无指南车，记言之虚也，先生执以为有，明帝遂诏先生作之而成。又有人上百戏，能设而不能动，先生以大木雕构，使其形若轮，平地施之，潜以水发焉，设为歌[③]乐舞象，至令木人击鼓吹箫；作山岳，使木人跳丸掷剑、缘絙倒立[④]，出入自在；百官行署，舂磨斗鸡，变巧百端。又欲作轮，悬大石数十，以机鼓轮，为常则以断悬石，飞击敌城，首尾电[⑤]至。尝试以车轮悬瓴甓数十，飞之数百步矣。按：清儒江良庭先生颇具斯巧；又泰西人各种机器，知古人已滥觞矣。

《魏略·西戎传》述大秦国云：其国无常主，国中有灾异，辄更立贤人以为王，而生放其故王，王亦不怨。又：王有五宫听事，五日一周。出行，常使从人

---

① “帝欲不谛”，原作“帝不欲谛”，据《后汉书》卷五十七《杜栾刘李刘谢列传》改。

② “寝”字原夺，据《三国志》卷二十九《方技传》裴注引东阿王《辩道论》补。

③ “歌”，《三国志》卷二十九《方技·杜夔传》裴注作“女”。

④ “缘絙倒立”，原作“缘垣侧立”，据《三国志》卷二十九《方技·杜夔传》裴注改。

⑤ “电”，原作“雷”，据《三国志》卷二十九《方技·杜夔传》裴注改。

持一韦囊自随，有白言者，受其辞投囊中，还宫乃省为决理。按：今泰西各国颇有此风，惟其记水陆道里，与今蹉跌实甚云。

马援《诫兄子书》，裴松之以为：援之此诫，可谓切至之言，不刊之训也。凡道人过失，盖谓居室之愆，人未之知，则由己而发者也。若乃行事，得失已暴于世，因其善恶，即以为诫，方之于彼，则有愈焉。然援诫称龙伯高之美，言杜季良之恶，致使事彻时主，季良以败。言之伤人，孰大于此？与其所诫，自相违伐。按：一家书似无关大局，然伏波位尊望重，故世视其言轻重，间因得而乘之。吁，可不慎哉！

太原王文舒《戒子书》中一节仿马文渊云：颍川[①]郭伯益，好尚通达，敏而有知。其为人弘旷不足，轻贵有余；得其人重之如山，不得其人忽之如草。吾以所知亲之昵之，不愿儿子为之。北海徐伟长，不治名高，不求苟得，澹然自守，惟道是务。其有所是非，则托古人以见其意，当时无所褒贬。吾敬之重之，愿儿子师之。东平刘公干，博学有高才，诚节有大意，然性行不均，少所拘忌，得失足以相补。吾爱之重之，不愿儿子慕之。乐安任昭先，淳粹履道，内敏外恕，推逊恭让，处不避污，怯而义勇，在朝忘身。吾友之善之，愿儿子遵之。松之以为：文舒复拟则文渊，显言人之失。魏讽、曹伟，事陷恶逆，著以为诫，差无可尤。至若郭伯益、刘公干，虽其人皆往，善恶有定，然既友之于昔，不宜复毁之于今，而乃形于翰墨，永传后叶，于旧交则失[②]久要之义，于子孙则扬人前世之恶。于夫鄙怀，深所不取。善乎东方之诫子也，以首阳为拙，柳下为工，寄之[③]古人，无伤当时。方之马、王，不亦远哉！按：昶此书亦多切至之言，惟仿伏波一节，辞既繁而寡要，意义亦甚浅率，松之讥之，当矣。又，其书有云毁誉爱恶之原，祸福之机也，是以圣人慎之，并引《论语》“谁毁谁誉”“子贡方人”两章为证，而后遂繁引多人，任情褒贬，一书前后自相矛盾如此，亦鄙怀所不取也。

诸葛武侯出草庐之时，本传不著其年，惟《出师表》云“遂许先帝以驱驰，后值倾覆，尔来二十有一年矣”云云。松之注：刘备以建安十三年败，遣亮使吴，亮以建兴五年抗表北伐，自倾覆至此整二十年。然则备始与亮相遇，在败军之前一年时也。据此则三顾时为建安十二年。而武侯薨于建兴十二年秋八月，中

① “川”，原作“水”，据《三国志》卷二十七《王昶传》改。
② “失”，《三国志》卷二十七《王昶传》裴注作“违”。
③ “之”，《三国志》卷二十七《王昶传》裴注作“旨”。

间又历建安十二、延康一、章武二、建兴十二，共二十七年。公薨时年五十四，溯而上之，则出草庐时公当年二十七也。然据陈寿《上诸葛亮集表》云：魏武帝南征荆州，刘琮举州委质，而备失势众寡，无立锥之地。亮时年二十七，乃建奇策，身使孙权，求援吴会。据此则相遇时又当年二十六也。寿又云：青龙二年春，亮帅众出武功，分兵屯田，为久驻之基。其秋病卒。按《魏志》，则历黄初七、太和六、青龙二，使吴时为建安十三年，又增建安十一、延康一，共二十七年。然昭烈于建安二十六年四月即位，改元章武，即魏之黄初二年。如建安十二年公年二十六，则再加建安十三、章武二、建兴十二，则公年只五十三，据蜀之纪年不合也。如云建安十二年公年二十七，则加建安十二、延康一、黄初七、太和六、青龙二，则公又当年五十五，此据魏之纪年不合也。惟裴松之以为使吴之年至抗表北伐整二十年，则与蜀、魏纪年皆合。并自公使吴至薨时年岁，均历历可考，盖魏文之黄初元年即蜀汉之建安二十五年，而先主之章武元年实愍帝之建安二十六年也。今定以建安十二年武侯年二十七，即三顾出草庐时也。又自建安十三年至二十五年共十三年，又加章武二、建兴十二，共二十七，恰合薨时年五十四。又以魏纪证之，则自建安十三至二十四共十二年，延康与黄初元年共一年，又加黄初六年、太和六年、青龙二年，共二十七年，与蜀纪恰合。故知陈寿表云使吴时年二十七，至青龙二年卒，盖误以延康、黄初为两年，而不知已舛一岁矣。然则欲知公出山之年，不如据松之之注，而松之之注实即据公《出师表》之自明也。

《吴志·张昭传》注引《江表传》曰：权既即尊位，请会百官，归功周瑜。昭举笏欲褒赞功德，权曰：如张昭之计，今已乞食矣。昭大惭，伏地流汗。昭忠謇亮直，有大臣节，权敬重之。然所以不相昭者，盖以昔驳周瑜、鲁肃等议为非也。松之以为：张昭劝迎曹公，所存岂不远乎？夫其扬休正色，委质孙氏，诚以厄运初遘，涂炭方始，自策及权，才略足辅，是以尽诚匡弼，以成其业，上藩汉室，下保民物；鼎峙之计，本非其志也。曹公仗顺而起，功以义立，冀以清一诸华，拓平荆郢，大定之机，在于此会。若使[①]昭议获从，则六合为一，岂有兵连祸结，遂为战国之弊哉！虽无功于孙氏，有大当于天下矣。昔窦融归汉，与国升降；张鲁降魏，赏延于世。况权举全吴，望风顺服，宠灵之厚，宁[②]可测量哉！

① “使”，原作“是”，据《三国志》卷五十二《张昭传》裴注改。

② “宁”，《三国志》卷五十二《张昭传》裴注作“其”。

然则昭为人谋，岂不忠且正乎？按：松之注《三国志》多允当之论，唯此论极偏，前曾著论非之。然松之所事之朝与魏武无异，故以劝迎曹公为是耳，参其前后所论，知此论非其本心之言也。读者不可不知，故附识于此。

都平君[①]田单问赵奢曰：吾非不悦将军之兵法也，所以不服者，独将军之用众。用众者，使民不得耕作，粮食挽赁，不可给也。此坐而自破之道也，非单之所为也。单闻之帝王之兵，所用不过三万，而天下服矣。今将军必负十万、二十万之众乃用之，此单之所以不服也。马服君曰：君非徒不达于兵也，又不明其时势。夫吴干之剑，肉试则断牛马，金试则截盘匜；薄之柱上而击之，则折为三；质之石上而击之，则碎为百。今以三万之众而应强国之兵，是薄柱击石之谓[②]也。且夫吴干之剑材，难夫无脊之厚，而锋不入；无脾之薄，而刃不断。兼有是二者，无钩竿镡蒙须之便，操其刃而刺，则未入而手断。君无十余[③]、二十万之众，而为此钩竿镡蒙须之便，而徒以三万行于天下，君焉能乎？且古者四海之内，分为万国，城虽大，无过三百丈者；人虽众，无过三千家者。而以集兵三万，距此奚难哉！今取古之为万国者，分以为战国七，能具[④]数十万之兵，旷日持久数岁，即君之齐已。齐以二[⑤]十万之众攻荆，五年乃罢；赵以二十万之众攻中山，五年乃归[⑥]。今者齐韩相方，而国围攻焉，岂有敢曰我其以三万之众救是者乎哉？今千丈之城、万家之邑相望也，而索［以］[⑦]三万之众围千丈之城，不存其一角，而野战不足用也，君将以此何之？按：此论可见时势变迁，古今异宜。欧洲大战，兵至千万，前路茫茫，伊于胡底耶？

魏王使相国修好邻国，遂连和于赵，赵王既宾之，而燕问子顺曰：今寡人欲求北狄，不知其所以然。答曰：诱之以其所利，而与之通市，则自至矣。王曰：寡人欲因而弱之，若与交市，分我国货，散于夷狄，是强之也，可乎？答曰：夫与之市，将以我无用之货，取其有用之物，是故所以弱之之术也。王曰：何谓我

---

① “都平君”，原作“平都君”，据《战国策》卷二十乙正。按：都平即安平，田单在齐，封为安平君。
② “谓”，《战国策》卷二十作“类”。
③ “余”，原作“万”，据《战国策》卷二十改。
④ “能具”，原作“不能具”，衍“不”字，据《战国策》卷二十删。按：金正炜《战国策补释》云：“训‘能’为‘如’，文义乃明。”
⑤ “二”，原作“三”，据《战国策》卷二十改。
⑥ “归”，原作“得”，据《战国策》卷二十改。
⑦ “索”，原作“率”，据《战国策》卷二十改；“以”字原夺，据补。按：鲍彪注：“索，犹求。”

之无用，彼之有用？答曰：衣服之物，则有珠玉、五彩；饮食之物，则有酒醪、五熟。此即我之所有而彼之所利者也。夷狄之货，惟牛马、旃裘、弓矢之器，是其所饶而轻以与人者也。以吾所有，易彼所饶，如斯不已，则夷狄之用将麋于衣食矣，殆可举棰而驱之，岂徒弱之而已乎？按：我国与东西洋互市通商，以彼之无用赢我之大利，侈耗日增，而漏卮不已，岂有幸乎？

孔子东游，遇两小儿辩斗。问其故。一儿以日初出时去人远，日中时近也。一儿以日初出近，日中时远也。一儿曰：日初出时大如车盖，日中则如盘盂，岂非近者大而远者小乎？一儿曰：日初出时苍苍凉凉，日中如探汤，岂非去人近者热而去人远者凉乎？孔子不能决。按：此条已见前，理致颇深，须以物理测算解决，别有详说以明之。

宋开宝七年，吕端以太常承使契丹修好，此为与契丹交通之始。曹彬不杀，而曹翰屠江州，杀守将胡则，正与相反。江南之灭，死节文臣陈乔、武臣胡则、大臣则钟蒨，此忠臣之荦荦者。

杨业即北汉建雄[①]节度使刘继业[②]，帝克太原，闻其勇且老于边事，拜代州刺史，号杨无敌。[③]后之附会杨家将戏剧者，始此。

宋盐铁使陈恕将立茶法，召茶商数十，俾各条陈利害，阅之，第为三等。其法与今商会颇相仿佛。

宋太宗至道元年，以上元乾元门楼观灯[④]，见京师繁盛，谕近臣曰：五代之际，生灵凋丧，周太祖自邺南归，士庶皆罹剽掠，下则火光，上则慧孛，观者恐慄，当时谓无复有太平之望矣。躬朕览庶政，万事粗理，每念上天之贶致此繁盛，乃知理乱在人。吕蒙正避席曰：乘舆所在，士庶走集，故繁盛如此。臣尝见

---

① “雄”，原作“宁”，据《宋史》卷二百七十二《杨业传》改。

② 《续资治通鉴》卷十“太宗太平兴国四年”：“北汉将刘继业，素骁勇，及继元降，继业犹据城苦战，帝欲生致之，令继元招之，继业乃北面再拜，大恸，释甲来见。帝喜，慰抚之甚厚，复姓杨氏，止名业，授领军卫大将军。”

③ 《宋史》卷二百七十二《杨业传》：“弱冠事刘崇，为保卫指挥使，以骁勇闻。累迁至建雄军节度使，屡立战功，所向克捷，国人号为无敌。”又《辽史》卷十一《圣宗本纪二》：“宋将杨继业初以骁勇自负，号杨无敌。”同书卷七十五《耶律斜轸传》：“初，继业在宋以骁勇闻，人号杨无敌。”

④ 按：《宋史》二百六十五《吕蒙正传》载此事但云“尝灯夕设宴”，不及时间地点。《续资治通鉴》卷十七“淳化五年”作“戊辰，上元节，帝御楼赐从臣宴”。《皇宋通鉴长编纪事本末》卷十载此事云“淳化五年正月，上元观灯。上御乾元门楼，赐从臣宴”云云。由云龙言“至道元年”，不知何所据而云然。

都城外不数里，饥寒而死者甚众，愿陛下亲[①]近以及远，苍生之幸也。按：予馆王聘三侍御所，见其曾上一折略云：朝廷以来年美国赛会，派恩贝子前往游历，并拨款七十五万，以十五万为游[②]历之资，以四十五万于美会场购地，建造华氏房屋一所。夫赛会一事，不过西国调查物产制造之意，于国政非大有所关系。今乃浪掷此数十万正帑于库支奇绌之日，良为可惜。臣尝遵例阅看秋审册，见百姓为银钱之案十有七八，有为数千钱而死者，有为数百钱而死者，甚有为数十钱而死者，是可见银钱之艰贵，即区区锱铢之末，小民亦不惜性命以争之。又京城侧近尝有冻饥而死者，京地犹且如是，则他地可知。以此较量而观，臣愿朝廷之重惜款项为要也。末段语正与蒙正所奏吻合。予阅览之际，极为心折，而侍御风骨亦可见矣。

宋真宗咸平三年，契丹大举入寇[③]，帝尝自将于大名以御之矣。其时杨延朗御之于遂城，范廷召败之于莫州，是不必有所深惧也，乃澶州之役，乃欲从王钦若、陈尧叟幸吴、幸蜀之言。且契丹势虽盛，而王超拒之于唐州，高继勋御之于岚军，李延渥败之于瀛洲，李继隆将张环以床子弩射杀萧达兰。毕士安曰：契丹屡挫不得志，欲引去。良非虚言。何帝既至澶州，而犹不欲渡河，命曹利用议和，则曰：虽百万亦可。清高宗御批云：在道即为金陵之谋所惑，及河见敌兵之盛，又怀犹豫，议和则百万弗惜。其惴慄之状，如深入虎穴。钦若揣测意旨，故孤注之谗得以中之，其托言耻城下之盟，犹饰为可居之名耳。诚谑而虐矣。

曹武惠疾革，真宗临问契丹事宜，对曰：太祖英武，天下犹经营和好。帝曰：此事朕当屈节为天下苍生。夫彬之将才，不过谨慎宽厚，平中国之乱则有余，御外侮则不足，故其临终仅一“和”字对宋主。盖扫穴犁庭，非韩、彭、卫、霍之特才不能胜任也。后彬诸子璨、玮屡立边功，可谓能继父志矣。

赵元昊性雄毅多略，善绘画，能创制物，眼圆而高准，晓浮图学，通蕃、汉文字。十岁时，因其父德明以马榷易汉物事，元昊谏止，已崭然露头角。及即位，勤政练兵，开疆拓土，幸而中原有令主，豪杰辈出，如狄青、韩琦、富弼、范仲淹、种世衡、庞籍，施展方略，足以御之。不然，使主非仁宗，而无当时诸贤，恐元昊所为不仅慕容恪、姚苌、刘渊之事，直将如拓跋珪、奇渥温成吉思

① 《宋史》卷二百六十五《吕蒙正传》作“视”。
② “游”，原作“淤”，据上文改。
③ “寇”，原作“冠”，疑刻印误，据文意改正之。

汗[1]之所为矣。可见世运迁变系乎人才废兴，得人者存，失人者亡，信然。

鄜延、泾原二州之议，范主招纳，韩主攻战，论者多是韩而非范，然不久虏寇渭州，而耿傅、任福、桑怿、朱观、武英、王珪大败于好水川，韩、范俱坐贬。有识者不当以成败论之也。

欧阳修立按察之法，富弼、范仲淹遂请诏中书枢密，通选逐路转运按察使，张昷之、王素、沈邈、施昌言、李询首被兹选。按：此与汉武时暴胜之、周举、张纲八绣衣直指巡方使义意略同。特按察之职，以朱墨标识州县贤否，又自择州县，其不职者罢之，其权犹稍杀耳。

范、富诸公初于边事，深资倚畀，及入参政事，所定磨勘、任子、按察诸法颇未尽善。

尹洙以为，自唐以来文体卑弱，至柳开始为古文，而世未知宗尚，乃与穆修复振起之，为文简而有法。吴虎臣亦谓宋承五季之陋，文尚俪偶，自柳开首变其风，宗法韩、柳，故初名肩愈，字绍元，后又谓于圣贤之道开之为涂，故易名开，字仲涂。穆修，字伯长。按：宋之为古文者恒举欧、苏，二人鲜所道及。

皇祐中，侬智高陷邕州，又陷横、贵、藤、梧、康、端、龚、封八州，狄青为荆湖宣抚使，勒兵宾州，陈曙兵败，青斩之以徇。先是，侬智高陷宾州，复入于邕，交趾[2]请出兵助讨，青奏言：假兵于外以除内寇，非我利也。以一智高横践二广，力不能制，乃假蛮夷兵。蛮夷贪得忘义，因而启乱，何以御之？愿罢交趾助兵。按：自壬寅广西乱起，大吏姑息，朝廷以四川督臣岑春煊移督两广，督办军务。岑遂奏参抚臣王之春、提臣苏元春，提镇以下斩首数人，军令一肃，亦青之亚也。

又：法国以东京毗壤，请出兵助讨却[3]之。其事颇与青相类。后都监萧注入特磨道，生获智高母及其弟智光、子继宗等，又募死士诛高于大理。按：特磨道即今云南广南府。又史称重译始至大理，按大理言语，较之粤、闽诸省尤觉清晰可辨，岂必待重译而始通？特史以未经至其地，不免揣测而言。或尔时，时尚系土著语言不通，尚须重译耳。青字汉臣，汾州河西人。

---

① 成吉思汗，姓奇渥温，名铁木真。

② “趾”，原作“阯”，据《宋史·狄青传》改。

③ “却”，原作“郤”，兹改正之。下同。

孙抃举吴中复，未始识面，曰：今人耻为呈身御史，吾岂荐识面台官。其刚正如此。

宋仁宗因向绶迫杀江中立[①]，狱具，吴育与贾昌朝喧争，而谓近臣曰：吴育刚正可用。乃卒易位，且罢知许州。又尝曰：夏竦奸邪。乃竦死，则赐谥文正，后以诸臣言，始改文庄。何仁宗之前后矛盾乎？抑亦史官之失实也。

庆历八年，京师一日无云而震者五，帝趣召翰林学士张方平，谓曰：夏竦奸邪，以致天变如此，宜免之。既曰奸邪，而又何正、何庄之有？

刘挚，字莘老，东光人，为安石所器。帝言之于挚云：安石常称卿才识。而挚奏言初不识安石。拜监察御史里行，即陈率钱助役十害。会曾布劾之，诏令言状，挚奋然曰：为人臣岂可压于权势，使天子不知利害之实！即条对所难，以伸其说。按：挚数言颇似泰西求新革命民党之语，义之所在，不受压制，而直行其意，挚之风骨，凛然千古矣。

雇役之改，蔡京以五日如期迎合司马光，免役之复，又以一言附会章惇，小人权诈警敏，可畏哉！

商鞅令无符者不许出关，后事败，卒致自毙。赵普贬卢多逊崖州，李符曰：春州虽近，至者必死。普不答，后以处符。丁谓谮寇准，贬道州，谓曰：远小州。李迪曰：诏旨无远字。后复贬雷州。王曾争之，谓熟视曾曰：居停主人，恐亦不免。后谓贬崖州，而准馈以一蒸羊。章惇陷苏轼谪雷州，不许占官舍，遂僦居民屋；惇又以为抢夺民居，下州究治，以僦券甚明，乃止。后惇贬雷州，问舍于民，民曰：前苏公来，为章丞相几破我家，今不可也。小人之作法自毙，往往如此。

崇宁四年，时虽设辟雍太学，以待士之升贡者，然州县犹以科举贡士。蔡京以为言，遂诏：天下取士，悉由学校升贡，其州郡发解，凡试礼部者并罢。而每岁试上诸生，则差知举，如礼部法云。按：此与今议罢科举，而取士于学堂者相类。

女真阿古达值辽主昏乱之际，籍辞索取阿苏，发奋为雄，练甲兵，筑城堡，屡败辽军，开疆拓土，兴也勃焉。史乃以混同江之捷，若有人扶其首者，三取黄

---

① “向绶”，原作“何绶”。按：《宋史》卷二百九十一《宋育传》：“向绶知永静军，为不法，疑通判江中立发其阴事，因构狱以危法中之，中立自经死。”据之改。

龙府，水深无舟，使一人导前，乘赭白马而涉，曰：视吾鞭所指而行。诸军随之，才及马腹。多方附会其异，则失之诞矣。观其头鱼宴则端正直视，不肯起舞。达曜克城之战，登高望辽兵若连云灌木，顾左右［曰］[①]：辽兵心贰而怯，虽多不足畏。遂趋高阜为阵，大破辽军。闻辽主亲征则恸哭，以死激众，袭败辽师于和布达斯冈。种种行为，盖唐庄宗、明成祖之流也。

辽都统萧嗣先军败，其兄枢密使奉先惧嗣先得罪，辄奏：东征溃军，所至劫掠，若不肆赦，恐遂为祸。辽主从之，嗣先但免官而已。自是诸军相谓曰：战则有死无功，退则有生无罪。故士无斗志，遇敌辄溃。夫信赏必罚，乃鼓励将士之大权，至赏罚不当，则军心解矣，焉得不取灭亡哉！

钦宗时，金尼玛哈、斡喇布甫去，正屯险已极之时，为王臣者，宜如何协衷共济，以救危急。乃李纲、耿南仲议迎太上皇，纲斥南仲，而南仲复诋挤之。姚平仲恐功名独归种氏，以致袭营之败。冯澥则右安石，崔鶠力辟绍述，则缓不济急。致吴敏亦有“不理炮石，只理安石”之谣。而师中被责于许翰，则身死于敌；师道请关河之兵以卫，则不用，且嫌其老。是当时宰执、台谏、军帅，皆未能协谋共济，势迫情急之秋，乃外患内讧之不息，其不危亡也得乎？问：钦宗召种师道还，以李纲为两河宣抚使代之，纲辞以不任军旅，纲此举若何？曰：纲殆有自知之明也。纲虽忠鲠，而议事往往涉于迂远。高宗召李纲为右相，行至太平，上奏曰：兴衰拨乱之主，非英哲不足以当之。英则用心刚，足以莅大事，而不为小故之所挠；哲则见善明，足以任君子，而不为小人之所间。愿陛下以汉之高、光，唐之太宗，国朝之艺祖、太宗为法。钦宗用胡安国，惟以正心务学为言。高宗初即位，杨时陛见，言自古圣贤之君，莫不以兴[②]学为务。缓不济急，皆不免失之迂阔。后赵鼎言王安石配享，蔡京党王，为阙政之大，与此同。

李纲、宗泽屡请还京，不听，一闻信王榛将有入汴之信，即下诏还京，高宗之心不可问矣。马伸[③]曰：吾志在行道，以富贵为心，则为富贵所累；以妻子为念，则为妻子所夺，道不可行也。可谓有志之士。

唐唐俭为民部尚书。按：今欧洲有民部尚书，世以为新，不知在中国已古矣。后以太宗之讳，始改为户部。户部之名始此。

---

① “曰”字原脱，据《金史》卷二《太祖本纪》补。

② “兴”，《宋史》卷四百二十八《道学二・杨时传》作“典”。

③ “伸”，原作“忡”，据《宋史》卷四百五十五《忠义十・马伸传》改。

柳公绰上《太医[①]箴》有云：气行无间，隙行无间[②]。按：与今卫生、理化诸家颇相类。

韩魏公处危疑之际，知无不为。或谏其稍敛自保，公曰：是何言耶？人臣当尽力事君，死生以之。至于成败，天也，岂可预忧其不济，遂辍不为耶！又琦谓：成大事在胆，未尝以胆许人，往往自许也。又云：临事若虑得是，扎定脚做，更不游移，成败则听之。平生仗孤忠以进，每遇其事，则以死自处。幸而不死，[事][③]皆偶成，实天扶持，非琦所能也。按：此语可为临事者法，然尤以“虑得是”一言为要，虑定而济之勇决，则善矣。

① “太医箴”，原作“太医院箴”，衍“院”字，据《旧唐书》卷一百六十五《柳公绰传》及《新唐书》卷一百六十三《柳公绰传》删。

② “隙行无间”，《旧唐书》和《新唐书》之《柳公绰传》均作“隙不在大”。

③ “事”字原脱，据《韩魏公别录》补。

卷之四

薛叔耘《海外文编》书何桂清、陆建瀛事最为详尽，而于叶名琛事阙焉。虽皆见于文集，然三人皆以词林重望，覆败相寻，其事乃极相类。兹因节《书汉阳叶相广州之变》一节于此：

叶相以翰林清望，年未四十，超任疆圻，既累著勋绩，膺封拜，遂疑古今成功者，皆如是而已，按：何、陆二人恐亦不免此见。不知天下事多艰难也。初以拒洋人入城有贤声，因颇自负，常以雪大耻、尊国体为言。凡遇中外交涉事，驭[①]外人尤严，每接文书，辄略书数字答之，或竟不答。顾其术仅止于此，既不屑讲交邻之道，与通商诸国联络；又未尝默审诸国情势之向背、虚实、强弱，而谋所以应之。叶相方在校场[②]，阅武闱马箭，忽闻炮声从东来，吏报英兵舰进夺猎[③]得中流炮台，文武相顾愕眙。叶相笑曰：乌有是，日昃，彼自走耳。令粤河水师偃旗勿与战。英船进迫十三洋行。明日，英人趋凤凰山炮台，守兵以有勿与战之令也，则皆走，不知所往。叶相狃前功，蓄矜气，好为大言以御众，渐忘其无所挟持。每到危迫无措，亦若有天幸。默念与洋人角力，必不敌，既恐挫衄以损威，或以首坏和局膺严谴，不如听彼所为，善藏吾短。又私揣洋人重通商，恋粤繁富，而未尝不惮粤民之悍，彼欲与粤民相安，或不敢纵其力之所至以自绝也，其始终意计殆如此。谍报英船骤至，将大举攻城，叶相笑曰：讹言耳，必无是事。粤民自使相琦善莅粤后，常[④]疑大府阳剿阴抚，叶相亦畏粤民之悍，遇事尤裁抑洋人，欲求众谅。然粤民见叶相之夷然不惊，转疑其与英人有私，及英人累致书不答，且不宣示，则愈疑之。僚属见寇势日迫，请调兵设防，不许；请招集团练，又不许。洋人张榜禁止杀掠，谓此行惟仇总督，不扰商民也。昔侯官林文忠公初禁洋烟之时，洋人夫识中国虚实，有顾忌心，若使林公久于其任，未必无

① “驭”，原作“驳”，据《庸庵文续编》卷二《书汉阳叶相广州之变》改。

② 按：据《庸庵文续编》卷二《书汉阳叶相广州之变》原文，时为咸丰六年九月乙卯。

③ “猎”，原作“腊”，据《庸庵文续编》卷二《书汉阳叶相广州之变》改。

④ “常”，《庸庵文续编》卷二《书汉阳叶相广州之变》作“尝”。

以善其后；乃使相琦善继之，而大局一坏不可振；耆英、伊里布又继之，和议遂定。彼时舍此固无以弭外患，而主和议者，例受人指摘，下流所[①]居，未必如世俗所讥之甚也。粤民之与官相抗，亦琦、耆、伊三相有以激之。叶相见林文忠、裕忠节诸公，或以挑衅获重咎，或以壮往致挠败，而主和之人又皆见摈清议，身败名裂，于是于可否两难之中别创一格，以蕲所以自全者，高谈尊攘，矫托镇静，自覆[②]于不刚不柔、不竞不絿之间，乃举事一不当，卒至辱身以大辱国，而洋人燎原之势，遂不可复遏。然则洋人之祸，引其机者琦善，决其防者叶相也。要之御非常之变，虽豪杰之士，鲜不智勇俱困焉。盖因前事无可师，而俗论不可徇也。此殆根据七弦河上钓叟[③]《英吉利广东入城始末》，见徐凌霄随笔[④]。

又论粤中之民气，谓：夫民气固结，国家之宝也。善用之，则足以制敌；不善用之，则筑室道谋，上下乖睽，互相牵累，未有不覆败者。观于粤人已酉之役，官[⑤]民一心，措注协矣，厥后志满气嚣，动掣大吏之肘。微特中材以下不能用粤民，即使同治以来中兴诸将相当之，恐有大费踌躇者。叶相之瞻顾彷徨，进退失据[⑥]，亦固其宜。寻至城陷帅虏，而粤民坐视不能救，其愤盈激昂之气，亦稍颓矣，是果可常恃乎？尤与数年前，各地遍粘标语“打倒某某国帝国主义”“取消不平等条约”，其一时嚣张之气不可向迩，而无实力以济之，卒致东三省坐失，热河继丧，全局岌岌，而虚骄之气稍杀，已无及矣。

庚子对外宣战，上谕所谓：祖宗凭依，神祇感格。人人忠愤，旷代所无。朕今涕泣以告先庙，慷慨以誓师徒，与其苟且图存，贻羞万古，孰若大张挞伐，一决雌雄。连日召见大小臣工，询谋佥同。近畿及山东等省义兵，同日不期而集者，不下数十万人，[下][⑦]至五尺童子，亦能执干戈以卫社稷。彼仗[⑧]诈谋，我恃天理；彼凭悍力，我恃人心。无论我国忠信甲胄，礼义干橹，人人敢死，即土

① “所”,《庸庵文续编》卷二《书汉阳叶相广州之变》作“之”。
② “覆”,《庸庵文续编》卷二《书汉阳叶相广州之变》作“处”。
③ “七弦河上钓叟”，原作“七弦上河上钓叟”，衍一“上”字，据《庸庵文续编》卷二《书汉阳叶相广州之变》及《英吉利广东入城始末》（仰视千七百二十九鹤斋丛书本）原书删。
④ 即《凌霄一士随笔》。
⑤ “官”，原作“宫”，据文意改。
⑥ “据”，原作“宜”，据《庸庵文续编》卷二《书汉阳叶相广州之变》改。
⑦ “下”字原夺，据光绪二十六年五月二十五日《上谕》（故宫博物院明清档案部编《义和团档案史料》）补。
⑧ “仗”，原作“尚”，据光绪二十六年五月二十五日《上谕》改。

地广有二十一行省[①]，人民多至四百余兆，何难剪彼凶焰，张国之威[②]？尔普天臣庶，其各怀忠义之心，共泄神人之愤。其虚骄之气前后一辙。词虽激昂，无当也。同治九年，曾文正办天津教案，惟以“外惭清议，内疚神明”自责，由保定赴天津时，作就遗嘱，谓“危难之际，断不肯吝于一死”，以自负其初心。后卒审时度势，以中国目前之力，断难率启兵端，惟有委曲求全之一法。然自法、德战后，法新受挫，决不能战。惜当时不悉外情，终以委曲求全了之，文正有知，当自疚神明已。

七弦河上钓叟论叶相事亦颇中肯綮，为补录一节于此：当世论夷事者，咸太息痛恨于汉阳，斥之为大辱国。汉阳高语镇静，矜气骄志，坐误事机，身为俘虏，是则然矣，然夷所欲得而甘心者也。使其昏懦流媚，无足为我梗，夷直藐之而已，必不恶汉阳也。恶其为梗，疑其有仇夷之心故也。心仇夷而术无以制夷，乃蔑视夷，以为夷无如我何，此汉阳之所以败也。辱身以辱国，且至荡摇边疆，而无能善其后，汉阳之罪大矣。夷竟不可仇乎？必不敢仇夷而畏夷，惟夷言是从，由由然以为必不辱国之道在是也。不敢知，亦不忍言也。平心气，综前后察之，汉阳之罪不可逭，心犹可原也。是将仇夷，不足制夷，为夷所怨[③]以至于此。能畏夷，惟夷言是从，或相安至今，未可知也。此当世所以集矢于汉阳也。诃责中尤深寓谅惜之意，见《凌霄一士随笔》。

嘉庆时，黄岩李师林先生，名诚，字师林，号静轩。嘉庆十八年拔贡，补云南姚州州判。以记水之书，自郦道元下，代不乏人，而言山者无成编，博稽载籍，参互考订，寻其脉络，正其讹缺，宗马、郑注《禹贡》“三条”之说，天下之山皆原于昆仑，分三大支：一支入中州，则黄河南北之山也；一支入南纪，则江汉南北之山也；一支入漠北，折由辽东渡海，起为泰岱，回抱中支。故自羲[④]轩至于今日，帝王宅京多在中州，此其验也。作《万山纲目》六十卷，以配齐氏《水道提纲》。其说谓山之经行，自《禹贡》“道岍及岐，至于荆山，逾于河、壶口、雷首”，说者谓壶口、雷首之脉自荆山来；“岷山之阳，至于衡山”，说者谓衡山之脉自岷山来。岂知山遇水则止，荆山、岷山断无越大河、大江为壶口、雷首及衡山之理；况岷山至衡，大

① “二十一行省”，光绪二十六年五月二十五日《上谕》作“二十余省”。

② “张国之威”，光绪二十六年五月二十五日《上谕》作“张我国威”。

③ “怨”，《英吉利广东入城始末》作“恶”。

④ “羲”，原作“义”，以文意改。按：羲轩，伏羲氏和轩辕氏的并称。

江而外，东来有汉，东南有嘉陵诸水，南下有黔江，而沅水横界其下，俱不能越。盖《禹贡》所言人行路，非山行之脉。厥后唐一行辈遂有山河两戒之说，人沿其误，不可不察也。自冈底斯山《康熙舆图》云：即古昆仑。以至西域、北庭、东海、南海，海内外诸山，靡弗条分缕晰，纲举目张，诚千古绝作。先生既归道山，遗稿亡佚大半，王君子庄刻《台州丛书》时，搜访仅得十九卷，先俾写官侈录。在京师日，以示吴县潘文勤尚书、顺德李仲约侍郎，咸叹为绝作。患残缺太甚，而未付刊。至光绪己亥，宁海章一山先生梫就湘学吴燮臣侍郎幕，始刻于长沙。所见长沙木刻本为书二十一卷，与原书各序称为十九卷者不符，殆别有增改与。王氏棻序云：先成南纪八卷，至广西浔州而止，而未及粤闽；次成漠北十一卷，至山东登莱，而未及泰岱。盖未成之书耳。至中州一支，原稿未见，尤不谓完书矣。王氏舟瑶序云：自第一卷至十一卷，纪冈底斯山北干，至山东登莱而止；余八卷纪冈底斯山东干、南干，至广西浔州而止。此八卷中，原稿亦书第一至第八，盖当日未定之稿也。兹据所得初刻红样本校之，摘录其目，以资参考。卷一总纲；卷二北干分干，东北走大漠以北者；卷三冈底斯山北大干，自天山东南走青海、甘肃及黄河以北、大漠以南，东至山西管涔山止诸山；卷四北条，自山西管涔山分支，走汾水以西，黄河以东诸山；卷五北条分干，自管涔山分支，走汾河以东、滹沱河以南、大河以北诸山；卷六北条分干，自管涔山分支，走桑干河以[①]南、滹沱河以北诸山；卷七北条正干，自大青山东行分干，走滦河以东、大陵河以西诸山；卷八北干分干，走嫩江以北、喀鲁伦河、黑[②]龙江以南诸山；卷九北条大干，自长岭分干，走佟佳江、鸭绿江以北，长白山分，走朝鲜国诸山；卷十自长白山北走松花江以西、图们江以北、黑龙江以南，东至海诸山；卷十一北条大干，自长岭南走佟佳江西巨流东河，南至旅顺渡海，起为山东登莱，大姑河以东诸山；卷十二北条大干，自山东登莱府栖霞县艾山东南走大清河以南、淮以北，西尽卫河诸山止；卷十三北条大干，自艾山东南走大清河以南、淮以北，西尽卫河诸山下，此卷不全；卷十四冈底斯山[③]东大干，折南行，西南走者；卷十五东南大干正支，东走雅鲁藏布江以北，至龙川江以西诸山；卷十六东南大干正支，分走潞江以北、澜沧江以南者；卷十七南龙大干，走金沙江以南、澜沧江以北，至五福山止；卷十八大干，至五福山分走澜沧江以东、礼社江以西诸山；卷十九南龙大干，自五福山东南走

① “以”，原作“江”，据文意改。
② “黑”，原作“墨”，据上下文改。
③ “冈底斯山”，原作“底冈斯山”，据文意乙正。

金沙江以南、礼社江以东、普渡河以西，至椒山止诸山；卷二十南龙大干，自椒山起，分一干走曲江以南、元江以东诸山；卷二十一分干，北干自广南府界牌左、右江以北，盘江以至广西浔州府止诸山。出版仅十余年，坊间竟少传本，亦可怪矣。此外纂修有《云南通志》二百二十卷，《水道提纲补考》二十八卷，《十三经集解》二百六十卷，《易章句述》八卷，《诗意》十卷，《诗通义》《诗篇义》《古礼乐述》若干卷，《云南水道考》五卷，《新平县志》八卷，《皇舆纪略》《蒙古地理考》若干卷，《微言管窥》二十卷，《云南载籍辨误》二卷，《宦游日记》二卷，《医学指迷》一卷，《敦说楼集》四卷，《外集》八卷。

昆明萧质斋先生培元知济南府时，有《重修铁公祠神像碑记》云：同治壬戌，余以赞善擢济南遗缺守之缺。抵郡，谒公祠。入其门则颓然也，登其堂则阒然也，神主在而像则杳然也。三拜稽首，怅然舣舟返熟。思曰：公邓人也，素嗜学，必有［遗］[①]书，书必刻像；必有族谱，谱必列像。乃求之遗书，不得；求之族谱，又不得。然则平日之思其遗像者，其真梦想耶？虽然，公之像不可得，公之祠不可不修也。岁甲子四月请于大府，并约同官数人醵千五百金，鸠工庀材，四阅月而竣。秋七月望夜，漏三下，月明如昼。独坐堂阶，默念公祠将成，而遗像终不得睹，亦一憾心事也。徘徊徙倚，计无所出，不觉神倦就寝。恍见一人排闼入，执一卷授余曰："子寻《铁公传》，此其书也。"余欣然受之。计四帙，长尺许，宽五寸余，外纸色蓝，内色白。披览有序，序约数页，后有小像，冠带袍笏，仅露半身，长六寸有奇，面长二寸余，年约四十许，色红黄，眉宇英伟，气象愁惨。心喜曰："得此可以绘公像矣。"倏然警觉，则梦也。披衣起坐，凝神静思，揣其精神部位，约得大概。质明，谕画工绘之，终不似。乃召塑工至祠，亲为指示，则今日之像是也。先生精诚所结，故感召如此。因先生文不少见，故录之。

邵远平《元史类编》世祖皇帝忽必烈奉命征云南，秋出师临洮，次忒剌，分三道以进，帝由中道至满陀城，过大渡河，经山谷行二千余里，抵金沙江，乘革囊以济，摩娑蛮主迎降在大理北四百余里。冬，师至白[②]蛮打郭寨，其下坚壁拒守，攻拔之，不戮一人。进次三甸，白蛮送款。军薄大理城，时大理主段兴智微

① "遗"字原脱，据《重修铁公祠神像碑记》补。
② "白"，原作"自"，据《续弘简录元史类编》卷二《天王一》改。

弱，国事皆决于高泰祥，祥率众遁去，帝命大将野古追斩之云云。按：泰祥当日率兵拒守金沙江，与元将伯颜不花、虎儿敦等相持，后回军拒战不利，被执不屈，以身殉国。忠义事实，备载志乘。《类编》所言，不过元人一面之词，不足据也。

前记明程济事，近人所著《说元室述闻》有《明成祖登避异闻》一则，堪以参证。明成祖崩于榆木川，顾世多有传其被刺者。相传杨文敏士奇临终时，密语诸子，谓成祖北征时，命近臣某往某处督饷，久而始至。帝诘其故，对以途经某山，径路错杂，众兵皆不识所往，久始达大道。方迷途时，见山崖洞中有一老僧趺[①]坐，鼻息咻然，仪观甚伟。问之，瞑目不答。帝闻言，忽心动，即引扈从军数十骑往视之，令某为前导，行深山中十余里，遂至其地。某遥指曰："老僧尚在洞中也。"帝即策马前驱，涉溪而过，扈从者皆在后。帝骑将近洞，忽大呼坠马，众亟往视，则已被刺殂落矣。寻老僧，已不知所往，有识其貌者，曰即程济也。按此或建文诸臣后裔怨毒之辞。然程编修在当时实以有神术名，而成祖之丧，质诸官私纪载，确系暴崩，本足动人疑虑，齐东之语，未必无所自来也。

临桂况夔笙舍人辑《陈圆圆事辑》一卷，曲石李雪生复辑《续事》一卷，于圆圆事迹可谓详矣。近人孟森辑《心史丛刊》，考董小宛事，间及圆圆，为前后《事辑》所未及，因录存之。冒巢民《影梅庵忆语》中先所眷之陈姬即圆圆。圆圆之于戚畹、于吴藩，世无不知之；其于巢民一段香火情，世不复忆及。顺康间，吴藩方炽，词人不敢道其旧欢。后则陈亦已成大名，少年事不足谈矣。今据《忆语》补列之，亦一谈助也。《忆语》云辛巳早春，余省觐去衡岳，繇浙路往，过半塘讯姬[②]，则仍滞黄山。许忠节公赴粤任，与余联舟行。偶一日赴饮归，谓余曰：此中有陈姬某，擅梨园之胜，不可不见。余佐忠节治舟数往返，始得之云云。据此则巢民识小宛在先，而无深契，访之数不相值，乃闻陈姬之名。曰陈姬某而不直书其名，当时即为吴藩讳也。又云其人淡而韵，盈盈冉冉。衣椒茧时背，顾湘裙，真如孤鸾之在烟雾。是日，演弋腔红梅，以燕俗之剧，咿呀啁哳之调，乃出之陈姬身口，如云出岫，如珠在盘，令人欲仙欲死。漏下四鼓，风雨忽作，必欲驾小舟去。余牵衣订再晤，答云：光福梅花如冷云万顷，子能越旦偕我

---

① 原文作"跌"，据文意改。

② 即董小宛。

游否？则有半月淹也。余迫省觐，告以不敢迟留故。复云：南岳归棹，当迟子于虎疁丛桂间。盖计其期八月返也。余别去，恰以观涛日奉母回至西湖。因家君调已破之襄阳，心绪如焚，便讯陈姬，则已为窦霍豪家掠去，闻之惨然。及抵阊门，水涩舟胶，去浒关十五里，皆充斥不可行。偶晤一友，语顷有佳人难再得之叹。友云：子误矣！前以势劫去者，赝鼎也。某之匿处，去此甚迩，与子偕往。至果得见，又如芳兰之在幽谷也。相视而笑曰：子至矣。子非雨夜舟中订芳约者耶！曩感子殷勤，以凌遽不获订再晤。今几入虎口，得脱，重晤子，真天幸也。我居甚僻，复长斋，茗碗炉香，留子倾倒于明月桂影之下，且有所商。余以老母在舟，缘江楚多梗，率健儿百余护行，皆住河干，矍矍欲返。甫黄昏而炮械震耳，击炮声如在余舟旁。亟星驰回，则中贵争持河道，与我兵斗，解之始去。自此余不复登岸。越旦，则姬淡妆至，求谒吾母太恭人，见后仍坚订过其家。乃是晚，舟仍中梗，乘月一往相见，卒然曰：余此身脱樊笼，欲择人事之。终身可托者，无出君右。适见太恭人，如覆春云，如饮甘露，真得所矣。子毋辞。余笑曰：天下无此易易事，且严亲在兵火，我归，当弃妻子以殉。两过子，皆路梗中无聊闲步耳。子言突至，余甚讶。即果尔，亦塞耳坚谢，无徒误子。复宛转云：君倘不终弃，誓待君堂上昼锦旋。余答云：若尔，当与子约。惊喜中来，语絮絮不悉记。即席作八绝句付之归。历秋冬，奔驰万状。至壬午仲春，都门政府言路诸公，恤劳人之劳，怜独子之苦，驰量移之耗，先报余。适正在毗陵，闻言如石去心。因便过吴门慰陈姬，盖残冬屡趣余，复[①]未答。至则十日前，复为窦霍门下客以势逼去。先吴门有昵之者，集千人哗劫之。势家复为大言挟诈，又不惜数千金为贿。地方恐贻伊戚，劫出复纳入。余至，怅惘无极，然以急严亲患难，负一女子无憾也云云。巢民当辛巳、壬午之间昵陈姬，订嫁娶甚坚，自己卯晤小宛，彼此初无意也。此陈姬，在《忆语》中于辛巳早春相识，是年访陈姬不遇，始改觅小宛也。陈姬之被劫而未去，在十四年辛巳之秋；劫而卒去，在十五年壬午之春。考《明史・田贵妃传》，以十五年七月卒，则周邸思分其宠，必在妃未死以前。故圆圆入宫，至迟不过壬午之春夏。钮玉樵《觚剩・圆圆传》称崇祯末寇氛甚炽，又称秦豫之间关城失守，则周奎之蓄意选色，必在崇祯十三四年之间。再检《明史・庄烈帝纪》，崇祯十三年十二月，李自成自湖广走河南，饥

① “复”，《影梅庵忆语》及《心史丛刊・董小宛考》均作“皆”。

民附之，连陷宜阳、永宁，杀万安王采鑋，陷偃师，势大炽。又十四年春正月己丑，总兵官猛如虎追张献忠及于开县之黄陵城，败绩，参将刘士杰等战死，贼遂东下。丙申，李自成陷河南，福王常洵遇害，前兵部尚书吕维骐等死之。二月庚戌，张献忠陷襄阳，襄王翊铭、贵阳王常法并遇害，副使张克俭等死之。戊午，李自成攻开封，周王恭枵、巡按御史高名衡拒却之。乙丑，张献忠陷光州。凡此所云，皆秦豫之间关城不守之事实也，则周奎之归葬购陈，自必在辛巳夏秋以后。按其时序，与巢民《忆语》吻合，故知陈姬之必为陈圆圆。陈工演剧，《忆语》极称之，周后亦以此绳于思宗，皆可证也。

郭筠仙侍郎抚粤时，毛鸿宾为总督，诸事专擅，不先商幕府，纳贿招权，屡见侍郎自记。因率属捐廉助饷，交部从优议叙。再奏所得奖叙移奖子弟，奉旨斥其卑陋，发还银两，交部议处。部议降三级调用，加恩改为革职留任。谢恩折内有云：自去年三月以来，江西窜匪由宁都、南安扰近粤边，东、北两江同时告急。臣一力倡捐，催缴军需局，支放募勇经费。耿耿愚忱，但有顾公之心，实无营私之意。曲荷圣慈之戒饬，衷隐杂陈；更蒙渊量之包容，旁皇累[①]日。有罪而邀矜贷，原期激励臣工；已捐而又领回，何颜对诸寮属？惟有仰恳皇上天恩，仍准容臣报捐军饷，赏免发还。雷霆雨露无非教，恩威所被，一本至仁；天地神明讵敢诬，惩戒之余，弥深私祷。自记云：此疏实［碍］[②]难着笔，而私衷愤郁之气，又不能不稍[③]自明，与此曹共事，公私交受其累，为之拊膺浩叹而已。按此为同治三年十一月事，据《翁文恭日记》，系与毛鸿宾同奏请将捐项移奖子弟，奉旨严斥云。

曹操杀杨修后与杨彪书，及其夫人与袁氏书，各汉魏文选本多不载。兹据《古文苑》，备载当时往复四书，可以藉知当日权臣横肆情况，书词亦各极专肆纡郁之致。时汉室将亡，政在曹氏，杨公四世宰相，为汉宗臣，固操之所忌。彪之不死，其亦幸矣。呜呼危哉！曹公与杨太尉书论刑杨修云：操白：与足下同海内大义，足下不遗，以贤子见辅。比中国虽靖，方外未夷。今军征事大，百姓骚扰。吾制钟鼓之音，主簿宜守。而足下贤子恃豪父之势（直诋为豪父，彪何以堪），每不与吾同怀。即欲直绳，顾颇恨恨；谓其能改，遂转宽舒。复即宥贷，

① “累”，原作“屡”，据郭嵩焘《革职留任谢恩疏》（同治四年）改。

② “碍”字原夺，据郭嵩焘《革职留任谢恩疏》（同治四年）补。

③ “稍”，原作“稍稍”，衍一“稍”字，据郭嵩焘《革职留任谢恩疏》（同治四年）删。

将延足下尊门大累，肆为恐耆。便令刑之。念卿父息之情，同此悼楚，亦未必非幸也。一意欺吓。谨赠足下锦裘二领，八节角桃杖[①]一枝，（桃枝竹为杖[②]也。）官绢五百匹，钱六十万[③]，四望通幰[④]七香车一乘，青牸牛二头，八百里骅骝马一匹，赤戎金装鞍辔十副，铃苞一具，驱使二人；并遗足下贵室错彩罗縠裘一领，织成靴一量，有心青衣二人，长奉左右。所奉[⑤]虽薄，以表吾意。足下便当慨然承纳，不致往返。（逼其收受。修处权臣之下，不自收敛，露才扬己，其不致家门之祸者，几希矣。）

杨太尉答操书云：彪白：雅顾隆笃，每蒙接纳，私自光慰。小儿顽卤，谬见采录，不能期效，以报所爱。方今军征未暇，其备位匡政，当与戮力一心，而宽玩自稽，将违法制。相子之行，莫若其父，恒虑小儿，必致倾败。足下恩恕，延罪迄今。近闻慰之日，心肠酷裂，凡人情谁能不尔？深惟其失，用以自释。所惠马及杂物，自非亲旧，孰能至斯？省览众赐，益以悲惧。（本传：“操见彪问曰：‘公何瘦之甚？’对曰：‘愧无日磾先见之明，犹怀老牛舐犊之爱。’操为之改容。”彪之瘦殆不仅修，兼惧祸及家门耳。处权臣之朝，真啼笑皆非矣。）曹公卞夫人与杨太尉夫人袁氏书云：卞顿首：贵门不遗，贤郎辅佐，每感笃念，情在凝至。贤郎盛德熙妙，有盖世文才，阖门钦敬，宝用无已。方今骚扰，戎马屡动，主簿股肱近臣征伐之计，事须敬咨，官立金鼓之节，而闻命违制，明公性急忿然，在外辄行军法。卞姓当时亦所不知，闻之心肝涂地，惊愕断绝，悼痛酷楚，情自不胜。夫人多容，即见垂恕，故送衣服一笼，文绢百匹，房子官锦百斤，（制字‘锦’从金帛，言其贵于绫罗，价与金等，故以斤论，不较端匹。）私所乘香车一乘，牛一头，诚知微细，以达往意，望为承纳。（夫人之言和婉多矣。）杨太尉夫人袁氏答书云：彪袁氏称袁氏加夫名于上，执谦以自卑。顿首顿首：路歧虽近，不展淹久，叹想之劳，情抱山积。曹公匡济天下，遐迩以宁，四海归仰，莫不感戴。小儿疏细，谬[⑥]蒙采拾，未有上报，果自招罪戾，念之痛楚，五内伤裂。尊意不遗，复辱惠告。见明公与太尉书，具知委曲，度子之行，不过父母，小儿违越，分应

① “杖”，原作“枝”，据《古文苑》卷十《与杨太尉书论刑杨修》改。
② “杖”，原作“秋”，据《古文苑》卷十《与杨太尉书论刑杨修》改。
③ 此处《与太尉杨文先书》有“画轮”二字。
④ “幰”，原作“宪”，据《古文苑》卷十《与杨太尉书论刑杨修》改。
⑤ “奉”，原作“表”，据《古文苑》卷十《与杨太尉书论刑杨修》改。
⑥ “谬”，原作“胶”，据《全后汉文》改。

至此。怜其始立之年，毕命埃土，遗育孤幼，言之崩溃。明公所赐已多，又加重赉礼，颇非宜荷受，辄付往信。（夫人袁术姊妹也。操忌修，且以袁术之甥，虑为后患，遂因事杀之。数书不但曲折尽致，且词采茂密，当日称谓、服饰、制度，亦略可考见。）

张良与四皓书，正史不载，其文惟《商芸小说》载之，《韩退之与李渤书》其规模步骤殆全仿其文。今《商芸小说》《粤雅堂丛书》本亦不载，仅见于《能改斋漫录》，为备录之。《张良与四皓书》曰：良白：仰惟先生，秉超世之特[①]操，身在六合之间，志凌造化之表。但自大汉受命，贞灵显集，神母告符，足以宅兆民之心。先生当于此时，耀神爽乎云霄，濯凤翼于天汉，使九门之外，有非常之客；北阙之下，有神气之宾。而渊潜山隐，窃为先生不取也。良以顽薄，承乏忝官。所谓绝景不御，而驾服驽骀。方今元首，钦[②]明文思，百揆之佐，立则延首，坐则引领。日仄而方丈不御，夜眠而阊阖不闭。盖皇极须日月以扬光，后土待岳渎以导滞。而当圣世，鸾凤林栖，不翔乎太清；麒麟岳遁，不涉乎郊薮。非所以宁八荒、尉六合也。不得侍省，展布腹心。略写至言，想望翻然，不猜其意。良书如此。韩退之《与少室[③]李拾遗书》起数语朝廷之士[④]，引颈[⑤]东望，若景星凤凰之始见也，争先睹之为快，即良书先生秉超世之特操数语同调；方今天子仁圣云云，亦即良书但自大汉受命数语之意。其后文意，罔不相似也。又退之《杂说》云：昔之圣人，其首有若牛者，其形有若蛇者，其喙[⑥]有若鸟者，其貌有若蒙倛者，彼皆貌似而心不同焉。可谓之非人耶？有平胁曼肤，颜如渥丹，美而很者，其面则人，其心则禽兽，又乌可谓之人耶？按《列子》称：包犧氏、女娲氏、神农氏、夏后氏，蛇身人面，牛首虎鼻：此有非人之状，而有大圣之德。

① “特”，《能改斋漫录》卷八《沿袭·张良与四皓书韩退之与李渤书》作“殊”。

② “钦”，原作“清”，据《能改斋漫录》卷八《沿袭·张良与四皓书韩退之与李渤书》改。按：《尚书》：“帝尧曰放勋，钦明文思安安。”

③ “室”，原作“宝”，据《昌黎先生外集》卷二《与少室李拾遗书》改。按：《旧唐书》卷一百七十一《李渤传》：“李渤字濬之，后魏横野将军申国公发之后。祖玄珪，卫尉寺主簿。父钧，殿中侍御史，以母丧不时举，流于施州。渤耻其家污，坚苦不仕，励志于文学，不从科举，隐于嵩山，以读书业文为事。元和初，户部侍郎盐铁转运使李巽、谏议大夫韦况更荐之，以山人征为左拾遗。渤托疾不赴，遂家东都。”

④ “士”，原作“土”，据文意改。

⑤ “颈”，原作“头”，据《昌黎先生外集》卷二《与少室李拾遗书》改。

⑥ “喙”，原作“啄”，据《韩昌黎全集》卷十一《杂著一·杂说》改。

夏桀、商纣[①]、鲁威、楚穆，状貌七窍，皆同于人，而有禽兽之心。而众人守一［状］[②]以求至智，未可几也。退之亦全用此文。大抵古人读书多积理富，故行文时有与古人暗合者，有援用古人之书而遗其貌取其神，有兼采古人词义者。至曾文正公国藩《金陵湘军陆师昭忠祠记》，《徐凌霄随笔》谓其袭用欧阳文忠公《集古录序》，信然。欧文云：珠出南海，常生深渊，采者腰絙而入水[③]，形色非人，往往不出，则下饱蛟鱼。金矿于山，凿深而穴远，篝火糇粮而后进，其崖崩窟塞，则遂葬于其中者，率常数十百人。其远且难而又多死祸，常如此。曾文其穿地道以图大城者，凡南门一穴，朝阳至钟阜门三十三穴，篝火而入地，崖崩而窟塞，则纵横聚葬于其中云云。此段文字几于词义全摹，而其后幅则变化纵横，曲尽战时情事，盖虽摹古人而能以变化出之，此其所以为名家手笔也。

宋张择端《清明上河图》摹本太多，真赝难辨，明王忬[④]至因此图为分宜所陷。然其间曲折，言者不一，有涉及唐荆川者，有反责王氏不知明哲保身者。李越缦谓王“贻误军机，罪当尸市”，非缘画图之隙。兹阅秀州李日华君实《味水轩日记》，详记此图真相显然。李记为万历三十七年，则所言固非诬也。七月七日，霁，乍凉，夜卧冷簟，小不快。客持宋张择端文友《清明上河图》见示，有徽宗御书“清明上河图”五字，清劲骨立，如褚法。印盖小玺。绢素沉古，颇多断裂。前段先作沙柳远山，缥渺多致。一牧童骑牛弄笛，近村茅屋竹篱，渐入街市。水则舳舻帆樯，陆则车骑人物，列肆竞技，老少妍丑，百态毕出矣。卷末细书“臣张择端画”。织文绫上御书一诗云：我爱张文友，新图妙入神。尺缣赅[⑤]众艺，采笔尽黎民。始事青春早[⑥]，成年白首新。古今披阅此，如在上河春。又书“赐钱贵妃”，印“内府宝图”方长印。另一粉笺，贞元元年月正上日，苏舜举赋一长歌，图记“眉山苏氏”。又大德戊戌春三月，剡源戴表元一跋。又一古纸，李观、李巍赋二诗。最后天顺六年二月，大梁岳浚、文玑作一画记，指陈画中景物极详。又有水村道人及陆氏五美堂图书二印章，知其曾入陆全卿尚书笥中也。后又有长沙何贞立印，又余姻友沈凤翔超宗二印记。超宗化去五六年矣，其

---

① “夏桀商纣”，原作“夏商桀纣”，据《列子》卷二《黄帝篇》乙正。

② “状”字原夺，据《列子》卷二《黄帝篇》补。

③ 此处原衍一“水”字，据《集古录序》原文删。

④ “忬”，原作“抒”，据《味水轩日记》及《明史纪事本末》卷五十四《严嵩用事》改。

⑤ “赅”，《味水轩日记》作“该”。《楚辞·招魂》：“招具该备，永啸呼些。”王逸注：“该，亦备也。”

⑥ “早”，《味水轩日记》作“蚤”。“蚤”通“早”，《淮南子·天文训》：“日至于曾泉，是谓蚤食。”

遗物散落殆尽，此卷适[①]触余悲绪耿耿也。此图临本，余在京师见有三本，景物布置俱各不同，而俱有意态。当是道君时奉旨，令院中皆自出意作图进御，而以择端本为最，故供内藏耳。又余昔闻分宜柄国，需此图甚急，而此卷在全卿家，全卿已捐馆，夫人雅珍秘之，诸子不得擅窥，至缝置绣枕中，坐卧必偕，无能启者。有甥王姓者，善绘性巧，又善事夫人，从容借阅。夫人不得已，为一发藏。又不欲人有临本，每一出，必屏去笔砚，令王生坐小阁中，静默观之，暮辄厌意而去。如此往来两三月，凡十数翻阅，而王生归辄写其腹记，即有成卷。都御史王忬迎分宜旨，悬厚价购此图。王生以临本售八百金，御史不知，遽以献。分宜喜甚，发装潢匠汤姓者易其标识。汤验其赝，索贿四十金于王，为隐其故。王不允所请，因洗刷，露其新伪，严大嗛王，因中之法，致有东市之惨。夫王固功名草草之士，宜不具鉴，分宜少颇淹雅，晚年富[②]贵已极，搜阅甚多，宜一见了了。而王生之伪，必藉老匠以发，则临本之工，亦非泛泛者。今临本不知何在，而真者独出，亦有数存乎其间耶？夫书绘本大雅之玩，而溺者至以此倾人之生，谄者至以此媒身之祸，岂清珍之品，本非势焰利波所得借资者耶？所谓卫懿公之鹤，不如嵇、阮之酒。观此，则有癖古之嗜者，不当复媒荣膴；而居显位者，可推此以逊寒士矣。王生号振斋，亦因此构仇怨，瘐[③]死狱中。或云真本为卫元卿[④]所得，元卿续献之严，伪本乃败。未知的据。

奇门遁甲，古之用兵者恒多讲求。名将如孙武、李靖、戚继光、年羹尧、左宗棠，汉之张良、班超、曹操、诸葛亮，唐之房玄龄，五代王朴，明之刘基、程济，皆习其术。良之受书于黄石公，说者谓兵法奇遁皆其书中所有也。奇门有天占、地占、五行占、太阳占、太阴占、陵犯杂占，及二十八宿掩身变形之法。出军时制备五色衣服、旗帜、刀剑、绳索、竹簪、铁锹等应用之物，其法始于《河图》《洛书》。黄帝梦天神授以符诀，因命风后演成文图，有一千八十局，太公删为七十二局，逮于子房，简为一十八局，而其术益精矣。见陈眉公[⑤]《宝颜堂秘笈》内《奇门定局》，章实斋《尹宾商[⑥]传》言之最为翔实。《传》云：尹宾

① “适”，原作“实”，据《味水轩日记》改。
② “富”，原作“寓”，据《味水轩日记》改。
③ “瘐”，原作“瘦”，据《味水轩日记》改。
④ “卫元卿”，原作“元卫卿”，据《味水轩日记》乙正。
⑤ 陈继儒，字仲醇，号眉公、麋公，明代文学家、书画家。
⑥ “尹宾商”，原作“尹商宾”，据《章学诚遗书》卷二十六《李时珍尹宾商传》乙正。

商[①]，字亦庚，一字於皇，汉川人。父应元，自有传。宾商[②]，有隽才，喜谈兵，名动江汉。间以恩选为知县，忤上官，罢免。杜门著书，其学长于术数，多立新解。其释遁甲之义：遁者，隐也，大衍虚一，太乙虚三之义也。甲为十干之首，常隐六仪之下，所以变化无穷，谓之遁甲。六仪，戊、己、庚、辛、壬、癸也。甲为天之贵神，虽不用而潜伏于戊、己、庚、辛、壬、癸之间，因名曰遁。或曰，遁者，循也，当云循甲，取六甲循环之义，则非其本旨矣。又撰《禄命辨》，正禄命诸家之误。又读《孙子·军形篇》：善守者，藏于九地之下；善攻者，动于九天之上。曹操注曰：喻其形势。宾商[③]曰：此非操注。按《符应经》载三盘图，其阳遁九局则直符后一为九天，后二为九地；阴遁九局则直符前一为九天，前二为九地。故张良曰：九天之上，利以陈兵；九地之下，利以伏藏。盖六甲为九天之上，乃杀伐之气运所在；六癸为九地之下，乃蒙晦之气运所在。如甲己日寅时，阳遁上元一局，直符在艮，坎为九天，乾为九地；阴遁上元九局，直符在坤[④]，兑为九天，乾为九地。俗儒不察，妄以九天为最高，九地为最深耳。又著《运筹解》曰：汉高帝言运筹帷幄之中，决胜千里之外，吾不如子房。儒者释运筹为用谋。即司马迁《留侯世家》第云常为筹策臣，又曰留侯善画计策，上信用之而已。乃又载汉王与郦食[⑤]其谋立六国后，趣刻印而未行，张良从外来谒，汉王方食，且[⑥]以郦语告良，良曰：臣请藉前箸为大王筹之。余反覆而疑焉。窃意画计多矣，未有藉箸者，且[⑦]筹则筹耳，奚用箸为？及学遁甲奇门，则实有运筹之法，乃始豁然悟也。夫运筹之法，画地为局，布东西南北、玉女十二支、八干[⑧]四维，出天门，入地户，闭金关，乘玉辂而行。《经》曰：凡用遁甲无奇门者，宜玉女反闭局出。在室六尺，在庭六步，在野六十步，并以六为数，先定六数讫，左手持筹，右手执刀，呼浊气，吹旺气，祷祝六甲、六丁、玉女、六戊藏

---

① “尹宾商”，原作“尹商宾”，据《章学诚遗书》卷二十六《李时珍尹宾商传》乙正。

② “宾商”，原作“商宾”，据《章学诚遗书》卷二十六《李时珍尹宾商传》乙正。

③ “宾商”，原作“商宾”，据《章学诚遗书》卷二十六《李时珍尹宾商传》乙正。

④ “坤”，原作“神”，据《章学诚遗书》卷二十六《李时珍尹宾商传》改。

⑤ “郦食其”，原作“郦贪其”，据《史记》卷五十五《留侯世家》及《章学诚遗书》卷二十六《李时珍尹宾商传》改。

⑥ “且”，原作“具”，据《章学诚遗书》卷二十六《李时珍尹宾商传》改。

⑦ “且”，原作“具”，据《章学诚遗书》卷二十六《李时珍尹宾商传》改。

⑧ “干”，原作“十”，据《章学诚遗书》卷二十六《李时珍尹宾商传》改。

形之神。查系某日，便从其地入局。祝曰：谨请东方功曹、太冲、天罡[1]、青帝大神，南方太乙、胜光、小吉、赤帝大神，西方传送、河魁，白帝大神；北方登明、神后、大吉、黑帝大神，降于局所。便从所求日辰置筹，假令子日，即从子上命第一筹，丑上第二筹，寅上第三筹，卯上第四筹，辰上第五筹，巳上第六筹。但有两支挟一干[2]，先成者为天门，后成者为地户。此所谓运筹也。宾商议解[3]多类此。可知其法确有依据，后人不加深讨，遂渐失传，亦大可惜矣。按：孔氏广森、梅氏定九以"亥"字证古筹算，均有此说，盖"亥"字纵之横之可以记数。故留侯发八难，云请借前箸以筹之，言以箸当筹，时方食，已有两箸，又借高帝两箸，得四箸，每发一难，辄下一筹，至五横之为〥，六为𝍥，七为𝍦，八为𝍧，故用四箸而足也。

实斋文，尹宾商系与李时珍同传，皆湖北人。而李著《本草纲目》，旧药一千五百一十八，此书增三百七十四；旧方二千九百三十五，增一千一百六十一。分一十六部，五十二卷。正名为纲，附释为目。次以集解，辨疑正误。详其出产、气味、主治，上至坟典，下至稗官，凡有攸关，靡不收掇。虽名医书，实赅物理。后虽有固始吴沦斋其濬氏之《植物名实图考》出，较《纲目》为赅备，然先河后海，李书迄于今不废，东西洋博物家亟称道之。当时医家直称之为医圣，亦人杰矣哉。

今人口头语多有所本，钱竹汀、翟晴江、汪龙庄诸氏记之详矣。间览载籍，有时下盛行之字句，而古人已先言之者。如今人谓人用钱挥霍或轻于处断，皆命之曰"手滑"，苏子由《龙川别志》：庆历中，劫盗张海将过高邮，知军姚仲约度不能御，喻军中富民出金帛，市牛酒，使人迎劳，且厚遗之。海悦径去，不为暴。富郑公议欲诛仲约，范文正公欲宥之，争于上前，仁宗从之。富公愠曰：方今患法不举，而多方沮之，何以整众？范公密告之曰：祖宗以来，未尝轻杀臣下，此盛德事，奈何欲轻坏之？且吾与公在此，同僚之间，同心者有几？虽上意亦未知所定也，而轻导人主以诛戮臣下，他日手滑，虽吾辈亦未敢自保也。富公终不以为然。及二公迹不安，范公出按陕西，富公出按河北，范公因自

① "罡"，原作"置"，以文意改。
② "干"，原作"千"，据《景祐遁甲符应经》下卷改。
③ "宾商议解"，原作"商宾议解"，据《章学诚遗书》卷二十六《李时珍尹宾商传》乙正。按：《章学诚遗书》卷二十六《李时珍尹宾商传》作"宾商识解"。

乞守边。富公自河北还，及国门，不许入，未测朝廷意，比夜彷徨不能寐，绕床叹曰：范六丈，圣人也！又《资治通鉴》，唐武宗赐刘宏逸、薛季稜死，又遣使就潭州诛杨嗣复及李珏，杜悰奔马而见德裕曰：天子少年，新即位，兹事不宜手滑。德裕因与崔珙、崔郸、陈夷行三上奏，乃释之。乃知范公语已有所本。又今之巧宦善于营谋，以货贿得官者，皆谓之“钻班”，同云“商鞅挟三术以钻孝公”。又俗谓与人做媒曰“作伐”，宋郭彖《睽车志》载傅霖事曰：霖夜坐，见姊婿林路分[①]家二亡婢自前行过，其妻及女云：适见婢自外来，云与小娘子作伐。则宋时已有此语，盖本于“执柯伐柯”之意，故又称媒为“执柯”，与称“冰人”本于《庄子》“冰上人”与“冰下人”语同意。又俗呼圆转流利之人曰“滑头”，《辍耕录》云：俗谓不通时宜者为方头，陆鲁望诗云“头方不会王门事”。然则圆而不方，宜其为“滑头”矣。又今人谓喜悦曰“开心”，《说文》：忻，闿也；闿，开也。段注谓：忻为心之开发。是“开心”亦可谓为“开忻”也。又谓人物之佳者曰“出色”，《飞燕外传》云“二人皆出世色”，即今语所本。又谓人不乐为“多心”，《说文·惢部》：惢，心疑也，从三心。段注云：今人谓疑为多心。俗又有三心二意之言，亦本于“惢”字也。又俗讥人无能曰“不中用”，《汉书》韩延寿痛自克责曰不中用，《史记》始皇收天下图书不中用者去之。又俗称其人泄沓累赘曰“落苏”，《渑水燕谈录》云钱镠之子跛而不便，俗呼跛者为瘸子，音同茄子，以讳镠子故，遂呼茄子为落苏，亦此语之本。又俗赞人曰“能者多劳”，本于《庄子》巧者劳而逸者忧，无能者无所求。又俗骂人“老狗”“小家子”，《汉武故事》栗姬骂上“老狗”，又《汉书·霍光传》使乐成小家子，得幸大将军。又俗呼扫除渣滓之具曰“笤[②]帚”，本《礼·檀弓》：君临臣丧，以巫祝桃茢执戈，恶之也。郑康成云：为有凶邪之气在侧。桃，鬼所恶。茢，萑笤，可扫不祥。是笤帚之名为最古。又俗呼小食曰“点心”，唐郑傪为江淮留后，家人备夫人晨馔，夫人顾其弟曰：治妆未毕，我未及餐，尔且可点心。其弟举瓯已罄，俄而女仆请饭库钥匙，备夫人点心，傪诟曰“适已给了，何得又请？”云云。王壬秋《湘绮楼日记》书作“餂心”，或别有所本欤？又今称馒头之有心者为“包子”，《玉露补》云有士大夫于京师买一妾，自

① “林路分”，原作“霖”，据《睽车志》卷一改。
② “笤”，原作“苕”，据文意改。下同。

言是蔡太师府包子厨中人，令其作包子云云。是宋时已有包子之名。又今谓收拾琐事曰“并当”，“当”字应作去声。《世说》长豫与丞相语，常以谨密[①]为端。丞相还台，及行，未尝不送至车后。常为曹夫人并当箱箧云云。今有写作“拼挡”或“屏当”者，皆非也。又“打”字，见欧阳公《归田录》云：今世俗言语之讹，而举世君子小人皆同其谬，惟“打”字尔。其义本谓考击，故人相殴、以物相击皆谓之打，而工造金银器亦谓之打，可也，盖有捶击之义。至于造舟车者曰“打船”“打车”，网鱼者曰“打鱼”，汲水曰“打水”，役夫饷饭曰“打饭”，兵士给衣粮曰“打衣粮”，执伞曰“打伞”，以丈尺量[②]地曰“打量”，考虑事物亦曰“打量”，至于名儒硕学，语皆如此，触事皆谓之打。欧公之言如是，按《释文》云：丁者，当也。打字从手从丁，以手当其事者也。触事谓之打，于义固无嫌。然古音实不如是，依《说文》，打，都挺切，音同等。俗谓同财贸易之人曰“火计”。古《木兰辞》：出门看火伴，火伴皆惊忙。盖唐兵制十人为火，五十人为队，今尚有呼同行之人为火伴者，其名甚古。俗以“火计”为“夥计”者，似误。又人之灵敏有局干者曰“乖觉”，本于韩愈、罗隐之“乖角”二字。又“斫”字音本同“戳”，而今皆以“坎”音呼之。朱太祖呼相地者久不至，正发怒间，相地者至，详审久之曰：此乾上龙尾，大吉地也。朱转怒为喜。或戏之云：若非乾上龙尾，便当坎下驴头。则“斫”之读为“坎”，亦自五代已然矣。

今传之《观音心咒》僧俗不同，世俗相传者，亦字句多寡各异，然持之虔诚者亦常有奇验。俞曲园《茶香室丛钞》引宋王巩《闻见近录》云：全州推母氏王氏，日[③]诵十句《观音心咒》。年四十九，疾笃，恍然见青衣人曰：尔平生诵《观世音心咒》少十九字，乃曰：天罗神，地罗神，人离难，难离身，一切灾殃化为尘。王疾寻愈，后至七十九[④]。按：此十九字，至今犹有持诵之者，惟十句《心咒》未知云何。《太平广记》载：太原王元谟，北征失律，军法当死，梦人曰：诵观世音千遍，可免。乃授云：观世音，南无佛，与佛有因，与佛有缘，佛法相缘，常乐我情。朝念观世音，暮念观世音。念念从心起，念佛不离心。适得十句，岂即此耶？以上系

① “密”，原作“容”，据《世说新语·德行第一》改。
② “量”，原作“粮”，据《归田录》卷二改。
③ “日”，原作“曰”，据《茶香室丛钞》卷十三《观音心咒》改。
④ “九”，原作“七”，据《茶香室丛钞》卷十三《观音心咒》改。

《丛钞》语。按：宋吴曾《能改斋[①]漫录》已载此咒，固不仅王巩之记也，惟字句似有参错，不如俞记较为确正。《漫录》云：熙宁[②]间，驾部郎中徐师回记其所亲官于河朔。夜见司理院狱屋高处有光骇人，明日而赦下。州人怪之，上寻光处，得文字三十八。其词曰：观世音，南无佛，与佛有因，与佛有缘，佛法相因。行念观世音，坐念观世音。念念不离心，念佛从心起。张氏子病目，念此得瘥。

陆放翁《老学庵笔记》云余去国二十七年复来，自周丞相子充一人外，皆无复旧人，虽吏胥亦无矣。惟卖卜洞微山人无恙，亦不甚老，话旧怆然。西湖小昭庆僧了文，相别时未三十，意其尚存，因被命与奉常诸公同检视郊庙坛壝，过而访之，亦已下世。弟子出遗像，乃一老僧，使今见其人，亦不复省识矣云云。其叙述存殁之感，字字痛心，因思人生旧游之地，不数十年，而知交零落，俯仰增悲，其约略似此者，亦复何限哉？每披览及之，辄作数日恶。见陈锡路玉田《黄奶余话》。宋文潞公尝言：人但以彦博长年为庆，独不知阅世既久，内外亲戚皆亡，一时交游凋零殆尽，所接皆邈然少年，无可论旧事者。王立之喜苏黄门《送人归洛》诗云：遍阅后生真有道，欲谈前事恐无人。同一感慨矣。

魏武帝时，孙权曾致巨象，武帝欲知其斤重。时邓哀王方五六岁，曰：置象大船之上，而刻其水痕所至，称物以载之，则不较可知矣。咸叹其敏慧，然《符子》有云朔人献燕昭王以大豕，曰：养奚若？使曰：豕也，非大圊不居，非人便不珍，今年百二十矣，人谓豕仙。王乃命冢宰养之，十五年，大如沙坟，足如不胜其体。王异之，令衡官桥而量之，折十桥，豕不量。命水官浮舟而量之，其重千钧，其巨无用云云。是古已早有其法，不仅《符子》载之，邓哀王所云其有所本耶？抑与古法暗合耶？

俗语云：借书与人一痴，借得复还为一痴。尝力辨此语，以为有无相通，义也，贷而必还，礼也，何痴之有？后见王乐道从钱穆父借书帖云：出师颂书，函中最妙绝。古语云："借书一瓻，还书一瓻。"欲两尊奉献，以不受例外物，固不敢陈［续］[③]。又考《唐韵》"瓻"字下注云：古者借[④]书，以是盛酒果。知非"痴"字，故余有《送还考古图》诗句云：悬知插架有万轴，颇恨

---

① "斋"，原作"宁"，据《能改斋漫录》改。

② "宁"，原作"斋"，据《能改斋漫录》卷十八改。

③ "续"字原脱，据《高斋漫录》补。

④ "借"，原作"供"，据《唐韵》《高斋漫录》改。

送还无一瓻。以上见宋曾慥《高斋漫录》。然“痴”字又有作“嗤”字者，其来已久。《王府新书》杜元凯遗其子书曰：书勿借人。古人云借书一嗤，还书二嗤，嗤，笑也。后人讹为“痴”字，而增至四[①]，谓借一痴，借之二痴，索三痴，还四痴。后乃以一痴为一瓻，又通“瓻”作“鸱”，取“鸱夷盛酒”之义。以上见宋方勺[②]《泊宅编》所引“四嗤之说”，系《艺苑雌黄》李济翁语。扬子云《酒箴》云：自用如此，不如鸱夷。颜注：盛酒者也。黄山谷《借书诗》：时送一鸱开锁眉。王次回诗：秋来始拟今宵醉，远客还书有一鸱。皆用“鸱夷”义也。

宋王正德《余师录》载李朴《与杨宣德书》唐人称子美为诗史者，谓能记一时事耳。至于“安得广厦千万间”为《茅屋歌》，“安得壮士提天纲”为《石犀行》，“安得壮士挽天河”为《洗兵马》，又安在其不相袭也。故论文者[③]当论其是与否，不必以好异夸世俗为能。六经不以文论，后之汪洋奔肆不见边幅，莫如马迁、荀况之书，言辞相似者十三四。迁载赵武灵王欲与商君论变法，百余言间，不同才数字。如传苏秦说六国，见魏王，见楚王，发词亦大同小异，能谓二人者浅狭无他有耶？云云。所论列实能得读书之间。即如老杜用“安得”二字重复甚多，不仅如李朴所举。《爱日斋丛钞》云：杜诗结语多用“安得”二字，《洗兵马行》云：安得壮士挽天河，净洗甲兵长不用。《石犀行》[④]云：安得壮士提天纲，再平水土犀茫[⑤]茫。《遣[⑥]兴》云：安得廉颇将，三军同晏眠。《喜雨》云：安得鞭雷公，滂沱洗吴越。《大麦行》云：安得如鸟有羽翼，托身白云还故乡。《光禄阪[⑦]行》云：安得更似开元中，道路只今多拥隔。《茅屋为秋风所破歌》云：安得大[⑧]厦千万间，大庇天下寒士俱欢颜。《王兵马使二角鹰》云：安得尔辈开其群，驱出六合枭鸾分。《晚登瀼上堂》云：安得随鸟翔，迫此惧将恐。《昼梦》云：安得务

① “四”，原作“四嗤”，衍“嗤”字，据《泊宅编》卷十删。
② “方勺”，原作“方文”。按：方勺，字仁声，撰《泊宅编》十卷，《宋史》卷二百六十《艺文志五》著录。
③ “者”，原作“云”，据《余师录》卷三改。
④ “犀”，原作“笋”，《爱日斋丛钞》卷三亦作《石笋行》，据《杜甫诗全集》卷七改。按：《石笋行》云：“安得壮士掷天外，使人不疑见本根。”
⑤ “茫”，《杜甫诗全集》卷七及《爱日斋丛钞》作“奔”。
⑥ “遣”，原作“遗”，据《杜甫诗全集》卷七及《爱日斋丛钞》卷三改。
⑦ “阪”，原作“扳”，据《杜甫诗全集》卷四及《爱日斋丛钞》卷三改。
⑧ “大”，《杜甫诗全集》中《茅屋为秋风所破歌》作“广”。

农息战斗，普天无吏横索钱。《早秋苦热》云：安得赤脚踏层冰。《后[①]苦寒行[②]》云：安得春泥补地裂。《同谷县歌》云：安得送我置汝傍。皆壮语作结。匪惟笔力健举，亦见志趣高迈，不得以重用少之也。

前记古文作文多相沿袭，而出以变化，遂觉意境各别。兹见《能改斋漫录》载张天觉《送凌戡归蜀记》，而知汪容甫《广陵对》全系脱胎于此。《漫录》云：张天觉丞相，以赵谂谋逆伏诛，是其乡里，故因送凌戡归蜀，作记以自见云：凌公济自蜀来谒，曰：戡周旋奉事公三十年矣。公今致身政府，戡志愿毕矣。请从此辞，耕青城山，击壤鼓腹，为太平民。愿得片言，刻石山中，传家为荣，足矣。应之曰：君隐矣，奚以文为。且赵谂不轨，以辱乡邦，吾何以[③]怀士[④]哉？于是青城丈人夜梦曰：吾何负公而吾弃哉？吾以天地中和之气，生为灵苗，秀为异草。仙人饵以不死，而养命治疾之功，遍于天下。吾从古以来，世生忠臣义士。武王伐纣[⑤]，所赖而胜者，微卢彭濮人也。公孙述据蜀，迫用蜀士，仰药不惧者，巴郡谯君黄也；漆身为厉者，犍为费贻也；饮毒而死者，广汉李业也；伏剑自刎者，蜀郡王皓也；托盲避世者，任求、冯信也。魏伐刘禅，而劝禅降魏者，西充谯周也。李唐二帝，避贼出狩，而勤[⑥]王以迎銮舆者，蜀之父老吏民也。且李顺草寇，百日而已，乃孟昶后宫之遗息也；赵谂狂生，阴自推戴，乃南平夷界之獠雏也。奚预吾事哉？神宗作新法度，而元祐之臣，指为桀纣，终身贬死不负神宗者，双流邓绾也。哲宗绍述先烈，而建中靖国之臣斥为幽[⑦]、厉，汉东上表慷慨论列者，公也。废为编氓，始终不变者，安、蹇二公也。吾三川之灵，何负于世，而公见弃之遽[⑧]耶？于是仆豁然悟，蹶然兴，急呼凌君而告之曰：勉矣行焉，为我谢青城丈[⑨]人。上德不德，是以有德。吾之避谤，既失之矣。而丈人自辩，亦未为得也。君平生急[⑩]义，气豪而善嗷[⑪]，当持吾说而嗷于山中，万壑响应而震动，不亦快乎！

---

① “后”，原作“复”，据《杜甫诗全集》卷一及《爱日斋丛钞》卷三改。
② “行”字原脱，据《杜甫诗全集》卷一及《爱日斋丛钞》卷三改。
③ “以”，《能改斋漫录》卷十四《张天觉送凌戡归蜀记》作“敢”。
④ “士”，原作“土”，据《能改斋漫录》卷十四《张天觉送凌戡归蜀记》改。
⑤ “纣”，原作“讨”，据《能改斋漫录》卷十四《张天觉送凌戡归蜀记》改。
⑥ “勤”，原作“劝”，据《能改斋漫录》卷十四《张天觉送凌戡归蜀记》改。
⑦ “幽”，原作“山”，据《能改斋漫录》卷十四《张天觉送凌戡归蜀记》改。
⑧ “遽”，《能改斋漫录》卷十四《张天觉送凌戡归蜀记》作“速”。
⑨ “丈”，原作“山”，据《能改斋漫录》卷十四《张天觉送凌戡归蜀记》改。
⑩ “急”，原作“激”，据《能改斋漫录》卷十四《张天觉送凌戡归蜀记》改。
⑪ “嗷”，古同“叫”，呼喊，喊叫。

崇宁三年三月丁未，中大夫守尚书左丞上柱国张商英记。今张集不载，见者甚稀，故为表而出之。汪文全用其体，读者试取而比对之，自知其不谬也。

长洲叶鞠裳先生，博学多通，馆潘文勤滂喜斋中最久，于藏书目录之学搜讨极富，所著《语石》之外，《藏书诗》六卷，江建霞为刊于《灵鹣阁丛书》中。自五代迄清末，旁逮释道，微及坊估，但能弆藏，咸予甄录。凡藏书家四百有五人，附见二百九十五人，人系七言绝诗一首，得诗四百有五首，惟生存人不录焉。而卷首王氏颂蔚原序称先生积八九年之力，由宋元迄今，得诗二百余首，与刻本之数不符。盖王氏所见为先生初稿，江氏刻者为京师粗定之稿，迨先生归田后，重刊本已增厘为七卷，则最后定本又不止四百余人矣。见会稽□夔先甫梅□墨话。

书有抚印，权舆于郑覃之壁经。迨唐长兴三年，国子监刻《九经》；汉乾祐二年，刻《仪礼》《周礼》《公羊》《穀梁》；周显德二年，刻《经典释文》，而其风始鬯。夫以线装代卷轴，便已；以镂板代写官，则更便焉。五季而后，亡书较少，緊雕本是赖已。叶鞠裳《藏书记事诗》首一绝云：蜀本九经最先出，后来孳乳到长兴。蒲津毋氏家钱造，海内通行价倍增。注云《宋史》毋[①]守素[②]昭裔性好藏书。在成都令门人句中正、孙逢吉书《文选》《初学记》《白氏六帖》镂版。守素[③]赍至中朝，行于世。又《焦氏笔乘》：唐末，益州始有墨版，多术数、字学小书而已。蜀毋昭裔请刻版印《九经》，蜀主从之。自是始用木版摹刻《六经》。景德中，又摹印司马、班、范诸史，并转于世。又云：蜀相毋公，蒲津人。先为布衣，尝从人借《文选》《初学记》，多有难色。公叹曰：恨余贫不能力致，他日稍达，愿刻版印之，庶及天下学者。后公果显于蜀，乃曰：今可以酬宿愿矣。因命工日夜雕版，印成二书。复雕《九经》、诸史，两蜀文字由此大兴。洎蜀归宋，豪族以财贿祸其家者什八九。会艺祖好书，命使尽取蜀文籍诸印本归阙。忽见卷尾有毋氏姓名，以问欧阳炯。炯曰：此毋氏家钱自造。艺祖甚悦，即命以版还毋氏。是时其书遍于海内。初在蜀雕印之日，众嗤笑。后家累千金，子孙禄食，嗤笑者往往从而假贷焉。左拾遗孙逢吉详言其事如此。昌炽按：《挥麈余话》亦载此事，云：唐明宗平蜀，命太学博士李锷书《五经》，仿其制作，刊版于国子监。监中印书之始，今则盛行于天下，蜀中为最。

---

① “毋”，原作“母”，据《宋史·毋守素传》改。按：毋昭裔，后蜀宰相、刻书家。下同。

② 此处应误。毋守素为毋昭裔之子。

③ 此处应误。此处述毋昭裔事，非守素也。

明清家有锷书印本，后题长兴二年。又按：王氏以毋昭裔为毋丘[①]俭，则大误矣云云。镂版始于唐末，五代盛行，故援引者不一，其说有谓始于唐者，有谓始于五代者，其实一也。《爱日斋丛钞》亦误载之。《通鉴》：后唐长兴三[②]年二月辛未，初令国子监校定《九经》，雕版卖之。又云：自唐末以来，所在学校废绝，蜀毋昭裔出私财百万营学馆，且请刻版印《九经》，蜀主从之。由是蜀中文学复盛。又云：唐明宗之世，宰相冯道、李愚请令判国子监田敏校定《九经》，刻版印卖，朝廷从之。后周广顺三年六月丁巳，版成，献之。由是虽乱世，《九经》传布甚广。此言宰相请校正《九经》印卖，当是前长兴三年事，至是二十余载始办。田敏为汉使楚，假道荆南，以印本《五经》遗高从诲，意其广顺以前，《五经》先成，后更遍印他书。又按《柳氏家训序》：中和三年癸卯夏，銮舆在蜀之三年也。余为中书舍人，旬休，阅书于重城之东南。其书多阴阳杂说、占梦相宅、九宫五纬之流，又有字书小学，率雕版，印纸浸染，不可尽晓。叶氏《燕语》正以此证刻书不始于冯道。而沈存中谓版印书籍，唐人尚未盛为之，自冯瀛王[③]始印《五经》，自后典籍皆为版本。大概唐末渐有印书，由术数、小学及于经籍，后乃浸盛固不仅冯道、毋昭裔辈为之也。

温公嵩山题字云：登山有道，徐行则不困，措足于平稳之地则不跌，慎之哉。又书云：先视地，然后敢行；顿足，然后敢立。钱南园先生《题华亭寺联》云：青山之高，绿水之长，谁道佛方开口笑；徐行不困，稳坐不跌，无妨人自纵心游。人皆谓本于温公嵩山题字，而温公题字之“徐行则不困，稳坐于地则不跌”二语，实本于宋人《爱日斋丛钞》，未知所出也。

《永乐大典》卷一万一千七百七十，《中兴十三处战功录》一卷。据李心传《朝野杂记》：乾道二年，蒋子礼执政，遂以明州城下、和尚原、杀金平、大仪镇、顺昌、皂角林、胥浦桥、唐岛、采石、蔡州、茨湖、确山、海州为十三处战功。论者谓岳鄂王朱仙镇一役至今啧啧人口，而《北盟会编》不载其事，遂疑秦氏所恶，史官不敢直书。至开禧元年始撰是书，正值定议伐金，追封飞为鄂王之时，如果实有战绩，焉有不叙入之理。昔人亦有言倦翁所记过于铺张，孝子慈孙之用心，有不尽实事者。余观此录，亦不敢以此言为过刻矣。上系缪艺风《跋中

---

① “丘”，原作“母邱”，据《魏志·毋丘俭传》改。按：“毋丘”为古之复姓。

② “三”，原作“二”，据《资治通鉴》卷二百七十七及《爱日斋丛钞》卷一改。

③ “王”，原作“五”，据《爱日斋丛钞》卷一改。按：《新五代史》卷五十四《冯道传》：“道卒，年七十三，谥曰文懿，追封瀛王。”

兴战功录后》语。按他书尚有纪鄂王当时拥兵专恣、耗饷靡费诸事，虽或出自和议派人之言，然元传多采自倦翁逸史，洋洋万余言，固不免铺张之过也。

《庄子》[①]：予之齿者去其角，傅之翼者两其足。陆文量《菽园杂记》云或云有齿无角，若犬豕似矣。牛羊有角，未尝无齿也。角当作甪，谓鸟咮，讹为角耳。盖以为兽予之角，则无鸟之咮；鸟傅之翼，则无兽之四足。翼足互言鸟兽，齿角不当专以兽言。此说有理，但考之《韵书》，[甪][②]无释鸟咮义，不知何所据也云云。按：所谓予之齿者，乃虎豹之锐齿，专以食肉为用者也。虎豹等有锐齿，则去其角，若牛羊等只有臼齿而无锐齿，故予之角焉。傅之翼者两其足亦此意也。《大戴礼·易本命》篇：四足者无羽翼，戴角者无上齿。董仲舒曰："受于大者，不取于小。"无角者膏，凝者为膏。而无前齿。无前齿者，齿盛于后，不用前也。有羽者脂，泽者为脂已也。而无后齿。齿盛于前，不任后也。所谓"无上齿"即锐齿也，博物学家谓之犬齿，盖犬亦有此锐齿，利于杀食肉类，故名之曰犬齿。所谓"前齿"亦锐齿也。文意自显，而注不明晰。陆氏乃以角为甪，为鸟咮，皆缘不读《大戴礼》而傅会之。证以今之博物学说，则了然矣。按今之飞机取法于鸟，鸟张两翼而飞翔，故初起时必顺平地，回旋数转，始腾起空中，观于鹰雁之属，其由平地飞起之状亦然。但飞机之改良者，能由平地直上腾起，则较鸟为进步矣。潜航艇取法于鱼，留声器取法于耳，照相机取法于目，其构造机括应用原理无不悉合。可知博物学之重要，欧美能利用之，此其学之不虚究也。

《菽园杂记》又云：壹贰叁肆伍陆柒捌玖拾仟佰等字，相传始于国初刑部尚书开济。然宋边实《昆山志》已有之。盖钱谷之数用本字，则奸人得以盗改，故易之以关防之耳。此亦不考古之过。宋洪容斋《笔记》云：古书及汉人用字，如一之与壹，二之与贰，三之与叁，其义皆同。《鸤鸠序》：刺不壹也。又云：用心之不壹也。而正文其仪一兮。《表记》：节以壹惠。注：言声誉虽有众多者，节以其行一大善者为谥耳。汉《华山碑》：五载壹[③]巡狩。《祠孔庙碑》：恢崇壹变。《祝睦碑》[④]：非礼，壹不得犯。而后碑云：非礼之常，一不得[⑤]当。则与壹[⑥]通用

① 按：此处疑误，当出自《汉书》卷五十六《董仲舒传》。

② "甪"字原夺，据《菽园杂记》卷三补。

③ "壹"，原作"一"，据《容斋五笔》卷九《一二三与壹贰叁同》改。

④ "睦"，原作"陆"，据《容斋五笔》卷九《一二三与壹贰叁同》改。

⑤ "得"，原作"待"，据《容斋五笔》卷九《一二三与壹贰叁同》改。

⑥ "壹"，原作"一"，据《容斋五笔》卷九《一二三与壹贰叁同》改。

也。《孟子》：市价不贰。赵岐注云：无二贾者也。本文用大贰字，注用小二字，则二与贰通用也。《易·系辞》云：叁天两地。《释文》云：叁，七南反。又如字，音三。《周礼》：设其叁。注：叁，谓卿三人。则三与叁通用也。九之与玖、十之与拾、百之与佰、千之与仟，亦然。予顷在英州，访邻人利秀才。利新作茅斋，颇净洁，从予乞名。其前有两高松，因为诵《蓝田壁[①]记》，命之曰二松。其季请曰：是使大贰字否？坐者皆哂。盖其人不知书，信口辄言，以贻讥笑。若以古书论之，亦未为失也。文惠公名流杯亭曰一咏，而采借隶法，匾为壹咏，读者多以为疑，顾第弗深考耳。

清自甲午后，排满之说盛，于是满人内谋自固，一切事权不轻假汉人手，究之满人非老耄贪猾，即纨裤儇薄，不足以任国事。张文襄自命先朝老成，屡以此与醇王争执不胜，郁郁以没，而清室亦自此不复振矣。宣统三年春夏间，与友人屈计朝臣十二部长官，满人已占十余人，汉员不过数人而已。计其时外务部总理庆亲王奕劻，民政部尚书肃亲王善耆，农工商部尚书贝子溥伦，海军部海军大臣贝勒载洵，度支部尚书公爵载泽，陆军部副大臣寿勋，法部尚书觉罗绍昌，陆军部大臣荫昌，礼部尚书荣庆；汉尚书则外务部邹嘉来，邮传部盛宣怀，吏部李殿林，学部唐景崇，海军部谭学衡，共计汉员只五人。记当全盛之时，曾有近支亲王毋令干政之谕意，盖指军机也。自穆宗冲龄践祚，孝钦垂帘，恭忠亲王始入枢秉政，自是以来亲贵迭乘，荃艾杂进，一时言官啧啧，悍然不顾，遂酿成辛亥革命之局。事会之乘，虽贤智亦莫能挽，矧碌碌余子哉！

黄河、淮水、长江连年泛滥，人民之受其害者至巨，虽天时之所为，亦人事之不臧有以致之。黄河本为吾国巨患，西人尝谓有害无利者。惟黄河七百年来改道已三次，旧时汇淮河入海，其所经故道为冲积层之大平原，即导淮工程范围以内之地域也。清咸丰初，黄河水决，东徙二百余里（约九十英里），始夺大清河水道为现时之河道。光绪中，河又泛滥为灾，水势回复，后所挟之泥沙沉积于地面者，高自二英尺至十英尺，面积达二百方哩[②]。美国红十字会鉴于历年灾赈不遑，因向中政府倡议导淮之策，以“沟通河道，开拓湖沼”为防止水患之根本计划。彼时政府利用此机会，遂向美国借款二千万美金，以地税抵押实施工程焉。

---

① “壁”，原作“笔”，据《容斋五笔》卷九《一二三与壹贰叁同》及韩愈《蓝田县丞厅壁记》改。

② “哩”，“英里”的旧称，1 英里 =1609.344 米。余同。

“导淮计划”以淮河为主体。淮河发源于河南省中部，东北流四百五十哩乃入洪泽湖；湖为淮河蓄水处，其流出口壅塞已久，故淮水不得入海，时有泛滥之患，此历年水灾之所由来也。洪泽湖既广受泥沙，遂渐淤浅，乃屡屡水溢，近地村落辄被浸没，而湖面遂日形辽阔，至于今日，全湖面积已有四百五十方哩，今日恐尚不止此，然其水固甚浅也。淮河而外所注重者，曰沭河，曰沂河，发源于山东绝无森林之山地，皆湍急之河流也。在干燥期内水量极小，一遇霖雨则水势骤涨，腾涌奔放，立成巨患。沂河向西南流，曲折入运河，其流多挟泥沙，增高继涨，冗积于运河之内，致运河之河床日浅，已有数处高出于地面二十呎[①]，乃不加浚治，仅知筑堤以御水，而水势益盛，终莫能遏，动辄成灾，故运河实水患之源也。今日欲消弭水患，固舍“疏河导淮”无以善其后也。（此系十年前一美国工程师向余言者，今虽时势稍异，而大体不差，录所记忆，以供研究治河者之参考。）

金人立刘豫为齐帝，俾中国自相攻击，而金乃乘其敝。其计甚狡，当其时朝野之人莫不知之，顾皆缄默不言，惧言之无效，反以贾祸也。惟岳武穆忠义之气，无人无我，只知有国，是以知无不言，言无不尽，此所以为秦桧辈所嫉视，而高宗亦深嗛之，遂因桧之谮而杀之也。观其所上《平刘豫策》，与今日形势有暗合者，略云：金人所以立刘豫于河南，盖欲荼毒中原，以中国攻中国，在彼因得休兵观衅。臣欲陛下假臣日月便，则提兵趋京、洛，据河阳、陕府、潼关，以号召五路叛将。叛将既还，遣王师前进，彼必弃汴而走河北，京畿、陕右可以尽复。然后分兵浚、滑，经略两河，如此则刘豫可擒，金人可灭，社稷[②]长久之计，实在此举。按：此系节录《南宋文范》及《宋史》飞本传，皆非全文，其全文见《正气集》，计划战略最为详尽。

明徐树丕《识小录》云：虞雍公战伐之奇，妙算之策，忠烈义勇，为南宋第一，远出张魏公上。特魏公有南轩为之子，而朱子亟称之，遂大显扬；雍公无人发其茂绩耳。简池刘巨济序虞公奏议云：余读公奏议而慨然有感。世但知采石之战以七千卒却虏兵四十万者，其功甚伟。然忌者犹曰适然。岂知公于绍兴辛巳之前已因轮[③]对，面奏虏必叛盟，兵必分五道，宜为之备。及虏叛盟，上令从臣集议，公独言虏兵必出淮。丞相善其言而未果行，及遣公劳师采石，事已大坏。公

① “呎”，“英尺”的旧称，1 英尺 =30.48 厘米。余同。

② “社稷”原脱，据《弘道录》卷十五增。

③ “轮”，《文献通考》卷二百四十七引刘巨济序作“论”。

以诸[①]生收合亡卒，激励诸将，施置于仓猝之际，而破虏于俄顷之间。非胸中素所蓄积忠诚，足以动天地，感人心，而作士气，而能如是？后又令设备于瓜州，其它区画，悉精密而不苟，虏遂遁去。丘文庄曰：古今水战，采石比赤壁尤奇且难，周瑜主将握重兵，而允文书生空拳也，岂不较难？按：采石之战，允文纯以忠义激发将士，得收功于仓猝之间，若谓其确有把握，能操胜算，则殊未必。《东南纪闻》云：允文以西掖赞议，既郤金人，还至金陵，谒叶枢密义，幕属皆在焉。相与劳问，警报沓至，盖金主将改图瓜洲。时刘武忠锜住京口，病且亟，众以雍公初立功，咸属目。叶酌卮醪以前曰：舍人盛名方新，士卒想望，勉为国家，卒此勋业。雍公起立，受卮曰：某去则不妨，然记得一小话，敢为都督述之。昔有人得一鳖，欲烹之，不忍当杀生之名，乃炽火使釜水百沸，横筱为桥，与鳖约曰：能渡此则活汝。鳖知主人以计取之，勉力爬沙，仅能一渡。主人曰：汝能渡桥，甚善，更为我渡一遭。仆之此行，勿乃类是。坐上皆笑。已而，雍公竟如镇江。金主不克渡而被弑。自此上简知，公驯致魁柄云。观此可知允文亦自知未能必胜，徒以忠诚相感，事会乘之，卒奏伟绩。彼谢玄合淝之战，背城借一，亦未始不同揆也。

《识小录》又引《三国典略》曰：萧明《与王僧辨书》：凡诸部曲，并使招携。赴役戎行，前后云集。霜戈电戟，无非武库之兵；龙甲犀渠，皆是云台之仗。唐王勃《滕王阁序》“紫电青霜，王将军之武库”正用此事。以十四岁之儿童，而能运用书卷，虽宿儒亦有弗逮，岂非间世奇才？此条已见前，此特备引原文。

又载：《陈眉公见闻录》言：杨升庵与张禺山书，是老年安乐法，不可不读，书云：使来，得手书数纸，连幅累牍，亹亹千言，故人之厚何以加此。慎自长至前后，衰病忽作，近日右目皮上生一疮，半面作肿，坐起食视皆碍且妨，奈何！此岂可以常病视之耶？伏自思念，年来万虑灰冷，惟文字结习未忘，颇[②]以此自累而招罪。不当与而与，当与而与，皆罪也。不工则不可出，工则疲精敝神，皆累也。用是勇念书壁云：老境病磨[③]，难亲笔砚，神前发愿，不作诗文；自今以始，朝粥一碗，夕灯一盏，作在家山僧行径。惟持庞公空诸所有四字，庶乎余年耋齿，得活一

① “诸”，《识小录》及《文献通考》卷二百四十七均作“书”。
② “颇”，原作“顾”，据《识小录》及《眉公见闻录》卷三改。
③ “磨”，原作“魔”，据《识小录》及《眉公见闻录》卷三改。

日，是我一日。不然，则扰扰应酬，又何异[①]于尘劳仕路哉？纵使艺文志书目天下，家传人诵，尽为我[②]制，何益于灵台？何补于真我哉？立愿如此，纵或临之薰[③]天之势，解以连环之辩，不能回矣。想能心谅也。窃谓左右已有海内名，诗文传诵人口遍矣，亦当俯从鄙见，以高颐期松乔之福。程子老年不观书，山谷发愿去笔砚，朱文公行年如此，当先学上天，后学识字可也。皆是老境受用，安身立命处，高明以为何如？不然，则吾人所谓卿自用卿法，吾自用吾法可也。目疮不能自书，口占，俾代书之，冀欲忘言，又已多言，是穷响以声、与影竞走也。惟心照之，行当面叩。不既。刘子威云：诗文晚年鲜有佳者，古人所谓才尽。夫才既尽而强，文必多恶道语，观近世有名诸公皆然。夫应酬之文，如谀墓祝诞，无关世教者，当如升庵之戒。若标举兴会，抒写性灵，或守先待后，发潜阐幽，有关世道者，则又当别论。故古人有"著述须待老"之言。（欧阳文忠诗："著述须待老，学勤宜少运。"）盖老而学识益增，阅历益进也。宋景文常悔其少作，梅尧臣之于诗，李泰伯之于文，皆有老而不足之言。顾亭林谓非六十以后不宜著书，均以老而未足也。

明太祖既罢相，政皆独断，惟制诰之事任之馆阁。永乐间，解缙以草登极诏称旨，以政任之，不久而黜。一日且暮，宁夏报被虏围。上悉召阁下诸老，皆已出，惟编修杨子荣赴召。上不怿，示以奏曰：尔后进，宁解此？今当遣何处兵往救？子荣徐曰：不须救也。上曰：何也？子荣曰：臣尝奉使至彼，其城坚，且人皆习战。今其发已十余日，虏必已退。但敕守臣固守，及邻近诸城堡防备可矣。不必遣兵而重为烦扰也。上颇回颜，曰：明日俟诸老来议之。夜半，虏围解报至。诘旦，上召子荣，以报书示之曰：卿何料之审也？喜见于色。问其名，曰：杨子荣。命去子字，单名荣。即命入阁，与杨文贞士奇、杨文定溥同事，宠遇[④]日隆。然入谋于内，未尝以宣于外。外人亦不知趋之。故永乐之治，世称三杨。荣后谥文敏。见许浩《复斋日记》。此与吴槐江熊光事相同。清嘉庆初政，阿文成公桂既薨，高宗幸滦阳，训政忧勤，或午夜视事。值上元夕，群臣皆出观灯，惟章京吴熊光直宿无事，详阅壁间所悬祖宗圣训，聊遣寂寞。忽有机务，宣军机大臣不得，熊光入对，历引祖训敷奏详明，高宗甚器之。未几有旨，着在军机上行

① "异"，原作"益"，据《眉公见闻录》卷三改。
② "我"，原作"众"，据《识小录》及《眉公见闻录》卷三改。
③ "薰"，同"熏"。
④ "遇"，原作"异"，据《复斋日记》卷上改。

走。和珅嫉之，谓其秩仅五品，不符体制。即赏三品卿衔，自是扬历中外，建树伟然。与杨文敏之受知同一机缘。传者谓曾文正公国藩亦有类此之事，恐系传会，未足征信也。

谥法为易名之典，自古皆极慎重，故谥必有议。自明以后即不用议，故诸家文集无议谥之文。清自同治后，凡官一品皆得谥，遂成例文。清例，臣下谥典由礼部奏准后，行知内阁撰拟。得谥“文”者，拟八字，由大学士选四字；不得谥“文”者拟十六字，由大学士选八字，恭请钦定。惟“文正”则不敢拟，悉出特予，清中叶以后多以待师傅。“襄”字则或阵亡，或军营病故，武功未成者，均不得拟用。“成”字亦较少。所谓“成、正、忠、襄”字，谥之最优者，“忠、正”二字比较为多也。张之洞病革时，颇觊“文正”，而高阳李鸿藻以师傅老臣资望任之洞上，不得不留以待之；卒得“襄”字，则取其庚辛之交坐镇东南，功绩甚伟也。有清一代，自开国至宣统间，得谥者[①]不下五百余人，而让国后犹不时赐谥，冒滥极矣。最奇者为宋钱惟演之谥“文墨”，取贪以败官之义。惟演为吴越王俶之子，与丁谓比而倾寇准。谓败，复挤之。平生躁进，恨不于黄纸上押字。谓入中书也。斯谥也，盖犹存古道焉，今则亡矣。明高穀之谥文义（或谓为文懿，然《冷庐杂识》《识小录》诸书皆作文义），清金之俊之谥文通，谢公陞之谥清义（金、谢皆大学士），王玉廷之谥勤义（乾隆中任云南临元镇总兵，征缅甸阵亡），皆绝无仅有者。文安、文良、文和、文康、文慎、文懿、文介，皆只一二人，而文端、文恪、文恭为最多。秦穆公、关壮缪皆谥穆，谥古“穆”与“缪”通用，后人乃有疑“缪”为“谬”者，夫“谬”岂可与“壮”合？若何曾之谥缪［丑］[②]，秦桧之谥缪丑，则真为“谬”矣。

《礼记·檀弓》：幼名，冠字，五十以伯仲。盖人生三月而加名，至二十有为人父之道，同等不可复呼其名，故冠而加字。年至五十耆艾转尊，又舍其二十之字，直以伯仲别之。《颜氏［家］训》[③]曰：名以正体，字以表德，名终则讳之，字乃可以为孙氏。古人相接有等，轻重有仪，如师之于门人则名之，于朋友则字

---

① “谥者”，原作“者谥”，以文意乙正。

② “谥缪丑”，原作“盖缪”，以文意改。按：《晋书》卷三十三《何曾传》：“将葬，下礼官议谥。博士秦秀谥为缪丑，帝不从，策谥曰孝。太康末，子劭自表改谥为元。”又《旧唐书》卷八十二《许敬宗传》载，太常博士王福畤曰：“昔晋司空何曾薨，太常博士秦秀谥为缪丑公。何曾既忠且孝，徒以日食万钱，所以贬为缪丑。”

③ “家”字原夺，据《颜氏家训》卷二《风操篇》补。

而不名，盖字以代名为成人之礼，尊者疑其斥之，卑者且不敢当，独朋友无相尊卑字之可也。今则无论长幼、亲疏，概以先生呼之，不惟不名，且不字矣。今之称鞠躬亦非也，鞠躬如也，不过曲腰示敬，而俗礼有曰“一鞠躬，二鞠躬，三鞠躬”，此何义乎？古人拜、稽首、揖，各有差等。平衡曰拜，下衡曰稽首，至地曰稽颡。平衡，谓磬折头与腰如衡之平也。《公羊·僖二年》：荀息进，献公揖而进之。注：以手通指曰揖。文六年：赵盾北面再拜稽首。注：以头至地曰稽首，头至手曰拜手。［拜手］[①]谓身屈，首不至地。然则今之鞠躬礼，不如直称之为拜手，犹合古礼矣。又俗呼妇翁曰岳丈，以为泰山有丈人峰，故有是称。然古者通谓尊长曰丈人，非特妇翁也。或又以为张说因东封，而其婿躐迁五品，故称之曰泰山，其说尤凿。按《汉郊祀志》，大山川有岳山，小山川有岳婿，则岳可称妇翁矣。因岳山而又转为泰山耳。今书“嶽”皆作“岳”，见元黄溍《日损斋笔记》。

明永乐间，李马廷试第一，御笔改为骐。唱名，时马不知为己，不敢应。上曰：“马也。”复唱“李马”，乃出拜赐。（宋王拱辰亦有改名之事。）清癸卯殿试后，唱名呼“颜楷”，而谭延闿误以为己也，应之。唱者连呼“颜楷”，始知误应。盖二人姓名之音相近也。自宋以后，传胪唱名，每名必曼声延度，历十余分钟之久，即恐其有误也。

唐人作文赋均长于摹拟，如王子安《滕王阁序》中句云“落霞与孤鹜齐飞，秋水共长天一色”，系摹庾子山《华林园射马赋序》：“落花与芝盖齐飞，杨柳共春旗一色。”遂成名句，人尽知之。杜牧《阿房宫赋》句法摹杨敬之《华山赋》，则知者甚罕。《容斋五笔》载之。《阿房宫赋》云：明星荧荧，开妆镜也。绿[②]云扰扰，梳晓鬟也。渭流涨腻，弃脂水也。烟斜[③]雾横，焚椒兰也。雷霆乍惊，宫车过也。辘辘远听，杳不知其所之也。《华山赋》云：见若咫尺，田千亩矣。见若环堵，城千雉矣。见若杯水，池百里矣。见若蚁垤，台九层矣。醯鸡往来，周东西矣。蠛蠓[④]纷纷，秦速亡矣。蜂窠联联，起阿房矣。俄而复然，立建章矣。小星奕奕，焚咸阳矣。累累茧栗，祖龙藏矣。杜之句法，及极力形容侈大之处，

① “拜手”二字，据《日闻录》补。
② “绿”，原作“缘”，据《樊川文集》卷一《阿房宫赋》改。
③ “斜”，原作“霞”，据《樊川文集》卷一《阿房宫赋》改。
④ “蠛蠓”，原作“蠓蠛”，据《唐文粹》卷六《华山赋》乙正。

皆摹仿杨赋。后又有李庾者，赋西都云：秦址薪矣，汉址芜矣。西去一舍，鞠为墟矣。代远时移，作新都矣。意亦摹杨、杜，而不逮远甚。

善摹拟古人文者，清乾隆辛亥年大考，“拟刘向封陈汤、甘延寿疏”并陈“今日同不同”。阮元拟疏最佳，气息雅近汉人，原列一等二名，奉谕：第二名阮元比第一名好，疏尤好，是能作古文者。改擢为一等一名，遂由编修荐升少詹事。元与唐白居易同生于正月二十日，而文词优赡亦复相似，后皆同晋太傅之秩，亦可异也。其拟疏辞云：臣向疏：郅支单于兼并外国，日益强大，杀辱汉使者，在廷诸臣未有为陛下画策者。若都护延寿、副校尉汤远戍西域，特发符节，勒师旅，直逼康居，破其重城，馘名王，斩阏氏，请悬首藁街夷邸，以威远服。是沈谋重虑，制胜万里，师徒不劳，兵矢未折，功莫伟焉。而议者徒以汤矫制，不论其功，反欲文致之，是臣所未喻也。夫将在外，有可以振国威、制敌命者，专之可也。今延寿、汤不避死难，为国雪耻，而竟无尺寸之封，其何以劝帅兵绝域者？昔李广利之于大宛，旷日持久，靡敝师旅，仅获数马，功不敌罪，孝武犹且侯之；今郅支之功，当十倍于大宛，竟使致身之臣未得封爵，且不免吏议，臣窃惜之。宜请释其矫制[①]之罪，赏[②]其克敌之功，加以高爵，惟陛下察之。此刘向之疏意也。臣伏见我皇上奋武开扬[③]，平定西域，拓地二万余里，凡汉、唐以来羁縻未服之地，尽入版图，开屯置驿，中外一家。岂如郅支、呼韩叛服靡常，杀辱汉使哉？此不同一也。我皇上自用武以来，出力大臣无不加赏高爵，或有微罪，断不使掩其大功。下至末弁微劳，亦无遗焉，未有若延寿等之有功而不封者。此其不同二也。我皇上运筹九重之上，决胜万里之外，领兵大臣莫不仰承[④]圣谟，指授机宜，有战必克。间有偶违庙算者，即不能速蒇丰[⑤]功，又孰能于睿虑所未及之处，自出奇谋，徼幸立功者？此其不同者三也。前半拟疏文实有西汉朴茂之气，后段论同不同，则纯系想象揣摩，一味揄扬，非有卓识傥论，表异于众。而阮自云：所以改[⑥]第一者，实因三不同最合圣意。则尔时高宗之喜颂扬谀词，可见一斑矣。

---

① “制”，原作“诏”，据张鉴《阮元年谱》及《冷庐杂识》卷三《阮文达公拟疏》改。

② “赏”，原作“封”，据张鉴《阮元年谱》及《冷庐杂识》卷三《阮文达公拟疏》改。

③ “扬”，《冷庐杂识》卷三《阮文达公拟疏》同，张鉴《阮元年谱》作“疆”。

④ “承”，《冷庐杂识》卷三《阮文达公拟疏》同，张鉴《阮元年谱》作“禀”。

⑤ “丰”，原作“封”，据张鉴《阮元年谱》及《冷庐杂识》卷三《阮文达公拟疏》改。

⑥ “改”，原作“致”，据张鉴《阮元年谱》改。

清光绪八年，黄漱兰体芳督学江苏科试，徐州古学有“拟岳少保谢讲和赦表”一题。宿迁黄以霖拟文最佳。黄评云：以太白之天才横厉，而其拟《别赋》《恨赋》，乃至句摹字效，并长短亦不敢稍有增减，可知放笔为文，未可尽据为典要也。此作较原文规格，正如唐临晋帖，不同婢学夫人。至其用意遣词，尤能传出少保当日一片忠义之概。评语亦甚超妙。其拟文云：武胜定国军节度使、开府仪同三司、湖北京西路宣抚使、兼营大使臣岳飞上表言：今月十二日，准进奏院递到赦书一道，臣已即恭率统制、领、将佐、官属望阙宣读讫。薄物细故，弃匈[①]奴之往嫌；躬义履仁，受百蛮之请款。念锋镝死亡之惨，为羁[②]縻豢养之谋。膏泽敷恩，垓埏腾颂。臣飞顿首顿首，死罪死罪。申谢。窃以大汉和亲于冒顿，有唐通币于吐蕃，皆趾踵未移，盘盂犹热，俄侵凌于塞下，旋侵略于北庭。盖狼豕非人，豁壑无底。折矢安足取信，书券惟以我愚。托言于畏罪行成，不过臣下措词之体；叙劳于唇焦舌敝，又为佥壬请赏之媒。此盖伏遇皇帝陛下，普覆为心，善征不谌，委蛇制变，斟酌行权。每思屈己以安人，不惜藏瑕而含垢。想诸将皆辞戏下，俾九州重见日中。臣恭际星平，亲承露渥昔惭李广为武皇伸怒于东辕，今愧臧宫知世祖稍稽于北狄。尚作忧天之想，谬怀拓地之心。虑微涓终致江河，将贻毒远过蜂虿。臣愿整军于虎豹，誓喋血于燕云。尚有赤心，甘马革裹尸之语；终期老眼，看薄陶借邸之年。以上为原文。文中如“托言于畏罪行成”等联，尤为清季与东西洋交涉之通病。凡有与外国来往文件皆系平行，有时外人语气虽极抗傲，译者必译为“恭维大皇帝陛下”及种种“天朝天威”极恭顺之语。又外人少有让步，必张大其词，以为若何运筹，若何制胜，始占种种优越地位，为请保邀赏之媒，即文中“不过臣下措词之体”“为佥壬请赏之媒”之意。极其弊，乃至虚骄自大，大失与国同情，后虽欲自贬损以求保旧日之权利、领土，亦不可得矣。噫！

杨留垞《雪桥诗话》云：吴三桂败后，其图书半归通海县阚氏，阚祯兆者，康熙间处士，有《大渔集》，版存秀山寺，见于庭赠阚《吾三文学自省诗注》。按：祯兆字东白，书法二王，极飞动夭矫之妙。三桂败后，范承勋、王继文辈办[③]滇善后事，修复远近名胜，所有题署皆系东白代笔，今多存者。想尔时当道

① “匈”，原作“匂”，应为刻印误，兹改正之。
② “羁”，原作“覊”，应为刻印误，兹改正之。
③ “办”（辦），原作“辨”，应为刻印误，兹改正之。

诸善举，多由东白翊助，其间固不仅代笔书写也。

留垞书又载：山阴章逢之孝廉宗源，以对策博赡发科，撰有《隋书经籍考证》。时京师广慧寺僧明心开堂说法，既而以符箓讵人，京朝官之佞佛者大为煽惑，争馈遗之，后以事败遣归南中。逢之亦牵连罣斥，不能复与会试，犹信之，持长斋终身。然好学之志不衰，性恬澹，不肯干谒，亦异乎世之所谓禅钻者。年未五十，疾卒于京邸。明僧潜出游于齐鲁间，就大吏之不洁者网贿遗，返初服，易姓名曰王树槐，捐职丞倅，出入诡秘甚，后为襄阳知府，未几被劾治罪，曩时皈依及知而不举者，皆为诖误。孙渊如因京朝官惑于妖僧者众，著《三教论》以晓譬之，大吏某尝依上官势，属去其文不得，逢之亦寓书以为言，渊如戏云：君以生平辑录书付我，即去此文。君必秘爱不忍割，则是色空之说，不足恃也。按留垞此则见孙渊如《五松园文集·章宗源传》。渊如又云"章君死时神清明，无所苦，此何益，且反常也"云云。不知此正章君得解脱处。古之大圣、大贤，其生死去来，往往不同常人。彼明心之破戒恣横，自有其相当之果报，而章君独能深契佛法，始终不易其守，故临终时正念分明，不涉昏乱，其神识离身，必已超出三界，而乃疑其哀乐反常，渊如之言陋矣。其《三教论》亦至浅率，未能得佛门之奥旨。大抵吾国儒者之辟佛，恒摭拾佛经之寸鳞片爪，遂深文以周致之，苟于佛经潜心研讨，综核而有得焉，吾知其持论必不尔也。

陶渊明《赠长沙公族祖诗序》云：长沙公于余为族祖，同出大司马。昭穆既远，以为路人。其诗云：同源分派，人易[①]世疏，慨然寤叹，念兹厥初。苏老泉《族谱引》云：服始乎衰，而至于缌麻，而至于无服。无服则亲尽，亲尽则情尽，情尽则喜不庆、忧不吊，喜不庆、忧不吊则途人也。吾所与相视如途人者，其初兄弟也，兄弟其初一人之身也。悲夫！一人之身，分而至于途人，吾谱之所以作也。宋叶某《爱日精庐丛钞》[②]、罗大经《鹤林玉露》、陈锡路《黄奶余话》均载之。叶谓渊明二十余字不为少，老苏宛转大篇不为多。罗谓老苏之文正渊明诗意。陈谓陶诗譬则经，苏文譬则传，诗意味含蓄，文亦浑厚中和，其足以感人则均也云云。按：陶、苏诗文均感于初本亲亲，后成路人。世乃有本系兄弟亲亲，及身而已若途人者，读此当不知作何感想也。

---

① "易"，原作"异"，据《陶渊明集》及《爱日斋丛钞》卷四改。

② 即叶寘《爱日斋丛钞》，文载卷四。

王仲瞿《谷城西楚霸王墓碑》，骈散相参，末句押韵，纵横宕逸，文中别调，窦兰泉先生至叹为天下奇作，前无古人。然其文格调实全仿唐李元宾《项籍碑铭》，非王创格，识者嫌其非文章正轨也。如李文云：惟秦失在暴，惟周失在弱，上慢下黩，政无纪纲。若然者，神灵不得不衰，世教不得不张[①]。王文云:惟王厩马祥车，月矢日弓。临汝江阳之战，吴兴厅事之中。一牛酾血，百骑腾风。王何神于苏侯蒋帝，而不神于萧琛孔恭。又李文云：公乃挺拨乱之剑，希当世之功。浮江而西，有壮士八千人，枹鼓于舟中。吁嗟乎无人，谁御乎群凶。王文云：作者谓，有大王之江东八千子弟，有孔子[②]之庙堂车服礼器。佞臣班固，窦宪笔奴。为叶公龙，为史公猪。沉魂狴犴，置书葫芦。臣知大王不爱平分之天下，而忍杀手版之腐儒哉。其全篇布局琢词，与李文几于具体而微。大抵为此类文者，其人性情际遇亦复相类。杜牧、刘蜕尚矣，次如孙樵、李观、罗愿、吕温，及陈同甫、王昙之流，豪宕奇恣有余，沈深厚重则不足矣。

清代官场谄媚无奇不有，至有以清华重望谄事上官，辱及闺阃者，则真无耻之尤者矣。陈綠士《郎潜二笔》载：乾隆间，某太史谄事豪贵，其妻始拜金坛于相国夫人为母，如古所称干阿奶者。嗣相国势衰，又往来钱塘梁尚书家，踪迹昵密。当冬月严寒，梁尚书早朝，某妻辄先取朝珠温诸胸中，亲为悬挂。有朝士嘲以诗云：昔年于府拜干娘，今日干爷又姓梁。赫奕门庭新吏部，凄清池馆旧中堂。郎如得志休忘妾，妾岂无颜只为郎。百八牟尼亲手挂，朝回犹带乳花香。按此事山阴俞青源蛟《梦厂杂[③]著》所纪较为详实，与陈笔稍异。俞谓：会稽梁阶平晋大司农时，有某太史令其妻执贽登堂，拜梁为义父。拜毕，出怀中珊瑚念珠，双手奉之。梁面发赤，疾趋而出。太史妻持念珠追至厅事，圜系梁颈。时座上客满，皆大惊失措。越日，有人题诗于其门云：才从于第拜干娘，今拜干爹又姓梁。热闹门墙新户部，凄凉庭院旧中堂。翁如有意应怜妾，奴岂无颜只为郎。百八牟尼情意重，临风几阵乳花香。章实斋[④]先生为梁[⑤]乡榜同年，又与

---

① “不得不张”，原作“不得不得不张”，衍“不得”二字，据《李元宾文编》卷一《项籍碑铭》删。

② “子”，原作“庙”，据《烟霞万古楼文集》卷一《谷城西楚霸王墓碑》改。

③ “杂”，原作“维”，据《梦厂杂著》改。

④ “章实斋”与俞蛟《春明丛说》中之“章石斋”实为同一人。按：字的写法在亲友间并不严格，通常以笔画较少的同音字代替。

⑤ “梁”，原作“俞”，据《春明丛说·梁中堂义女》改。按:《梁中堂义女》原文云：“余同乡章石斋，与先生乡榜同年，时亦在座亲见之，述于余。”则章石斋与俞蛟为同乡，与梁阶平为乡榜同年。

俞[①]同乡，时方在座亲见之，归为俞言者。《二笔》又纪：道光朝，一翰林夙出潍县陈文悫公官俊门下，文悫丧耦，翰林为文以祭之，有“丧我师母，如丧我[②]妣”之句。又翰林妻尝为许文恪公乃普之义女，有作联以讥之者曰：“昔岁入陈，寝苫枕块；昭兹来许，抱衾与裯[③]。”上二事均为言官登诸白简。夫十钻千拜之流，比比皆是，龌龊卑鄙，岂屑污吾笔端，书之亦足以警世云。

纪文达善裁对，尝谓天壤间无不可对之辞语，盖有奇即有偶，自然之理也。有因无心裁对，而毕生志趣乃流露于其间者，兹就平日所闻灵敏工巧之对，为诸书所不常见者，聊忆录之，亦足助读书之兴趣焉。朱竹垞幼时读书，过目辄不忘，塾师偶举“王瓜[④]”令对，竹垞应声曰：“后稷。”昆山蒋敦复剑人幼有神童之目，六七岁时，塾师指几上墨令对，蒋应声曰：“泉。”塾师以为不工，蒋曰：黑土对白水，何不工之有？师奇之。汪容甫幼时方读《论语》，师以“色难”二字令对，汪随应曰：“容易。”久之，师问曰：既言容易，何久不对？汪曰：先已对矣。又师于月下以“月圆”二字令对，汪曰：“风扁。”上声。师曰：风何以知其扁？汪曰：风不扁，焉能从门缝入耶！上二对是否系汪容甫，记忆未确。上元严冬友长明年十一时，有神童名，李穆堂督学江南，由熊本介之相见，李以“子夏”属对，严应曰：“亥唐。”李亦奇之。严官中书时，值方略馆，在内廷得挂珠，后遂沿之，中书得挂珠，盖自严始也。山阴童润斋七岁时，长者举“古之人”三字，命以《四书》语属对，童对以“今夫地”三字。钱塘丁敬身尝有印曰“钝丁”，吴榖人时方五岁，其戚偶举“丁钝丁”三字令吴对，吴应声曰：“子程子。”时方读《大学》也。“二两双”者，花炮之别名也，吴县曹君直对以“独孤乙”，三字奇数对三字偶数。独孤乙系唐小说中人名。王介甫尝问蔡天启曰：“江州司马青衫湿”，以何为对？蔡曰：可对“梨园子弟白[⑤]发新”。以白诗对白诗。乃更于一诗中取二语巧对者，曩有友人赠沪妓名月舫者一联云：秋风春月等闲度，东船西舫悄无言。情事兼切，尤为巧妙。彭雪琴题南昌百花洲联云：枫叶荻花秋瑟瑟，闲云潭影日悠悠。两句皆江西故事，亦工切。蔡京以太师兼平章，称公相，

---

① “俞”，原作“梁”，据《春明丛说·梁中堂义女》改。
② “我”，原作“考”，据《郎潜纪闻二笔》卷一《士大夫之谄媚》改。
③ “裯”，原作“绸”，据《郎潜纪闻二笔》卷一《士大夫之谄媚》改。
④ “瓜”，原作“爪”，据《楹联丛话全编·巧对录》卷六改。
⑤ “白”，原作“曰”，据白居易《长恨歌》改。

其子攸亦参政事，称相公。一日，神宗问曰："相公公相子。"令属对。京奏曰：可对"人主主人翁"。可见京之敏捷。绍兴十三年，敕令所进者删定官潘良能季成、游操存诚、沈介得、洪景伯皆为秘书省正字，同日供职。少监秦伯阳熺，桧之子。言：一旦四同舍姓，皆从水旁，熺有一句，愿诸君对之。"潘游洪沈泛瀛洲"。坐客皆无能对者。元熙中，元厚之绛除学士，同时入院者韩维持国、陈绎和叙、邓绾文约、杨绘元素，名皆从糸，乃以"绛绎绘维绾纶綍"为对，亦巧合也。又宋太宗时，同年中取名似姓者为对云："郭郑郑东东野绛，马张张夏夏侯璘。"皆当时人名也。熙宁初，有崔度、崔公度，王韶、王子韶四人为对。又王丞相旦出对云："马子山骑山子马。"马给事，字子山。穆王八骏中，有名山子马者。有对之者曰："钱衡水盗水衡钱。"时有姓钱者为衡水令，以侵官帑入己得罪。陆敬安谓桐乡有师弟同赴省试，至武林关，天晚关闭，师出对曰："开关迟，关关早，阻过客过关。"弟应声曰："出对易，对对难，请先生先对。"是科弟获隽。归安徐阮邻题甘肃盐茶同知署云：回民汉民皆是子民，我最爱民无异视；礼法刑法无非国法，尔须畏法莫重来。凤台余菊农题送子观音祠云：大德曰生，愿众生生生不已；至诚无息，求嗣息息息相关。安化陶文毅公澍题育婴堂云：父兮生，母兮鞠，无父母有父母，此之谓民父母；子言似，孙言续，犹子孙即子孙，以能保我子孙。此以复字参错为对者。有以文字分合为对者，如：鉏[①]麑触槐，甘作木边之鬼；豫让吞炭，终为山下之灰。陈亚有心终是恶，蔡襄无口便成衰。二人土上坐，一月日边明。半夜生孙[②]，子亥二时难定；两家择配，已酉二命相当。人曾作僧，人弗可作佛；女卑为婢，女又可为奴。则稍嫌俗矣。"头门口"对"脚板心"，首尾二字以官骸对，此范耦舫之女弟子鹤俦所对。范又曾举其友浑名"高矮子"者令对，鹤对"大小儿"。又有三字均官骸者，吴俗呼人之敏干多方者曰"手脚眼"，对"皮背心"。又有市招巧对，如纪文达之"揭裱唐宋元明古今名人字画"，对"发卖川广淮浙生熟道地药材"[③]。近人之"客上天然居，北平酒馆名。居然天上客"，对"人造自来血，血来自造人"。又清代科场案，往往因好事者以主司姓名拆字成对，致成大狱，如"老姜全无辣气，小李大有甜头"之类，姜宸

① "鉏"，同"锄"。

② "孙"，当为"孩"，据联意改。

③ 《清代名人轶事》风趣类此下联为"发卖川广云贵生熟道地药材"。

英、李蟠。屡见不一。最近光绪辛卯，浙闱主试为李端遇、费念慈，时有联云：木子公，木不可言，偏于两浙有缘，无端遇合；弗贝公，弗为已甚，但有千金相赠，举念慈祥。[①]事为李莼客登诸白简。是时科场禁令已松懈，否则又成大狱矣。近代联语之精切雄健者，李少荃挽曾忠襄云：易名兼胡左两公，十六字天语殊褒，异数更兼棠棣并；伤逝与彭杨一岁，彭玉麟，杨载福。二三子辈流向尽，英才尤惜竹林贤。易实甫亦有一联云：干国失三贤，去大司马少司农才数月；易名足千古，合胡文忠左文襄为一人。用意与前固[②]，不及前联之浑涵也。

杨杏城士琦挽文芸阁云：凌云献八斗才，东观校雠，谁教憎命文章，翻为海外乘槎客；乘风破万里浪，南州冠冕，文系江西萍乡人。并惜明时鼓吹，剩有人间折桂词。又王子展存善联云：追思往事，感不绝于予心，同学少年，北邙过半，曹子桓有言既痛逝者，行自念也；历溯生平，士固憎兹[③]多口，文章千古，东海流传，韩昌黎所谓动而得谤，名亦随之。此则较前联为沈痛。又袁世凯题李文忠公祠联云：受知早岁，代将中年，一生低首拜汾阳，敢诩临淮壁垒；世变方殷，斯人有几，万古大名比诸葛，长留丞相祠堂[④]。题署之作，如曾文正题江西望湖亭联云：五夜楼船，曾上孤亭听鼓角；一樽浊酒，重来此地看湖山。冯展云督学江右时亦题联云：东下壮军声，横槊高歌，遥想一时豪杰；北归停使节，落帆小泊，闲看千里湖山。望湖亭侧有鸿雪轩，郡守曹汲珊题联云：客已倦游，偶然小住湖山，便欲乘风归去；人生如寄，留得现前指爪，不妨踏雪寻来。均极雅健雄阔。又广州有杭州会馆戏台一联云：一阕荔枝香，听玉笛吹来，遍传南海；双声杨柳曲，问金樽把处，忆否西湖。江苏会馆戏台联云：台榭拥佗城，问何人铁板铜琶，唱大江东去；冠裳集吴会，看此际朱轮华毂，逾五岭南来。[⑤]又顾复初题成都望江楼联云：引袖拂寒星，古意苍茫，看四壁云山，青来剑外；停琴伫凉月，予怀浩渺，送一篙春水，绿到江南。飘飘有凌云之致矣。俞曲园楹联大刀阔斧，流利浑成，非寻行数墨者所能及也。其寿金眉生六十一联尤雄浑自然，

---

① 此联上下联均有“公”，应误。《清稗类钞》中有联：“木子公，木不可言，偏于两浙有缘，无端遇合；弗贝兄，弗为已甚，但有千金相赠，举念慈祥。”

② “固”，疑为“同”字之误。

③ “兹”，原作“慈”，据《古今楹联名作选萃》《南亭联话》改。

④ 《梅缘梦记》作“世变方殷，斯人不作，万古大名配诸葛，长留丞相祠堂”。

⑤ 《古今联语汇选》作“台榭拱佗城，问何人铁板铜琶，唱大江东去；冠裳集吴会，看此际朱轮华毂，逾五岭南来”。

联云：开拓万古心胸，推倒一时豪杰，陈同甫千秋人物，如是如是；醉吟旧诗几篇，闲尝新酒数盏，白香山六十岁时，仙乎仙乎。原文似为“一流人物”，因“一”字重复，后有人为易“千秋”二字，亦似不谬；以下有“如是如是”四字，一流之意已在其中也。联对本为吾国文学上特有之品，极饶文字兴趣，兹特举夙所记忆者，其他所见佳作尚多，暇当为联话专编以表之。

苏东坡《伏波将军庙碑》云：南望连山，若有若无，杳杳一发耳。吴江陈去病《游北固山记》摹其意云：凭栏以望，瓜仪诸洲万顷平铺，一碧千里，几不见丘阜，惟西北隐隐露山色，如澹烟一抹，邈然天际，则中原之所在也。衍苏文数语为一段。惟苏文为南望，此为北望，眼前景写之逼真。又戊戌六君子中，富顺刘裴村诗文皆有古法，其《介白堂诗》二卷早传于时，惟其文之工妙，世罕知者。记其《曾大父家传》中一段云：记吾为儿时，夏水涨江，舟接门前竹根之下，吾偶逃学藏瓜棚中，夜不敢归。吾父及诸父然火照江，望流而叹“岂此子遂当为水漂去耶？”吾从瓜棚中望见之，遽出，而吾父殊不见责。叙幼时情景历历如在目前，笔亦曲折有致。此等文皆所谓能写出人人眼前之景、人人意中之事，每一读之，回环往复，低徊欲绝。

《般若波罗蜜多心经》首五[①]句：观自在菩萨行深般若波罗蜜多时，照见五蕴皆空，度一切苦厄。此数语解释具见《首楞严经》，而各家疏解皆未引证。《楞严经》云观世音菩萨白佛言：世尊，我从闻思修，入三摩地。初于闻中，入流亡所。所入既寂，动静二相，了然不生。如是渐增，闻所闻尽。尽闻不住，觉所觉空。空觉极圆，空所空灭。生灭既灭，寂灭现前。忽然超越世出世间，十方圆明。获二殊胜，一者上合十方诸佛本妙觉心，与佛如来同一慈力；二者下合十方一切六道众生，与诸众生同一悲仰云云。此观世音菩萨自述学道悟入之甘苦，所谓“行深般若波罗蜜多”也。“初于闻中，入流亡所。所入既寂，动静二相，了然不生”，则“五蕴皆空”矣。偈有云：旋汝倒闻机，反闻闻自性。盖自性亡所，亡所曰寂。人惟逐于前尘，念念相续，故不能当念而寂，回光返照，本地风光，瞥尔现前，一可亡，六可消矣。数语见明焦弱侯《支谈》[②]下。至“下合十方一切六道众生，与诸众生同一悲仰”，所谓同体大悲，“度一切苦厄”也。观世音菩萨本

① “五”疑当作“三”。“五”与“三”形近而误。

② “明焦弱侯《支谈》”，原作“朋焦弱侯文谈”，据《焦氏笔乘续集》卷二《支谈下》改。

行诸经罕见，惟此段互相发明，极为精确。又《般舟三昧经》述观世音菩萨自极乐世界发大慈悲心，回入娑婆救度众生，亦足见菩萨与此世界因缘不浅，修净土者，不可不读也。

李越缦等每讥明人著书不注明出何人、引何书，使后之人无从考察，往往有代人受过及掠美之嫌。武缘黄诚沅君《蜗寄庐随笔》论赘婿为滇中陋习，自近来滇省社会文学之退化，生计之萧条，至指不胜缕者乎，凡千余言，皆余在前清宣统年间于《云南日报》发表之文字，而黄君未注明来历，但直录原文，使后之人莫知其由来。设有抉摘疵累者，黄君将不免受代人过矣。

《汉书•西南夷传》：南粤食唐蒙蜀蒟酱[①]，蒙归问蜀贾人，独蜀出蒟酱[②]。颜师古注：子形如桑椹，缘木而生，味尤辛，今宕[③]渠则有之。此蒟酱[④]见传纪之始。其后《齐民要术》、《广志》、刘渊林《蜀都赋》注均与师古说同，而李时珍《本草纲目》载之尤详[⑤]。惟《南方草木状》、郑樵《通志》则以为似荜拨，故有"土荜拨"之号。宋周益公又因失记而妄对，而蒟酱[⑥]之名益显。清曹树翘辨之最确。其物滇之特产，生时深绿色，日干即黑，以滤净石灰和槟榔嚼食之，可御寒助胃，滇人呼之芦子。昔之公车赴京者必备此物，以车夫极贵此物，每需索之，用作赏需，重于银钱也。

① "酱"，原作"醬"，据《汉书》卷九十五《西南夷两粤朝鲜传》改。
② "酱"，原作"醬"，据《汉书》卷九十五《西南夷两粤朝鲜传》改。
③ "宕"，原作"石"，据《汉书》卷九十五《西南夷两粤朝鲜传》颜师古注改。
④ "酱"，原作"醬"，据《汉书》卷九十五《西南夷两粤朝鲜传》改。
⑤ 按：《本草纲目》卷十四："时珍曰：按嵇含云：蒟子可以调食，故谓之酱，乃荜茇之类也。"
⑥ "酱"，原作"醬"，据《南园漫录》卷八《蒟酱》改。

参 考 文 献

（战国）列御寇：《列子》，乾隆四十七年抄本。

（战国）吕不韦编：《吕氏春秋》，太原：山西古籍出版社，1999 年。

（战国）慎到撰，王斯睿校正，黄曙辉点校：《慎子》，武汉：华东师范大学出版社，2010 年。

（战国）庄周撰：《庄子》，太原：山西古籍出版社，1999 年。

（秦）孔鲋撰，王均林、周海生译注：《孔丛子》，北京：中华书局，2009 年。

（汉）班固撰：《汉书》，北京：中华书局，2007 年。

（汉）刘安撰，陈广忠译注：《淮南子》，北京：中华书局，2012 年。

（汉）刘向集录：《战国策》，郑州：中州古籍出版社，2007 年。

（汉）司马迁撰：《史记》，北京：中华书局，2009 年。

（三国魏）王肃注：《孔子家语》，上海：上海古籍出版社，1990 年。

（晋）常璩撰，严茜子点校：《华阳国志》，济南：齐鲁书社，2010 年。

（晋）陈寿著，（南朝宋）裴松之注：《三国志》，北京：中华书局，2006 年。

（晋）陶渊明著，逯钦立校注：《陶渊明集》，北京：中华书局，1979 年。

（南朝宋）范晔撰：《后汉书》，郑州：中州古籍出版社，1996 年。

（南朝宋）刘义庆撰，朱碧莲、沈海波译注：《世说新语》，北京：中华书局，2011 年。

（南北朝）颜之推：《颜氏家训》，北京：中国华侨出版社，2014 年。

（唐）杜牧著，陈允吉校点：《樊川文集》，上海：上海古籍出版社，2007 年。

（唐）房玄龄等撰：《晋书》，北京：中华书局，1974 年。

（唐）韩愈：《韩昌黎全集》，北京：中国书店，1991 年。

（唐）韩愈撰：《昌黎先生外集》，民国石印本。

（唐）李观撰，陆希声编：《李元宾文编》，清《四库全书》本。

（唐）柳宗元撰：《柳河东集》，上海：上海古籍出版社，1993 年。

（唐）姚思廉撰：《陈书》，北京：中华书局，1972 年。

（宋）曾慥撰：《高斋漫录》，清《四库全书》本。

（宋）方勺撰，许沛藻、杨立扬点校：《泊宅编》，北京：中华书局，1983年。

（宋）费衮撰：《梁溪漫志》，上海：上海古籍出版社，1985年。

（宋）郭彖：《睽车志》，上海：上海藜光社，1911年。

（宋）洪迈撰：《容斋三笔》，民国石印本。

（宋）欧阳修、宋祁撰：《新唐书》，北京：中华书局，1975年。

（宋）欧阳修等撰，韩谷等校点：《归田录》，上海：上海古籍出版社，2012年。

（宋）欧阳修撰：《新五代史》，北京：中华书局，2015年。

（宋）普济撰，苏渊雷点校：《五灯会元》，北京：中华书局，2007年。

（宋）沈作喆撰：《寓简》，清《四库全书》本。

（宋）司马光编著：《资治通鉴》，北京：中华书局，2007年。

（宋）苏轼撰，王松龄点校：《东坡志林》，北京：中华书局，1981年。

（宋）王岩叟撰：《韩魏公别录》，浙江范懋柱家天一阁藏本。

（宋）王栐、张邦基撰，孔一、丁如明校点：《燕翼诒谋录·墨庄漫录》，上海：上海古籍出版社，2012年。

（宋）王正德撰：《余师录》，北京：商务印书馆，1960年。

（宋）吴曾撰：《能改斋漫录》，上海：上海古籍出版社，1979年。

（宋）薛居正等撰：《旧五代史》，北京：中华书局，1976年。

（宋）姚铉编：《唐文粹》，上海：上海古籍出版社，1994年。

（宋）叶梦得撰：《避暑录话》，上海：商务印书馆，1939年。

（宋）叶寘撰：《爱日斋丛钞》，上海：商务印书馆，1932年。

（宋）章樵注，钱熙祚校：《古文苑》，上海：商务印书馆，1937年。

（元）李翀撰：《日闻录》，清《四库全书》本。

（元）马端临撰：《文献通考》，北京：中华书局，1986年。

（元）脱脱等撰：《宋史》，北京：中华书局，1977年。

（元）脱脱撰：《金史》，北京：中华书局，2016年。

（元）吾丘衍：《学古编》，清《四库全书》本。

（明）陈继儒撰：《眉公见闻录》，清《四库全书》本。

（明）姜清撰：《姜氏秘史》，清初钞本。

（明）焦竑撰:《焦氏笔乘续集》，上元蒋氏慎修书屋排印本。

（明）李日华著，屠友祥校注:《味水轩日记》，上海：上海远东出版社，1996年。

（明）李时珍编著:《本草纲目》，北京：北京出版社，2007年。

（明）陆容撰，佚之点校:《菽园杂记》，北京：中华书局，1985年。

（明）徐树丕:《识小录》，涵芬楼稿本。

（明）薛瑄撰:《读书录》，清《四库全书》本。

（明）张志淳撰:《南园漫录》，清《四库全书》本。

（清）毕沅编著:《续资治通鉴》，上海：上海古籍出版社，1987年。

（清）不著撰人:《大清穆宗毅（同治）皇帝实录》，台北：新文丰出版公司，1978年。

（清）不著撰人:《大清世宗宪（雍正）皇帝实录》，台北：新文丰出版公司，1978年。

（清）曹一世撰:《四焉斋文集》，清乾隆十五年刊本。

（清）陈康祺撰，晋石点校:《郎潜纪闻初笔二笔三笔》，北京：中华书局，1984年。

（清）陈康祺撰，晋石点校:《郎潜纪闻初笔二笔三笔》、《郎潜纪闻四笔》，北京：中华书局，1984年。

（清）范锴撰:《华笑庼杂笔三卷》，清道光二十四年刻本。

（清）方苞著，刘季高校点:《方苞集》，上海：上海古籍出版社，1983年。

（清）方苞撰:《望溪文集》，上海：中华书局，1920年。

（清）方濬师著，盛冬铃点校:《蕉轩随录续录》，北京：中华书局，1995年。

（清）谷应泰撰:《明史纪事本末》，上海：上海古籍出版社，1994年。

（清）顾炎武:《日知录》，西安：陕西人民出版社，1998年。

（清）韩锡胙撰:《滑疑集》，清咸丰五年石门山房刻本、光绪十六年修补本。

（清）黄之隽纂:《江南通志》，清《四库全书》本。

（清）况周颐著，张继红点校:《餐樱庑随笔》，太原：山西古籍出版社，1995年。

（清）况周颐撰，郭长保点校:《眉庐丛话》，太原：山西古籍出版社，1995年。

（清）李光地著，陈祖武点校:《榕村语录 榕村续语录》，北京：中华书局，

1995 年。

（清）李桓辑：《国朝耆献类征》，扬州：广陵书社，2007 年。

（清）梁绍壬撰，庄葳点校：《两般秋雨庵随笔》，上海：上海古籍出版社，1982 年。

（清）梁章钜等编著，白化文、李鼎霞点校：《楹联丛话全编》，北京：北京出版社，1996 年。

（清）刘健：《庭闻录》，上海：上海书店，1985 年。

（清）陆以湉撰，崔凡芝点校：《冷庐杂识》，北京：中华书局，2007 年。

（清）罗惇曧：《清宫之天朝遗事》，北京：中国三峡出版社，2010 年。

（清）罗惇曧撰：《宾退随笔》，民国书刊复本。

（清）冒襄、沈复、陈裴之，等：《影梅庵忆语・浮生六记・香畹楼忆语・秋灯琐忆》，长沙：岳麓书社，1991 年。

（清）缪荃孙纂：《续碑传集》，江楚编译书局刊本。

（清）彭定求编：《全唐诗》，北京：中华书局，1960 年。

（清）彭玉麟撰，（清）俞樾辑：《彭刚直公奏稿》，清光绪十七年石印本。

（清）彭玉麟纂，梁绍辉、刘志盛、任光亮等校点：《彭玉麟集》，长沙：岳麓书社，2008 年。

（清）秦笃辉：《平书》，光绪刻湖北丛书本。

（清）任启运撰：《清芬楼遗稿》，清嘉庆二十二年刊本。

（清）阮葵生：《茶余客话》，北京：中华书局，1959 年。

（清）邵远平撰：《续弘简录元史类编》，清康熙三十八年刻本。

（清）师范纂：《滇系》，光绪年间重刊本。

（清）史念祖撰：《俞俞斋诗稿》，光绪三十二年刊本。

（清）汪诗侬撰：《所闻录》，清《四库全书》本。

（清）王昶辑：《湖海文传》，上海：上海古籍出版社，2013 年。

（清）王其慎撰：《质斋先生年谱》，清末刻本。

（清）王士禛撰，赵伯陶校：《古于夫亭杂录》，北京：中华书局，1988 年。

（清）王士禛撰：《渔洋诗话》，清《四库全书》本。

（清）王昙撰：《烟霞万古楼文集》，民国上海扫叶山房石印本。

（清）温睿临：《南疆逸史》，北京：中华书局，1959 年。

（清）吴敏树撰，张在兴校点：《吴敏树集》，长沙：岳麓书社，2012 年。

（清）徐釚撰，唐圭璋校注：《词苑丛谈》，上海：上海古籍出版社，1981 年。

（清）徐鼒撰，王崇武点校：《小腆纪年附考》，北京：中华书局，1957 年。

（清）薛福成著，丁凤麟、张道贵点校：《庸庵笔记》，南京：江苏人民出版社，1983 年。

（清）薛福成撰：《庸庵文续编》，清光绪中无锡薛氏刊本。

（清）佚名：《梼杌近志》，《满清野史四编》本。

（清）俞蛟撰，骆宝善校点：《梦厂杂著》，上海：上海古籍出版社，1988 年。

（清）俞蛟撰：《春明丛说》，民国石印本。

（清）俞樾撰，贞凡、顾馨、徐敏霞点校：《茶香室丛钞》，北京：中华书局，1995 年。

（清）俞樾撰：《右仙台馆笔记》，上海：上海古籍出版社，1985 年。

（清）俞正燮撰：《癸巳类稿》，上海：商务印书馆，1957 年。

（清）张庚、刘瑗撰：《国朝画征录》，杭州：浙江人民美术出版社，2011 年。

（清）张鉴等撰，黄爱平点校：《阮元年谱》，北京：中华书局，1995 年。

（清）张廷玉等撰：《明史》，北京：中华书局，1974 年。

（清）章学诚撰：《章学诚遗书》，北京：文物出版社，1985 年。

（清）赵尔巽等撰：《清史稿》，北京：中华书局，1976 年。

（清）赵翼撰，董文武译注：《廿二史札记》，北京：中华书局，2008 年。

（清）朱彝尊：《静志居诗话》，北京：人民文学出版社，1990 年。

杜迈之、张承宗：《叶德辉评传》，长沙：岳麓书社，1986 年。

葛虚存著，张国宁点校：《清代名人轶事》，太原：山西古籍出版社，1997 年。

故宫博物院明清档案部编：《义和团档案史料》，北京：中华书局，1959 年。

康有为辑：《哀烈录》，民国间东莞张泊桢刻本。

李根源辑：《陈圆圆事辑续》，民国苏州刊《曲石丛书》本。

李圣华：《冷斋诗话》，上海：上海古籍出版社，2007 年。

卢可封撰：《中国催眠术》，《东方杂志》14 卷 2、3 号，1917 年。

孟森：《心史丛刊》，北京：中华书局，2006 年。

徐珂编撰：《清稗类钞》，北京：中华书局，2010 年。

叶德辉考证：《宋秘书省续编到四库阙书目》，观古堂刊本。

邵经邦:《弘道录》，镇江：江苏大学出版社，2018 年。
佚名:《悔逸斋笔乘》，北京：北京古籍出版社，1992 年。
佚名撰:《皇朝经世文编续》，光绪二十二年石印本。
佚名撰:《清实录·宣宗成皇帝实录》，北京：中华书局，1986 年。
印光法师:《印光法师手书般若波罗蜜多心经》，北京：线装书局，2016 年。
张祖翼撰:《清代野记》，北京：中华书局，2007 年。
赵元礼:《藏斋诗话》，丁丑年线装本。

后　记

《桂堂余录》的整理工作历时两年，为2016年立项的云南省哲学社会科学规划青年项目成果。小书篇幅不大，但所涉极广，文献查找亦颇为困难，幸得友人焦印亭、彭洪俊的支持，另有高宇航、孙畅等人的帮助，方得以完成，在此表达谢意。

2015年，我与彭洪俊一起整理了由云龙先生的笔记著作《滇故琐录》，成书《滇故琐录校注》，由民族出版社出版。彼时曾感慨和遗憾由云龙先生这样一位著作等身的“滇中巨擘”，其作品和人物研究者却寥寥。然独学而无友，则孤陋而寡闻；若志同且道合，何患无友？成书之际，欣悉云南省已有团队组织专家对由云龙四十余部遗著进行系统整理研究，建立全文数据库，并编撰年谱和传记等，我喜不自胜，这充分说明了我们的整理和研究工作的意义和价值。相信集中诸多专家、学者的力量从事由云龙及其作品的研究，定能全方位展示其人格魅力和学术成就，多渠道挖掘其作品之内涵和价值，利用好由云龙先生这位文献大家留下的文化遗产。

本书编辑为该书的出版付出了巨大努力，在此格外感谢。但因我水平有限，书中难免有错漏不当之处，恳请同行批评指正，不吝赐教，不胜感激。

冯秀英

2019年4月